I0771897

VOLTAIRE

CÁNDIDO O EL OPTIMISMO... Y OTROS CUENTOS

astria

CÁNDIDO O EL OPTIMISMO… Y OTROS CUENTOS
VOLTAIRE

©Astria Ediciones
Diseño de portada: Andrea Rodríguez—Mariana Turcios
Supervisión Editorial: Óscar Flores López
Administración: Tesla Rodas y Jessica Cordero
Director Ejecutivo: José Azcona Bocock

Primera edición
Tegucigalpa, Honduras—Febrero de 2025

I PARTE: CÁNDIDO O EL OPTIMISMO

CAPÍTULO I: DONDE SE DA CUENTA DE CÓMO FUE CRIADO CÁNDIDO EN UNA HERMOSA QUINTA

En la quinta del señor barón de Thunder-ten-Tronckh, título de la Westfalia, vivía un joven a quien la naturaleza había dotado de la índole más apacible. Se veía en su rostro el reflejo de su alma: tenía un juicio bastante sano y un corazón muy sensible, y por eso creo que lo llamaban Cándido. Los criados más antiguos de la casa sospechaban que era hijo de la hermana del señor barón y de un honrado hidalgo, vecino suyo, con quien la doncella jamás consintió en casarse, dado que no podía probar más de setenta y un linajes, pues el paso del tiempo había acabado con el resto de su árbol genealógico.

El señor barón era uno de los caballeros más poderosos de la Westfalia; su quinta tenía puerta y ventanas, y en la sala de recibo había un tapiz. Los perros de su casa formaban una jauría cuando era necesario; los mozos de su caballeriza eran sus jinetes, y el teniente de cura del lugar, su primer capellán. Todos lo llamaban "su señoría" y reían cuando contaba algún chiste.

La señora baronesa, que pesaba unas catorce arrobas, se había ganado por esta cualidad un respeto universal y recibía las visitas con una dignidad que la hacía aún más imponente. Cunegunda, su hija, doncella de diecisiete años, era rolliza, sana, de buen color y muy atractiva; y el hijo del barón en nada desmerecía de su padre.

El oráculo de la casa era el preceptor Pangloss, y el joven Cándido escuchaba sus lecciones con toda la docilidad propia de su edad y su carácter.

—Está demostrado —decía Pangloss— que las cosas no pueden ser de otro modo; porque habiéndose hecho todo con un propósito, este no puede ser otro que el mejor de los propósitos. Obsérvese que las narices se hicieron para llevar anteojos, y por eso nos ponemos anteojos; las piernas, evidentemente, para las medias, y por eso usamos medias; las piedras para sacarlas de la cantera y construir quintas, y por eso su señoría tiene una hermosa quinta. El barón principal de la provincia ha de estar mejor alojado que nadie; y como los cerdos nacieron para que los comamos, comemos tocino todo el año. Así que los que han afirmado que todo está bien han dicho un disparate, porque debieron decir que todo está en el más alto grado de perfección.

Cándido lo escuchaba con atención y le creía con inocencia, porque la señorita Cunegunda le parecía un modelo de hermosura, aunque nunca se había atrevido a decírselo. Sacaba en conclusión que, después de la felicidad incomparable de ser barón de Thunder-ten-Tronckh, el segundo mayor privilegio era ser la señorita Cunegunda, el tercero verla cada día y el cuarto escuchar al maestro Pangloss, el filósofo más ilustre de la provincia, y por consiguiente, del mundo entero.

Un día, paseando Cunegunda por los alrededores de la quinta, en un bosquecillo que llamaban coto, vio entre los arbustos al doctor Pangloss, que estaba dando lecciones de física experimental a la doncella de labor de su madre, una morena muy agraciada y no menos dócil. Cunegunda tenía mucha disposición para el aprendizaje de las ciencias; por lo que, sin pestañear ni hacer el menor ruido, observó atentamente los repetidos experimentos que ambos realizaban. Vio con total claridad la "razón suficiente" del doctor, sus causas y efectos, y regresó inquieta y pensativa, con el deseo de adquirir conocimientos, imaginando que bien podría ella ser la "razón suficiente" de Cándido, y Cándido la suya.

De vuelta a la quinta, encontró a Cándido y se ruborizó, y Cándido se sonrojó también. Cunegunda lo saludó con voz temblorosa y Cándido respondió sin saber qué decía. Al día siguiente, después de comer, al levantarse de la mesa, se encontraron detrás de un biombo. Cunegunda dejó caer el pañuelo, Cándido lo recogió, ella le tomó la mano sin malicia, y sin malicia Cándido le estampó un beso en la mano, pero con tal gracia, viveza y ternura que era indescriptible. Sus bocas se encontraron, sus ojos se inflamaron, sus rodillas temblaron y sus manos se extraviaron…

En esto estaban cuando, por azar, pasó junto al biombo el señor barón de Thunder-ten-Tronckh, y al percatarse de aquella causa y aquel efecto, sacó a Cándido de la quinta a puntapiés. Cunegunda se desmayó; y cuando volvió en sí, la señora baronesa le dio una buena tanda de azotes. Reinó entonces la mayor consternación en la más hermosa y deleitosa quinta que pudiera existir.

Arrojado Cándido del paraíso terrenal, caminó largo tiempo sin saber adónde dirigirse, lloroso, alzando los ojos al cielo y volviéndolos una y mil veces hacia la quinta que encerraba a la más hermosa de las baronesitas. Al fin, se acostó sin cenar, en mitad del campo, entre dos surcos. Caía la nieve a chaparrones, y al día siguiente, aterido, llegó arrastrándose como pudo al pueblo inmediato llamado Valdberghof-

Trabenk-Dik-Dorf, sin un centavo en la bolsa, muerto de hambre y de fatiga.

Se detuvo, lleno de pesar, a la puerta de una taberna, y dos hombres vestidos de azul repararon en él.

—¡Camarada! —dijo uno—. Aquí tenemos un gallardo mozo que tiene la estatura que piden las ordenanzas.

Se acercaron enseguida a Cándido y lo invitaron a comer con mucha cortesía.

—Caballeros —les dijo Cándido con la mayor modestia—, me hacen un gran favor, pero no tengo cómo pagar mi parte.

—Caballero —le dijo uno de los hombres de azul—, las personas de su aspecto y mérito nunca pagan. ¿No tiene usted dos varas y seis dedos?

—Sí, señores, esa es mi estatura —respondió, haciéndoles una reverencia.

—Vamos, caballero, siéntese a la mesa. No solo pagaremos por usted, sino que no consentiremos que un hombre como usted ande sin dinero, pues entre gente honrada debemos ayudarnos unos a otros.

—Razón tienen ustedes —dijo Cándido—, así me lo ha dicho mil veces el señor Pangloss, y ya veo que todo está perfectamente bien.

Le ruegan que acepte unos escudos; los toma y quiere dar un vale, pero no lo aceptan, y se sientan a la mesa.

—¿No quiere usted con ternura…?

—Sí, señores —respondió Cándido—, con la mayor ternura quiero a la baronesita Cunegunda.

—No preguntamos eso —dijo uno de aquellos dos señores—, sino si quiere usted con ternura al rey de los búlgaros.

—No, por cierto —dijo—, porque nunca lo he visto.

—¡Vamos! ¡Pero si es el más amable de los reyes! ¿Quiere usted que brindemos a su salud?

—Con mucho gusto, señores —respondió Cándido, y brindó.

—Basta con eso —le dijeron—, ya es usted el apoyo, el defensor, el adalid y el héroe de los búlgaros. Tiene asegurada su fortuna y afianzada su gloria.

Al instante le pusieron un grillete en el pie y lo llevaron al regimiento, donde lo hicieron girar a la derecha y a la izquierda, meter la baqueta, sacar la baqueta, apuntar, disparar, acelerar el paso y recibir treinta golpes de vara. Al día siguiente hizo el ejercicio algo menos torpe y solo le dieron veinte; al tercero, llevó únicamente diez, y sus compañeros lo consideraron un prodigio.

Cándido, atónito, aún no entendía bien cómo se había convertido en un héroe. Un día de primavera, se le ocurrió salir a pasear y siguió su camino en línea recta, creyendo que era prerrogativa de la especie humana, al igual que de la especie animal, servirse de sus piernas a su antojo. Pero apenas había andado dos leguas, cuando cuatro héroes de dos varas y un tercio lo agarraron, lo ataron y lo llevaron a un calabozo.

Luego le preguntaron formalmente si prefería pasar treinta y seis veces por las baquetas de todo el regimiento o recibir de una vez doce balazos en la cabeza. Inútilmente alegó que las voluntades eran libres y que no quería ni una cosa ni otra; le fue forzoso elegir. En virtud del don divino llamado libertad, resolvió pasar treinta y seis veces por las baquetas y sufrió dos tandas. Como el regimiento se componía de dos mil hombres, aquello sumó exactamente cuatro mil golpes de vara que le dejaron los músculos y los nervios al descubierto. Estaban a punto de darle la tercera tanda cuando, no pudiendo resistir más, pidió el favor de que le volaran la tapa de los sesos.

Le concedieron tan señalada merced y ya le estaban vendando los ojos y haciéndolo arrodillar, cuando acertó a pasar por allí el rey de los búlgaros. Al enterarse del delito del reo, y siendo este monarca un hombre de gran ingenio, comprendió enseguida que Cándido era un aprendiz de metafísica, muy bisoño en los asuntos del mundo, y le otorgó el perdón con una clemencia que fue muy elogiada en todas las gacetas y lo será en todos los siglos.

Un diestro cirujano curó a Cándido con los emolientes que enseña Dioscórides. Apenas empezaba a recuperar la piel y a poder caminar, cuando el rey de los búlgaros dio batalla al de los ávaros.

CAPÍTULO II: DE QUÉ MODO SE LIBRÓ CÁNDIDO DE MANOS DE LOS BÚLGAROS Y DE LO QUE LE SUCEDIÓ DESPUÉS

No había nada más hermoso, más vistoso, más brillante ni mejor ordenado que ambos ejércitos: las trompetas, los pífanos, los tambores, los oboes y los cañones formaban una armonía que jamás se oyó en los infiernos. Primero, los cañones derribaron unos seis mil hombres de cada bando; luego, la fusilería barrió del mejor de los mundos a unos nueve o diez mil bribones que infestaban su superficie, y finalmente, la bayoneta fue la razón suficiente de la muerte de otros tantos miles. En total, aquello sumó unos treinta mil caídos.

Durante esta heroica carnicería, Cándido, que temblaba como un filósofo, se escondió lo mejor que pudo.

Mientras ambos reyes hacían cantar un Te Deum en sus respectivos campamentos, Cándido decidió marcharse a otra parte para reflexionar sobre las causas y los efectos. Atravesó montones de cadáveres y moribundos hasta llegar a una aldea reducida a cenizas, que había sido incendiada por los búlgaros conforme a las leyes del derecho público. Allí, unos ancianos, acribillados de heridas, contemplaban cómo sus esposas exhalaban el último suspiro tras haber sido degolladas; más allá, vírgenes asesinadas yacían después de haber saciado los deseos naturales de algunos héroes; otras, medio calcinadas, clamaban por una muerte piadosa. La tierra estaba sembrada de sesos, brazos y piernas amputadas.

Huyó Cándido a otra aldea que pertenecía a los búlgaros, devastada de igual manera por los ávaros. Caminando sin cesar entre miembros palpitantes y atravesando ruinas, consiguió al fin salir del teatro de la guerra, con algunas provisiones en su mochila y sin olvidar ni un instante a su amada Cunegunda.

Al llegar a Holanda, se le acabaron las provisiones. Pero habiendo oído que en aquel país la gente era muy rica y cristiana, no dudó en que le darían tan buen trato como en la quinta del señor barón, antes de haber sido expulsado a patadas por los hermosos ojos de la baronesita Cunegunda.

Pidió limosna a muchos sujetos graves, quienes le dijeron que, si seguía en aquel oficio, lo encerrarían en una casa de corrección para enseñarle a vivir sin trabajar. Luego se dirigió a un hombre que acababa de hablar durante una hora en una nutrida asamblea sobre la caridad. El orador, mirándolo de reojo, le dijo:

—¿A qué vienes aquí? ¿Estás por la buena causa?

—No hay efecto sin causa —respondió modestamente Cándido—, todo está encadenado por necesidad y ordenado para lo mejor. Ha sido necesario que me echaran de casa de la baronesita Cunegunda, que pasara por las baquetas y que mendigue el pan hasta que pueda ganarlo; nada de esto podía menos que suceder.

—Amiguito —le dijo el orador—, ¿crees que el Papa es el Anticristo?

—Nunca lo había oído —respondió Cándido—, pero, sea o no lo sea, yo no tengo pan que comer.

—Ni lo mereces —replicó el otro—. ¡Anda, bribón! ¡Anda, miserable! ¡Y que no te vuelva a ver en mi vida!

En ese momento, la esposa del ministro se asomó a la ventana y, al ver a alguien que dudaba de que el Papa fuera el Anticristo, le arrojó a la cabeza un vaso lleno de… ¡Oh, cielos! ¡A qué excesos se entregan algunas damas por celo religioso!

Un buen anabaptista llamado Santiago, que no había sido bautizado, fue testigo de la crueldad y la ignominia con que trataban a uno de sus semejantes, a un ser bípedo y sin plumas que tenía alma. Lo llevó a su casa, lo limpió, le dio pan y cerveza, y dos florines. Además, quiso enseñarle a trabajar en su fábrica de tejidos de Persia, que se producían en Holanda.

Cándido, arrodillándose casi a sus pies, exclamó:

—Bien decía el maestro Pangloss que todo estaba perfectamente en este mundo. Porque infinitamente más me conmueve la generosidad de usted que lo que me enojó la inhumanidad de aquel señor de capa negra y de su señora esposa.

Al día siguiente de Pascua, se encontró con un pordiosero cubierto de lepra, los ojos casi ciegos, la punta de la nariz carcomida, la boca torcida, los dientes ennegrecidos y el habla gangosa. Sufría una violenta tos y, con cada esfuerzo, escupía una muela.

Más movido por la compasión que por el horror, Cándido le dio a aquel espantoso mendigo los dos florines que su honrado anabaptista Santiago le había dado. La figura espectral lo miró fijamente y, vertiendo lágrimas, se le colgó del cuello.

Cándido, asustado, se zafó, y el miserable dijo al otro miserable:

—¡Ay! ¿Con que no reconoces a tu amado maestro Pangloss?

—¿Qué oigo? ¡Usted, mi amado maestro! ¡Usted en tan horrible estado! ¿Qué desdicha le ha sucedido? ¿Por qué no está en la más hermosa de las granjas? ¿Qué ha sido de la señorita Cunegunda, la perla de las doncellas, la obra maestra de la naturaleza?

—No puedo respirar… —dijo Pangloss.

Sin tardanza, Cándido lo llevó al granero del anabaptista, le dio un mendrugo de pan y, cuando Pangloss hubo recobrado algo de aliento, le preguntó:

—¿Qué ha sido de Cunegunda?

—Ha muerto —respondió el otro.

Cándido, al oír esto, se desmayó. Su amigo lo reanimó con un poco de vinagre rancio que encontró por casualidad en el granero. Cándido abrió los ojos y exclamó:

—¡Cunegunda muerta! ¡Oh, el mejor de los mundos, ¿dónde estás?! ¿Y de qué enfermedad ha muerto? ¿Fue acaso por la pena de verme echado a patadas de la soberbia quinta de su padre?

—No, por cierto —dijo Pangloss—, sino porque unos soldados búlgaros le sacaron las entrañas después de haberla violado hasta más no poder, habiendo partido el cráneo del señor barón que intentó defenderla. La señora baronesa fue hecha pedazos, mi pobre alumno tratado de la misma manera que su hermana, y en la granja no ha quedado piedra sobre piedra, ni techos, ni siquiera un carnero, ni una gallina, ni un árbol. Pero bien nos han vengado, pues los ávaros hicieron lo mismo en una baronía cercana, que pertenecía a un noble búlgaro.

Cándido volvió a desmayarse al oír este relato lamentable. Pero, una vez recuperado, habiendo expresado cuanto tenía que decir, se informó sobre la causa y el efecto, y sobre la "razón suficiente" que había llevado a Pangloss a tan lastimosa situación.

—¡Ay! —dijo el otro—. Ha sido el amor; el amor, el consolador del género humano, el conservador del universo, el alma de todos los seres sensibles, el dulce amor.

—¡Ah! —dijo Cándido—, yo también he conocido a ese amor, a ese árbitro de los corazones, a esa alma de nuestra alma, pero nunca me ha valido más que un beso y veinte patadas en el trasero. ¿Cómo es posible que una causa tan bella haya producido en usted efectos tan abominables?

Pangloss le respondió en estos términos:

—Ya conociste, querido Cándido, a Paquita, aquella linda doncella de nuestra ilustre baronesa. Pues bien, en sus brazos gocé de placeres celestiales, que han producido los tormentos infernales que ahora ves que me consumen. Estaba podrida y acaso ha muerto. Paquita debía este don a un fraile franciscano muy ilustrado, que había averiguado el origen de su enfermedad porque se lo había contagiado una condesa anciana. Esta, a su vez, lo había recibido de un capitán de caballería, que lo obtuvo de una marquesa, a quien se lo transmitió un paje, que lo contrajo de un jesuita, el cual, cuando era novicio, lo había recibido en línea directa de uno de los compañeros de Cristóbal Colón. Yo, por mi parte, no se lo daré a nadie, porque estoy a punto de morir.

—¡Oh, Pangloss! —exclamó Cándido—. ¡Qué extraño árbol genealógico es ese! ¿Acaso el diablo fue su primer tronco?

—No, en absoluto —replicó el sabio—, pues es una cosa indispensable y un ingrediente necesario del mejor de los mundos. Si no hubieran contagiado a Colón en una isla de América con este mal que envenena la fuente misma de la vida y que a veces impide la procreación, y que se opone manifiestamente al principal fin de la naturaleza, no tendríamos ni chocolate ni cochinilla. Y obsérvese que hasta hoy esta enfermedad nos es exclusiva en este continente, así como lo es la teología escolástica. Aún no se ha introducido en Turquía, ni en la India, ni en Persia, ni en China, ni en Siam, ni en Japón. Pero hay razón suficiente para que la padezcan dentro de algunos siglos. Mientras tanto, es una bendición de Dios que prospere entre nosotros, especialmente en los numerosos ejércitos compuestos de honrados vagabundos bien disciplinados, que deciden la suerte de los estados. Y puedo asegurar que, cuando pelean treinta mil hombres en una batalla campal contra un ejército igualmente numeroso, hay cerca de veinte mil sifilíticos en cada bando.

CAPÍTULO III: DE UNA TORMENTA, UN NAUFRAGIO Y UN TERREMOTO

—Portentosa cosa es esa —dijo Cándido—, pero es preciso tratar de curarlo.

—¿Y cómo he de curarme, amiguito? —dijo Panglós—. Si no tengo un centavo, y en todo este vasto globo a nadie sangran ni le administran una lavativa sin que pague o que alguien pague por él.

Estas últimas palabras llevaron a Cándido a echarse a los pies de su caritativo anabaptista Santiago, a quien pintó tan tiernamente la situación en la que se hallaba su amigo, que el buen hombre no dudó en hospedarlo y costear su tratamiento. La cura solo le costó a Panglós un ojo y una oreja. Como sabía escribir y contar con perfección, el anabaptista lo convirtió en su tenedor de libros.

A los dos meses, Santiago tuvo que viajar a Lisboa por asuntos de comercio, así que se embarcó con sus dos filósofos. Durante el trayecto, Panglós le explicaba de qué modo todas las cosas estaban perfectamente ordenadas, pero Santiago no era de su parecer.

—Es forzoso que los hombres hayan pervertido de algún modo la naturaleza —decía—, porque no nacieron lobos y, sin embargo, se han convertido en lobos. Dios no les dio cañones de veinticuatro libras ni bayonetas, y ellos han forjado cañones y bayonetas para destruirse. También podría mencionar las quiebras y la justicia que embarga los bienes de los quebrados para frustrar a los acreedores.

—Todo eso era indispensable —replicó el doctor tuerto—, y de los males individuales se compone el bien general; de modo que cuantos más males particulares hay, mejor está el conjunto.

Mientras argumentaba, el cielo se oscureció, los vientos soplaron furiosos desde los cuatro ángulos del mundo y, justo a la vista del puerto de Lisboa, una tormenta colosal embistió la nave.

Sin fuerzas y medio muertos, la mitad de los pasajeros sufrían las insoportables náuseas que el balance del navío provocaba en sus nervios y en todos los humores de su cuerpo. No tenían siquiera ánimo para temer el peligro. La otra mitad gritaba y rezaba. Las velas estaban rasgadas, los cables rotos y la nave hacía agua. Quienes podían trabajaban, pero nadie se entendía y nadie mandaba.

El anabaptista ayudaba en la faena sobre la cubierta, cuando un furioso marinero le dio un empujón tan violento que lo arrojó al suelo. Pero el esfuerzo fue tal que el marinero mismo cayó de cabeza fuera del navío y quedó colgado de un fragmento del mástil roto. El buen Santiago acudió de inmediato a socorrerlo y lo ayudó a subir. Sin embargo, al hacer fuerza para salvarlo, él mismo cayó al mar ante la mirada del marinero, quien lo dejó ahogarse sin dignarse siquiera a mirarlo.

Cándido, al ver a su bienhechor aparecer por un instante sobre el agua y hundirse para siempre, quiso lanzarse tras él al mar, pero Panglós lo detuvo, demostrándole que la bahía de Lisboa había sido creada expresamente para que el anabaptista se ahogara en ella.

Estaba explicándolo a priori cuando la nave se partió y todos perecieron, salvo Panglós, Cándido y el desalmado marinero que había causado la muerte del virtuoso anabaptista. El bribón consiguió salvarse nadando hasta la orilla, adonde también llegaron Cándido y Panglós aferrados a una tabla.

Apenas se recobraron del susto y el cansancio, se encaminaron a Lisboa. Tenían algo de dinero, con lo cual esperaban librarse del hambre después de haber escapado de la tormenta.

Apenas pusieron pie en la ciudad, lamentándose de la muerte de su bienhechor, el mar embistió rugiendo contra el puerto y arrastró cuantos navíos estaban anclados en él. Calles y plazas se cubrieron de torbellinos de llamas y cenizas. Las casas se derrumbaban, los techos caían sobre los cimientos y los cimientos se desmoronaban. Treinta mil habitantes de todas las edades y sexos quedaron sepultados entre las ruinas.

El marinero, tarareando y silbando, dijo:

—Algo ganaremos con esto.

—¿Cuál puede ser la razón suficiente de este fenómeno? —decía Panglós.

Y Cándido exclamaba:

—¡Este es el día del juicio final!

El marinero se metió sin vacilar entre las ruinas, desafiando la muerte en busca de dinero. Con lo que encontró, se fue a emborrachar. Y después de dormir la borrachera, compró los favores de la primera ramera que encontró, quien se entregó a él entre los escombros de los edificios derruidos y en medio de moribundos y cadáveres. Panglós, tirándole de la casaca, le decía:

—Amigo, eso no está bien; es pecar contra la razón universal, porque ahora no es ocasión para holganzas.

—¡Por la vida del Padre Eterno! —respondió el otro—. ¡Soy marinero y nací en Batavia! He escupido sobre el crucifijo en cuatro viajes que hice a Japón. Así que no me hables de razón universal.

Cándido, herido por la caída de unas piedras, yacía tendido en el suelo, cubierto de escombros.

—¡Ay! —clamó a Panglós—. Tráeme un poco de vino y aceite, que m e muero.

—Este terremoto no es cosa nueva —respondió Panglós—. Lima sufrió el mismo desastre hace algunos años. Las mismas causas producen los mismos efectos; sin duda hay una veta subterránea de azufre que se extiende desde Lisboa hasta Lima.

—Es verosímil —dijo Cándido—, pero, por Dios, tráeme un poco de aceite y vino.

—¿Cómo que "verosímil"? —replicó el filósofo—. ¡Está demostrado!

Cándido perdió el sentido y Panglós, finalmente, le llevó un trago de agua de una fuente cercana.

Al día siguiente, tras encontrar algo de comida entre los escombros, recuperaron algunas fuerzas y trabajaron, como los demás sobrevivientes, en la ayuda a los damnificados. Algunos vecinos a quienes auxiliaron les dieron la menos mala de las comidas que podía esperarse en tan terrible desastre. Fue un banquete triste: los comensales bañaban su pan en lágrimas. Pero Panglós los consolaba asegurando que no podían suceder las cosas de otra manera.

—Porque todo esto —decía— es lo mejor que hay. Si hay un volcán en Lisboa, no podía estar en otro sitio. Porque no es posible que las cosas no estén donde deben estar. Porque todo está bien.

Un hombrecito vestido de negro, familiar de la Inquisición, que estaba sentado a su lado, lo interrumpió cortésmente y le dijo:

—Sin duda, caballero, usted no cree en el pecado original; porque, si todo está perfecto, no ha habido ni pecado ni castigo.

—Perdóneme su excelencia —respondió con mayor cortesía Panglós—, pero la caída del hombre y su maldición formaban parte necesaria del mejor de los mundos posibles.

—Según eso, ¿este caballero no cree que seamos libres? —dijo el inquisidor.

—Otra vez ha de perdonar su excelencia —replicó Panglós—, porque la libertad puede coexistir con la necesidad absoluta; porque era necesario que fuéramos libres, porque, finalmente, la voluntad determinada…

En medio de la frase, el inquisidor hizo una seña a su secretario, quien en ese momento le servía vino de Oporto.

Pasado el terremoto que había destruido las tres cuartas partes de Lisboa, el medio más eficaz que ocurrió a los sabios del país para evitar una ruina total fue la celebración de un solemne auto de fe. La Universidad de Coímbra había decidido que el espectáculo de unas cuantas personas quemadas a fuego lento con toda solemnidad era un remedio infalible para prevenir los terremotos.

Por ello, fueron apresados un vizcaíno, convicto de haberse casado con su comadre, y dos portugueses que se habían comido un pollo un viernes y un guiso sin tocino un sábado. Después de la comida, también apresaron al doctor Panglós y a su discípulo Cándido, al primero por lo que había dicho y al segundo por haberlo escuchado con ademán de aprobar sus palabras.

Los encerraron en unos aposentos muy frescos, donde nunca los molestaba el sol, y ocho días después los vistieron con un sanbenito y les engalanaron la cabeza con mitras de papel. La mitra y el sanbenito de Cándido llevaban llamas boca abajo y demonios sin garras ni cola; pero los de Panglós tenían cola y garras, y las llamas ardían hacia arriba. Así vestidos, salieron en procesión y escucharon un sermón muy conmovedor, seguido de una bellísima música en falsobordón.

Mientras duraba el canto, le dieron a Cándido doscientos azotes al compás; al vizcaíno y a los dos que habían comido el guiso sin tocino los quemaron, y a Panglós lo ahorcaron, aunque no era la costumbre. Aquel mismo día, la tierra tembló con un furor espantoso.

Cándido, atónito, desorientado, confuso, ensangrentado y tembloroso, decía para sí:

—Si este es el mejor de los mundos posibles, ¿cómo serán los otros? Vaya con Dios, si al menos solo me hubieran azotado un poco; ya los búlgaros me habían hecho el mismo favor. Pero tú, querido Panglós, el mayor de los filósofos, ¿por qué te he visto ahorcar sin saber por qué? Oh, mi amado anabaptista, tú, que eras el mejor de los hombres, ¿por qué te has ahogado en el puerto? Y tú, baronesita Cunegunda, perla de las jóvenes, ¿por qué te han destripado?

Mientras decía esto, se dirigía a su casa sin poder sostenerse en pie, predicado, azotado, absuelto y bendecido, cuando se le acercó una anciana y le dijo:

—Hijo mío, ten buen ánimo y sígueme.

CAPÍTULO IV: QUE CUENTA CÓMO UNA ANCIANA REMEDIÓ LAS PENAS DE CÁNDIDO Y CÓMO ESTE SE REENCONTRÓ CON SU DAMA

Cándido no recuperó el ánimo, pero siguió a la anciana hasta una humilde casucha. Allí, su misteriosa benefactora le entregó un frasco de ungüento para aliviar sus heridas, le dio comida y bebida, y luego le mostró una cama muy aseada con un traje completo al lado.

—Come, hijo, bebe y duerme —le dijo—, y que Nuestra Señora de Atocha, San Antonio de Padua y el Señor Santiago de Compostela te protejan. Mañana volveré.

Cándido, abrumado por todo lo que había visto y sufrido, y aún más por la caridad de la anciana, quiso besarle la mano.

—No es mi mano la que debes besar —dijo ella—. Mañana volveré. Úntate con la pomada, come y duerme.

A pesar de sus desventuras, Cándido comió y durmió.

Al día siguiente, la anciana volvió con el desayuno, le revisó la espalda, le aplicó más ungüento y le sirvió la comida. Por la noche, regresó con la cena. Al tercer día, se repitió la misma ceremonia.

—¿Quién es usted? —preguntaba Cándido—. ¿Quién la ha inspirado a tener tanta bondad? ¿Cómo puedo agradecerle dignamente?

La anciana no respondía. Pero esa noche, en lugar de traer la cena, le dijo:

—Ven conmigo y no digas nada.

Dicho esto, tomó a Cándido del brazo y lo llevó a través del campo. Tras caminar cerca de una legua, llegaron a una casa solitaria, rodeada de canales y jardines. La anciana llamó a una puertecilla, abrieron y condujo a Cándido por una escalera secreta hasta un gabinete dorado.

—Siéntate aquí —le dijo, señalando un diván de terciopelo. Luego cerró la puerta y se marchó.

Cándido sintió que estaba soñando. Su vida entera le parecía un largo y trágico sueño, y aquel instante, un sueño maravilloso.

Pronto volvió la anciana, sosteniendo con dificultad del brazo a una mujer de majestuosa estatura, cubierta de piedras preciosas y velada.

—Levanta ese velo —le dijo la anciana a Cándido.

Tembloroso, el joven se acercó y alzó con mano temerosa el velo.

¡Qué momento! ¡Qué sorpresa! Creyó ver a su baronesita, a su amada Cunegunda… ¡y en efecto, era ella!

Se quedó sin aliento, incapaz de articular palabra, y cayó desmayado a sus pies. Cunegunda también se desplomó sobre el diván. La anciana les roció el rostro con esencias aromáticas, y cuando recobraron el conocimiento, se miraron, se hablaron con voces entrecortadas, entre preguntas sin respuesta, sollozos, lágrimas y gritos.

La anciana, pidiéndoles que hicieran menos ruido, los dejó solos.

—¡Así que es usted! —dijo Cándido—. ¡Así que la veo en Portugal! ¿Y no ha sido violada ni destripada como me contó el filósofo Panglós?

—Oh, sí —respondió la hermosa Cunegunda—, pero esos accidentes no siempre son mortales.

—¿Y su padre y su madre han sido asesinados?

—Por desgracia, sí —respondió Cunegunda, rompiendo en llanto.

—¿Y su hermano?

—También ha muerto.

—¿Por qué está usted en Portugal? ¿Cómo supo que yo estaba aquí? ¿Por qué un extraño destino me ha traído hasta esta casa?

—Le contaré todo —respondió Cunegunda—, pero antes, debe contarme qué ha sido de usted desde aquel inocente beso que me dio y las patadas con que se lo hicieron pagar.

Cándido, con profundo respeto, obedeció. Aunque estaba confuso, con la voz temblorosa y aún con dolor en la espalda, relató con la mayor sinceridad todas las desventuras que había sufrido desde el día en que fueron separados.

Cunegunda elevaba los ojos al cielo y derramaba tiernas lágrimas por la muerte del buen anabaptista y de Panglós. Luego, con voz entrecortada, comenzó su propio relato, mientras Cándido, absorto, no perdía una sola palabra y la devoraba con los ojos.

CAPÍTULO V: HISTORIA DE CUNEGUNDA

Dormía profundamente en mi cama cuando quiso el cielo que los búlgaros entraran en nuestra soberbia quinta de Thunder-ten-Tronckh, degollaran a mi padre y a mi hermano, e hicieran pedazos a mi madre.

Un torpe búlgaro de dos varas y un tercio, al ver que yo había perdido el sentido con aquella escena, se dispuso a violarme. Con el dolor, volví en mí y comencé a morder, arañar y a intentar sacarle los ojos al bruto, sin saber que aquello era costumbre en todo lo que ocurría en la quinta de mi padre. Pero el bellaco me asestó un tajo con su cuchillo junto a mi pecho izquierdo, cuya cicatriz aún conservo.

—¡Ah! Espero que me la enseñe usted —dijo el ingenuo Cándido.

—Ya la verá —respondió Cunegunda—, pero sigamos con la historia.

—Siga usted —replicó Cándido.

Prosiguió entonces Cunegunda con su relato:

Entró un capitán búlgaro, quien al verme ensangrentada debajo del soldado, se indignó por la falta de respeto del malandrín y lo mató sobre mí. Luego ordenó que me atendieran las heridas y me llevó prisionera de guerra a su guarnición. Allí lavaba las pocas camisas que tenía y le cocinaba la comida. Decía que yo era muy bonita, y debo confesar que él era un mozo bastante apuesto, con la piel suave y blanca, pero sin mucho entendimiento ni filosofía; de lejos se notaba que no había sido educado por el doctor Panglós.

A los tres meses perdió todo su dinero y, como ya no se ocupaba de mí, me vendió a un judío llamado don Isacar, comerciante en Holanda y Portugal, que se moría por las mujeres. Se prendó mucho de mí, pero nada logró, pues me resistí a él con más firmeza que al soldado búlgaro. Porque una mujer honrada puede ser violada una vez, pero semejante infortunio fortalece aún más su virtud.

Para domesticarme, el judío me trajo a la casa de campo que usted ve. Hasta entonces había creído que no existía en la tierra morada más hermosa que la granja de Thunder-ten-Tronckh, pero ya me he desengañado de ese error.

Un día, el inquisidor general me vio en misa, no me quitó los ojos de encima y mandó decirme que debía hablarme de un asunto secreto. Me llevaron a su palacio y, cuando le conté quiénes eran mis padres, su ilustrísima me señaló cuánto deshonraba mi nobleza el pertenecer a un israelita. Luego propuso a don Isacar que le cediera mis derechos; pero este, que es banquero del palacio y hombre de mucho poder, nunca quiso consentirlo.

El inquisidor lo amenazó con un auto de fe y, finalmente, atemorizado, mi judío llegó a un acuerdo en virtud del cual la casa y yo seríamos compartidos: el judío se reservó los lunes, miércoles y sábados; y el inquisidor, los demás días de la semana.

Este convenio ha durado seis meses, aunque no sin frecuentes disputas, pues muchas veces han discutido sobre si la noche del sábado al domingo pertenece a la ley antigua o a la ley de gracia. Sin embargo, yo me he resistido a ambas leyes hasta ahora, y por eso pienso que me quieren tanto.

Finalmente, para conjurar la plaga de los terremotos y atemorizar a don Isacar, su ilustrísima decidió celebrar un auto de fe. Me honró invitándome a la ceremonia, me dieron uno de los mejores asientos y sirvieron refrescos a las damas en el intervalo entre la misa y el suplicio de los ajusticiados.

Confieso que me sobrecogió el horror al ver arder a los dos judíos y al pobre vizcaíno casado con su comadre; pero ¡qué asombro, qué confusión y qué espanto cuando vi, con sanbenito y mitra, una cara semejante a la de Panglós! Me restregué los ojos, miré con atención, lo vi ahorcarse y caí desmayada.

Apenas había vuelto en mí cuando lo vi a usted desnudo de medio cuerpo. Fue el colmo de mi horror, mi consternación, mi desconsuelo y mi desesperación.

He de decir que su piel es más blanca y sonrosada que la de mi capitán búlgaro, y esa visión exacerbó mis emociones. Quise gritar y clamar: ¡Deteneos, inhumanos! Pero me faltó la voz y, de todos modos, habría sido en vano.

Cuando lo hubieron azotado a su gusto, me dije: ¿Cómo es posible que se encuentren en Lisboa el amable Cándido y el sabio Panglós, uno para recibir doscientos azotes y el otro para ser ahorcado por orden del ilustrísimo señor inquisidor que tanto me ama? ¡Qué cruelmente me engañaba Panglós cuando me decía que todo era perfectísimo!

Agitada, desorientada, unas veces fuera de mí y otras muriendo de pena, mi imaginación no dejaba de dar vueltas a la muerte de mis padres y mi hermano, a la insolencia de aquel soldado búlgaro, a la cuchillada que me dio, a mi oficio de lavandera y cocinera, a mi capitán búlgaro, a mi sucio don Isacar, a mi abominable inquisidor, a la horca de Panglós, a aquel Miserere en falsobordón durante el cual le dieron a usted doscientos azotes, y sobre todo, al beso que le di detrás del biombo la última vez que nos vimos.

Di gracias a Dios por habernos reunido tras tantas pruebas y encargué a mi anciana que lo cuidara y me lo trajera en cuanto fuera posible. Ha cumplido con su encargo a la perfección y ahora tengo la imponderable dicha de volver a verlo, escucharlo y hablar con usted.

Sin duda debe tener hambre, yo también. Así que cenemos antes de cualquier otra cosa.

Se sentaron ambos a la mesa y, después de cenar, volvieron al hermoso diván del que ya hemos hablado. Estaban allí cuando llegó don Isacar, uno de los dos dueños de la casa. Era sábado y venía a disfrutar sus derechos y expresar su devoto amor.

Don Isacar era el hebreo más irascible que se había visto en Israel desde la cautividad de Babilonia.

—¿Qué significa esto, perra galilea? —exclamó—. ¿No te basta con el señor inquisidor, que también este mequetrefe entra en el reparto?

Al decir esto, sacó un puñal afilado que siempre llevaba al cinto y, creyendo que su rival estaba desarmado, se lanzó contra él.

Pero la anciana había dado a nuestro buen vestfaliano una espada con el traje completo que mencionamos antes. Cándido la desenvainó y, de un golpe, dejó al judío muerto en el suelo, a pesar de ser de la índole más pacífica.

—¡Virgen Santísima! —exclamó la hermosa Cunegunda—. ¡Estamos perdidos! ¡Un hombre muerto en mi casa!

—Si Panglós no hubiera sido ahorcado —dijo Cándido—, nos aconsejaría en este aprieto, pues era un eminente filósofo. Pero, ya que nos falta, consultemos a la anciana.

Era esta muy sagaz y comenzaba a dar su opinión cuando se abrió otra puertecilla…

Era la una de la noche; ya había comenzado el domingo, día que pertenecía al señor inquisidor. Al entrar, vio al azotado Cándido con la espada en la mano, un muerto en el suelo, a Cunegunda aterrorizada y a la anciana dando consejos.

En ese instante, Cándido tuvo las siguientes ideas y razonó así: Si este varón santo pide auxilio, sin duda me hará quemar, y lo mismo puede hacer con Cunegunda. Me ha hecho azotar sin piedad, es mi rival y, además, estoy en racha de matar... No hay tiempo que perder.

Fue un razonamiento tan bien hilado como rápido; y sin darle tiempo al inquisidor para reponerse de la sorpresa, lo atravesó de una estocada y lo dejó tendido junto al judío.

—Buena la tenemos —dijo Cunegunda—. No hay remedio, estamos excomulgados y nuestra última hora ha llegado. ¿Cómo ha hecho usted, siendo de tan apacible naturaleza, para matar en dos minutos a un prelado y a un judío?

—Hermosa señorita —respondió Cándido—, cuando uno está enamorado, celoso y ha sido azotado por la Inquisición, no sabe lo que hace.

Entonces, la anciana rompió el silencio y dijo:

—En la caballeriza hay tres caballos andaluces con sus sillas y frenos. Ensíllelos el valiente Cándido; esta señora tiene joyas y diamantes. Montemos a caballo y vayamos a Cádiz, pues yo solo puedo sentarme sobre una nalga. La noche está hermosa, y viajar con la brisa nocturna es un verdadero placer.

Cándido ensilló rápidamente los tres caballos, y junto con Cunegunda y la anciana recorrieron dieciséis leguas sin detenerse.

Mientras ellos huían, la Santa Hermandad llegó a la casa de Cunegunda. Enterraron a su ilustrísima en una suntuosa iglesia y arrojaron a Isacar a un muladar.

Ya en la villa de Aracena, en pleno corazón de Sierra Morena, Cándido, Cunegunda y la anciana conversaban en una posada.

—¿Quién me habrá robado mis doblones y mis diamantes? —sollozaba Cunegunda—. ¿Cómo vamos a vivir? ¿Qué haremos? ¿Dónde encontraré inquisidores y judíos que me den otros?

—¡Ay! —dijo la anciana—, mucho me temo de un reverendo padre franciscano que durmió ayer en la posada de Badajoz donde nos alojamos. Líbreme Dios de hacer juicios apresurados, pero entró dos veces en nuestro cuarto y partió mucho antes que nosotros.

—¡Ah! —exclamó Cándido—. Muchas veces me ha probado el buen Panglós que los bienes de la tierra son comunes a todos y que todos tenemos igual derecho a poseerlos. Conforme a estos principios, el fraile debió habernos dejado algo para continuar nuestro viaje.

—¿Entonces no le queda nada, hermosa Cunegunda?

—Ni un maravedí —respondió ella.

—¿Y qué haremos? —se lamentó Cándido.

—Vendamos uno de los caballos —dijo la anciana—. Yo montaré a las ancas del de la señorita, puesto que solo puedo sentarme sobre una nalga. Así llegaremos a Cádiz.

En la misma posada había un prior benedictino que compró el caballo a bajo precio. Cándido, Cunegunda y la anciana atravesaron Lucena, Écija y Lebrija hasta que finalmente llegaron a Cádiz.

Allí se estaba armando una escuadra para someter a los reverendos padres jesuitas del Paraguay, quienes habían incitado a una de sus reducciones indígenas a rebelarse contra los reyes de España y Portugal, cerca de la colonia del Sacramento.

Cándido, que había servido en el ejército búlgaro, realizó ante el general de aquel pequeño ejército el ejercicio militar con tanto garbo, agilidad y destreza, que este le otorgó el mando de una compañía de infantería.

Así pues, héteme aquí a Cándido convertido en capitán. Con tal rango, se embarcó junto con Cunegunda, la anciana, dos criados y los dos caballos andaluces que habían pertenecido al inquisidor general de Portugal.

Durante la travesía, reflexionaron largamente sobre la filosofía del pobre Panglós.

—Vamos a otro mundo —decía Cándido—. Sin duda, ahí todo está bien; porque en este nuestro, hay que admitirlo, hay ciertos defectillos tanto en lo físico como en lo moral.

—Te amo con toda mi alma —decía Cunegunda—, pero mi corazón aún está destrozado por todo lo que he visto y sufrido.

—Todo irá bien —replicó Cándido—. Ya el mar de este nuevo mundo es mejor que los de Europa: es más tranquilo y los vientos son más constantes. No cabe duda de que el nuevo mundo es el mejor de los mundos posibles.

—¡Dios lo quiera! —suspiró Cunegunda—. Pero han pasado por mí desgracias tan horrorosas que apenas me queda un resquicio de esperanza.

—Ustedes se quejan —intervino la anciana—, pero aún no han pasado por desventuras como las mías.

Cunegunda sonrió al oír la insólita afirmación de la anciana, que se vanagloriaba de haber sido más desgraciada que ella.

—¡Ay, madre! —dijo Cunegunda—. A menos que haya sido violada por dos búlgaros, que le hayan dado dos cuchilladas en el vientre, que le hayan destruido dos de sus propiedades, que haya visto degollar en su presencia a sus padres, que haya presenciado a dos de sus amantes siendo azotados en un auto de fe, no veo cómo pueda haber pasado por mayores desventuras que yo. Sin contar que nací baronesa con setenta y dos linajes en mi escudo de armas... ¡y he terminado como cocinera!

—Señorita —replicó la anciana—, usted no sabe cuál fue mi cuna. Y si le mostrara mi trasero, no hablaría como lo hace y suspendería su juicio.

Estas palabras despertaron en Cándido y Cunegunda una viva curiosidad, y la anciana la satisfizo con el siguiente relato.

"No siempre he tenido los ojos lagañosos y enrojecidos; no siempre mi barba ha rozado mi nariz, ni he sido siempre una simple criada. Soy hija del papa Urbano X y de la princesa de Palestrina. Hasta los catorce años me crié en un palacio que habría servido de caballeriza a todas las quintas de los barones tudescos, y uno solo de mis trajes valía más que todas las riquezas de Westfalia.

Crecía en gracia, talento y belleza, rodeada de placeres, respeto y esperanzas, e inspiraba ya el amor. Mi pecho se formaba, ¡y qué pecho! Blanco, firme, como el de la Venus de Médicis. ¡Y qué ojos! ¡Qué pestañas! ¡Qué negras cejas! ¡Qué llamas brotaban de mis pupilas, que eclipsaban el resplandor de los astros!, según decían los poetas de mi barrio.

Las doncellas que me vestían y desnudaban quedaban absortas al contemplarme de frente y de espaldas, y todos los hombres habrían dado lo que fuera por ocupar su lugar.

Mis desposorios fueron concertados con un príncipe soberano de Massa-Carrara.

¡Dios mío, qué príncipe! Tan hermoso como yo, esbelto, de carácter apacible, ingenio agudo y loco de amor por mí. Yo lo amaba como se ama por primera vez, es decir, lo adoraba.

Las bodas se prepararon con una pompa y magnificencia jamás vista. Todo era fiestas, torneos, óperas bufas; en toda Italia se compusieron sonetos en mi honor, y ninguno dejó de ser un desastre.

Ya rayaba la aurora de mi felicidad, cuando una marquesa vieja, a quien mi príncipe había cortejado, lo invitó a tomar chocolate con ella. El desdichado murió dos horas después, en horribles convulsiones. Pero esto es una nimiedad comparado con lo que aún me esperaba.

Mi madre, desesperada, aunque mucho menos que yo, quiso alejarse por un tiempo de aquella mansión funesta. Teníamos una hacienda muy rica cerca de Gaeta, así que nos embarcamos en una galera dorada como el altar de San Pedro en Roma.

De repente, un pirata de Salé nos dio caza y nos abordó. Nuestros soldados se defendieron como buenos soldados del Papa, es decir, arrojaron las armas y se arrodillaron, implorando al pirata la absolución *in articulo mortis*.

Pronto nos desnudaron de pies a cabeza, a mi madre, a nuestras doncellas y a mí. ¡Es increíble la rapidez con que estos caballeros despojan a la gente! Pero lo que más me sorprendió fue que a todos nos metieron un dedo en un sitio donde las mujeres solo estamos acostumbradas a introducir cánulas de jeringa.

Me pareció una ceremonia muy extraña, como todo lo que desconoce quien nunca ha salido de su país. Luego supe que lo hacían para comprobar si escondíamos diamantes y que era una práctica habitual desde tiempos inmemoriales entre las naciones civilizadas que dominan los mares. Me enteré también de que los ilustres caballeros de Malta nunca la omiten cuando capturan turcos o turcas, pues es una ley del derecho de gentes, jamás quebrantada.

No diré si fue duro para una joven princesa ser llevada cautiva a Marruecos junto con su madre. Ya pueden imaginar lo que sufrimos en el barco pirata.

Mi madre aún era muy hermosa; nuestras damas de compañía y hasta nuestras criadas eran más bellas que todas las mujeres de África juntas. Y yo era un encanto, el epítome de la belleza y la gracia, y todavía era doncella… pero no lo fui por mucho tiempo.

El capitán del barco me robó la flor que estaba destinada al príncipe de Massa-Carrara. Era un negro abominable que creía honrarme con sus caricias.

Sin duda, la princesa de Palestrina y yo debíamos de ser muy robustas, pues sobrevivimos a todo lo que pasamos hasta llegar a Marruecos. Pero no insistiré en esto, son cosas tan comunes que ni siquiera merecen ser mencionadas.

Cuando llegamos, ríos de sangre corrían por Marruecos. Cada uno de los cincuenta hijos del emperador Muley Ismael tenía su propio bando, lo que generaba cincuenta guerras civiles simultáneas: negros contra negros, negros contra moros, moros contra moros, mulatos contra mulatos. Todo el imperio era un continuo baño de sangre.

Apenas desembarcamos, unos negros de una facción enemiga de la de mi pirata se lanzaron sobre nosotros para arrebatarnos el botín.

Después del oro y los diamantes, lo más valioso que había éramos nosotras.

Fui testigo de una batalla como nunca se ha visto en nuestros climas europeos, porque en el norte la sangre no es tan ardiente ni la pasión por las mujeres tan intensa como en África.

Peleaban con la furia de leones, tigres y serpientes de la comarca, disputándose quién sería nuestro dueño.

Un moro agarró a mi madre por el brazo derecho, el teniente del barco la jaló por el izquierdo; un soldado moro la sujetó de una pierna y un pirata la tomó por la otra.

Casi todas nuestras doncellas se encontraron en el mismo instante tironeadas por cuatro soldados.

Mi capitán se colocó frente a mí y, blandiendo la cimitarra, mataba a todo aquel que se interponía en su furia.

Finalmente, vi a todas las italianas y a mi madre desgarradas, acribilladas a puñaladas y destrozadas por aquellos monstruos que luchaban por poseerlas.

Mis compañeros cautivos, los que nos habían capturado, soldados, marineros, negros, blancos, mestizos, mulatos y, finalmente, mi capitán, todos fueron asesinados. Yo quedé moribunda sobre un montón de cadáveres.

Las mismas escenas se repetían a lo largo de más de trescientas leguas, sin que nadie dejara de cumplir las cinco oraciones diarias que manda Mahoma.

Me liberé con gran esfuerzo de aquel montón de cuerpos ensangrentados y llegué arrastrándome hasta un gran naranjo a orillas de un arroyo cercano.

Allí caí, rendida por el miedo, el cansancio, el horror, la desesperación y el hambre.

Mis sentidos, agotados, cedieron a un sueño que más que descanso era letargo.

En ese estado de insensibilidad y debilidad, oscilando entre la vida y la muerte, sentí de pronto que algo se agitaba sobre mi cuerpo.

Abrí los ojos y vi a un hombre blanco y de buen porte que, suspirando, murmuraba entre dientes:

—O che sciagura d'essere senza cogl…

Atónita y al mismo tiempo aliviada al escuchar el idioma de mi patria, aunque sorprendida por las palabras de aquel hombre, le respondí que había desgracias mucho peores que el infortunio del que se lamentaba. Le relaté brevemente los horrores que había sufrido y, después de esto, volví a desmayarme.

Me llevó a una casa cercana, hizo que me acostaran, me dieran de comer, me sirvió, me consoló, me halagó y me dijo que jamás había visto una criatura más hermosa, ni había sentido tanto la ausencia de lo que nadie podía suplir.

—Nací en Nápoles —me dijo—, donde todos los años castran a dos o tres mil niños: unos mueren, otros adquieren voces más agudas que las de las mujeres y otros llegan a gobernar estados. A mí me hicieron la operación con gran éxito, y fui músico de la capilla de la princesa de Palestrina.

—¡De mi madre! —exclamé.

—¿De su madre? —replicó él llorando—. ¡Así que usted es aquella princesita que crié hasta que tuvo seis años y que prometía ser tan hermosa como ahora!

—Sí, soy esa misma —respondí—, y mi madre está a cuatrocientos pasos de aquí, hecha pedazos bajo un montón de cadáveres…

Le conté entonces todo lo que me había sucedido, y él también me relató sus aventuras. Me dijo que era ministro plenipotenciario de una potencia cristiana ante el rey de Marruecos, con el propósito de firmar un tratado mediante el cual se le proveían barcos, cañones y pólvora para ayudarlo a destruir el comercio de los demás cristianos.

—Mi misión ya está cumplida —añadió el honrado eunuco—, y voy a embarcarme hacia Ceuta, desde donde la llevaré a Italia. Ma che sciagura d'essere senza cogl…

Le di las gracias entre lágrimas. Pero en lugar de llevarme a Italia, me condujo a Argel y me vendió al Dey.

Apenas me hubo vendido, estalló en la ciudad con toda su furia la peste que recorrió África, Europa y Asia.

—Señorita, usted ha visto terremotos —me dijo—, pero ¿ha padecido la peste?

—Nunca —respondió Cunegunda.

—Si la hubiera padecido, confesaría que los terremotos no tienen comparación con ella. En África es frecuente y yo la he sufrido.

Imagínese lo que fue para la hija de un papa, con apenas quince años, haber pasado en tan solo tres meses por la pobreza y la esclavitud, ser violada casi todos los días, ver cómo despedazaban a su madre, sufrir las plagas de la guerra y el hambre, y luego estar agonizando de peste en Argel.

Es cierto que no morí, pero mi eunuco sí, así como el Dey y casi todo el harén.

Cuando la devastación de la peste se calmó un poco, vendieron a los esclavos del Dey.

Me compró un mercader que me llevó a Túnez, donde me vendió a otro mercader, quien me revendió en Trípoli. De Trípoli me revendieron en Alejandría, de Alejandría en Esmirna y de Esmirna en Constantinopla. Al final, acabé en manos de un agá de jenízaros, quien pronto recibió la orden de ir a defender Azov contra los rusos que la tenían sitiada.

El agá, un hombre de gran mérito, se llevó consigo todo su harén y nos alojó en un fuerte sobre la laguna Meótide, bajo la vigilancia de dos eunucos negros y veinte soldados.

Miles de rusos fueron masacrados, pero no se quedaron en deuda. Azov fue tomada a sangre y fuego, sin distinción de edad ni sexo. Solo quedó nuestro fuerte, que los enemigos intentaron tomar por hambre.

Los veinte jenízaros juraron no rendirse. Pero el hambre los llevó al extremo: primero se comieron a los dos eunucos para no faltar a su juramento.

Días después, resolvieron comerse a las mujeres.

Teníamos un imán, un hombre piadoso y caritativo, que les predicó un elocuente sermón exhortándolos a no matarnos del todo.

—Cortad —dijo—, una nalga a cada una de estas damas, con lo que os daréis un festín. Si es necesario, en unos días les cortaréis la otra. El cielo premiará tan piadosa obra y recibiréis ayuda.

Como era tan persuasivo, los convenció y nos sometieron a esa espantosa operación.

El imán nos aplicó el mismo ungüento que se usa en los recién circuncidados, pero de poco sirvió: todas estábamos al borde de la muerte.

Apenas los jenízaros habían terminado de comer la carne que nos habían cortado, cuando los rusos desembarcaron en barcos chatos y no dejaron vivo a un solo jenízaro.

Los rusos no se detuvieron a considerar el estado en el que nos encontrábamos.

Afortunadamente, en todas partes hay cirujanos franceses. Uno de ellos, muy hábil, se encargó de curarnos. Nunca olvidaré que, apenas cicatrizaron mis heridas, me propuso amores.

Luego nos instó a tener paciencia, asegurándonos que lo mismo había sucedido en muchos otros sitios y que esa era la ley de la guerra.

Apenas mis compañeras pudieron andar, fueron llevadas a Moscú. En cuanto a mí, fui a parar en manos de un boyardo que me hizo su jardinera y me daba veinte latigazos al día.

Dos años después, este señor fue descuartizado por un enredo de palacio, y yo aproveché la oportunidad para escapar. Crucé toda Rusia y trabajé durante mucho tiempo en las posadas de Riga, Rostock, Wismar, Leipzig, Kassel, Utrecht, Leiden, La Haya y Róterdam.

Así he envejecido en la miseria y el oprobio, con solo la mitad de mi trasero, recordando siempre que soy hija de un papa.

Cien veces intenté quitarme la vida, pero siempre me aferré a ella.

Tal vez esta ridícula debilidad sea una de nuestras peores inclinaciones.

Porque, ¿qué mayor locura que cargar con un peso del que queremos deshacernos constantemente, horrorizarse de la existencia y, sin embargo, aferrarse a ella? ¿Mimar a la serpiente que nos devora hasta que nos haya devorado el corazón?

En los países por los que he viajado y en las posadas donde he servido, he visto a una multitud de personas maldecir su vida; pero solo he conocido a doce que se atrevieran a ponerle fin voluntariamente: tres negros, cuatro ingleses, cuatro ginebrinos y un catedrático alemán llamado Robel.

Al final, el judío don Isacar me tomó como su criada y me llevó, hermosa señorita, a su casa, donde no he pensado en nada más que en su felicidad. Me he interesado más por sus aventuras que por las mías propias.

Nunca habría mencionado mis desgracias si usted no me hubiera provocado un poco y si no fuera costumbre entre los viajeros contar historias para pasar el tiempo.

Señorita, tengo experiencia y conozco el mundo. Pregunte a cada pasajero, uno por uno, sobre su vida, y le aseguro que no encontrará ni uno solo que no haya maldecido su existencia cien veces y no se haya creído el más desdichado de los mortales".

CAPÍTULO VI: DE CÓMO CÁNDIDO TUVO QUE SEPARARSE POR FUERZA DE LA HERMOSA CUNEGUNDA Y LA ANCIANA

Al escuchar la historia de la anciana, la hermosa Cunegunda la trató con toda la cortesía y respeto que merecía una persona de tan alta jerarquía y tanto mérito, y aceptó su propuesta. Rogó a todos los pasajeros que le contaran sus aventuras, uno tras otro, y Cándido y ella admitieron que la anciana tenía razón.

—¡Qué lástima —decía Cándido— que hayan ahorcado, contra lo acostumbrado, al sabio Panglós en un auto de fe! Nos diría cosas maravillosas sobre el mal físico y el mal moral que inundan mares y tierras, y yo tendría valor para hacerle algunos comentarios con mucho respeto.

Mientras cada uno contaba su historia, el barco avanzaba y finalmente llegó a Buenos Aires. Cunegunda, el capitán Cándido y la anciana fueron a presentarse ante el gobernador don Fernando de Ibarra, Figueroa, Mascareñas, Lampurdan y Souza, un hombre cuya arrogancia estaba a la altura de los muchos apellidos que ostentaba.

Trataba a los hombres con altiva nobleza, levantando la cabeza, hablando con un tono desmesurado y altanero, y gesticulando con tal aire de superioridad que a quienes lo saludaban les daban ganas de llenarlo de bofetadas.

Además, era un hombre de gran apetito amoroso y, en cuanto vio a Cunegunda, le pareció la criatura más hermosa que jamás hubiera visto.

Lo primero que hizo fue preguntar si era esposa del capitán.

Cándido se sobresaltó por el tono con el que hizo la pregunta y no se atrevió a decir que lo era, porque en realidad no lo era. Tampoco podía decir que era su hermana, porque tampoco lo era, aunque esta mentira piadosa era de uso frecuente entre los antiguos. Pero el alma de Cándido era demasiado pura para traicionar la verdad.

—Esta señorita me ha prometido su mano —respondió—, y ambos suplicamos a su excelencia que tenga a bien ser padrino de nuestra boda.

Al oír esto, don Fernando de Ibarra, Figueroa, Mascareñas, Lampurdan y Souza se retorció el bigote con la mano izquierda, esbozó una sonrisa burlona y ordenó al capitán Cándido que fuera a pasar revista a su compañía.

Cándido obedeció, y el gobernador se quedó a solas con la baronesa. Le declaró su amor, asegurándole que al día siguiente sería su esposa, ya fuera con matrimonio eclesiástico o sin él, como a Cunegunda le pareciera mejor.

Ella le pidió un cuarto de hora para pensarlo bien, consultarlo con la anciana y tomar una decisión.

Cunegunda y la anciana se encerraron a deliberar, y esta le dijo:

—Señorita, usted tiene setenta y dos linajes en su escudo, pero ni un centavo en su bolsillo. Está en su mano convertirse en esposa del hombre más poderoso de América del Sur, un caballero con unos bigotes magníficos. No es momento para hacer alarde de firmeza inquebrantable.

—Los búlgaros la violaron a usted; un inquisidor y un judío han gozado de sus favores.

—Las desgracias otorgan ciertos derechos legítimos.

—Si yo estuviera en su lugar, confieso que no tendría reparo en casarme con el señor gobernador y, además, hacer rico al capitán Cándido.

Mientras la anciana hablaba con la autoridad que le daban sus canas y su experiencia, un pequeño barco echaba anclas en el puerto. A bordo venían un alcalde y dos alguaciles, y no era por casualidad.

La anciana no se había equivocado al sospechar que el ladrón del dinero y las joyas de Cunegunda en Badajoz, cuando huía con Cándido, era un fraile franciscano de mangas anchas.

El fraile intentó vender algunas de las piedras preciosas robadas a un joyero, quien reconoció que eran las mismas que había comprado al inquisidor general.

El fraile fue arrestado y confesó sin resistencia a quién y cómo había robado las joyas, así como la ruta que llevaban Cándido y Cunegunda.

Ya se sabía de la fuga de ambos, por lo que las autoridades los persiguieron hasta Cádiz, y sin perder tiempo, enviaron un barco en su búsqueda.

Ahora, la embarcación estaba anclada en el puerto de Buenos Aires y corría la noticia de que un alcalde del crimen estaba a punto de desembarcar en busca de los asesinos del ilustrísimo inquisidor general.

En ese mismo instante, la astuta anciana decidió lo que debía hacerse.

—Usted no tiene cómo escapar —dijo a Cunegunda—, pero tampoco tiene nada que temer. No fue usted quien mató a su ilustrísima, y además, el gobernador, enamorado como está, no permitirá que le toquen un solo cabello. Así que no se mueva.

Luego corrió hacia Cándido y le dijo:

—Huye, hijo mío, si no quieres ser quemado vivo en una hora.

No había un solo instante que perder, pero ¿cómo separarse de Cunegunda? ¿Y dónde encontrar refugio?

Cándido había traído consigo desde Cádiz a un criado como los que se encuentran en los puertos de España: un cuarterón, hijo de un mestizo de Tucumán, que había sido monaguillo, sacristán, marinero, recadero, soldado y lacayo.

Se llamaba Cacambo y quería mucho a su amo, porque su amo era muy bueno.

En un abrir y cerrar de ojos, ensilló los dos caballos andaluces y dijo a Cándido:

—Vamos, señor, sigamos el consejo de la anciana y escapemos sin mirar atrás.

Cándido derramaba amargas lágrimas mientras exclamaba:

—¡Oh, mi amada Cunegunda! ¿Cómo voy a abandonarte cuando el gobernador estaba a punto de ser padrino de nuestra boda?

—¿Qué será de mi Cunegunda, a quien he traído desde tan lejos?

—Será lo que Dios quiera —dijo Cacambo—. Las mujeres siempre encuentran la manera de salir adelante. Dios las ayuda. Vámonos.

—¿Adónde me llevas? ¿Adónde iremos? ¿Qué haremos sin Cunegunda? —preguntaba Cándido.

—Voy a Santiago —respondió Cacambo—. Usted venía con la intención de luchar contra los jesuitas, pero vamos a ponernos de su lado. Yo conozco el camino y lo llevaré hasta su reino. Estarán encantados de recibir a un capitán que sabe el ejercicio militar a la búlgara. Usted hará una gran fortuna.

—Cuando uno no encuentra lo que necesita en un mundo, lo busca en otro. Y es un gran placer ver y hacer cosas nuevas.

—¿Así que ya has estado en Paraguay? —preguntó Cándido.

—¡Por supuesto! —replicó Cacambo—. Fui pinche en el colegio de la Asunción y conozco el gobierno de los padres jesuitas como las calles de Cádiz.

—Es un sistema extraordinario. Su territorio ya tiene más de trescientas leguas de diámetro y se divide en treinta provincias.

—Los padres son dueños de todo y los pueblos no poseen nada. Es la obra maestra de la razón y la justicia.

—Lo más increíble es que aquí los padres luchan contra los reyes de España y Portugal, mientras en Europa los confiesan y les abren las puertas del cielo.

—Matan españoles aquí y los absuelven allá. ¡Es algo que me maravilla!

—Vamos rápido. Los padres estarán encantados de recibir a un capitán que domina el ejercicio militar a la búlgara.

Así que llegaron a la primera barrera, Cacambo le dijo a la guardia avanzada que un capitán quería hablar con el señor comandante. Enseguida fueron a avisar a la gran guardia, y un oficial paraguayo corrió a echarse a los pies del comandante para informarle de la noticia.

Primero desarmaron a Cándido y a Cacambo, les quitaron sus caballos andaluces y luego los hicieron avanzar entre dos filas de soldados, al final de las cuales se encontraba el comandante. Este llevaba su bonete de teatino, la espada al cinto, la sotana remangada y una alabarda en la mano. Hizo una señal y, de inmediato, veinticuatro soldados rodearon a los recién llegados.

Un sargento les dijo que debían esperar, pues el comandante no podía hablar con ellos sin la autorización del padre provincial, quien había dado la orden de que ningún español hablara sin su presencia ni permaneciera en el país más de tres horas.

—¿Y dónde está el reverendo padre provincial? —preguntó Cacambo.

—En la parada, desde que terminó de decir misa. No podrán besarle las espuelas hasta dentro de tres horas.

—Si el señor capitán, que se está muriendo de hambre igual que yo —dijo Cacambo—, no es español, sino alemán, me parece que bien podríamos almorzar mientras llega su reverendísima.

El sargento fue enseguida a informar al comandante.

—¡Bendito sea Dios! —dijo este—. Si es alemán, podemos hablar. Llévenlo a mi enramada.

De inmediato llevaron a Cándido a un pabellón de follaje, adornado con una hermosa columnata de mármol verde y dorado, y jaulas donde había papagayos, colibríes, gallinas de Guinea y otras aves exóticas.

Sobre una vajilla de oro, estaba servido un excelente almuerzo. Mientras tanto, los paraguayos comían granos de maíz en escudillas de madera, a pleno sol y en campo abierto.

El reverendo padre entró en la enramada. Era un joven apuesto, de rostro redondeado, piel blanca y sonrosada, cejas altas y arqueadas, ojos vivos, orejas encarnadas, labios rojos y un porte altivo, aunque no con la arrogancia de un español ni con la de un jesuita.

Devolvieron a Cándido y a Cacambo las armas que les habían quitado, junto con los dos caballos andaluces. Cacambo les dio de comer cerca de la enramada sin perderlos de vista, temiendo que le jugaran alguna mala pasada.

Cándido besó la sotana del comandante y ambos se sentaron a la mesa.

—¿Así que usted es alemán? —le dijo el jesuita en ese idioma.

—Sí, padre reverendísimo —respondió Cándido.

Ambos se miraron con asombro y una emoción que no podían contener en el pecho.

—¿De qué región de Alemania es usted? —preguntó el jesuita.

—De la sucia provincia de Westfalia —respondió Cándido—, natural de la quinta de Tunder-ten-Tronck.

—¡Dios mío! ¿Es posible? —exclamó el comandante.

—¡Qué maravilla! —gritó Cándido.

—¿Es usted...? —dijo el comandante.

—¡No puede ser! —replicó Cándido.

Ambos se lanzaron el uno al otro, se abrazaron y derramaron un mar de lágrimas.

—¿Con que es usted, reverendo padre... usted, hermano de la hermosa Cunegunda... usted, que fue dado por muerto por los búlgaros... usted, hijo del señor barón... usted, jesuita en el Paraguay?

¡Vaya, que en este mundo se ven cosas extrañas! ¡Ah, Panglós, Panglós, cuánto gozo sentirías si no te hubieran ahorcado!

El comandante ordenó a los esclavos negros y a los paraguayos que se retiraran. Estos le servían vinos preciosos en vasos de cristal de roca.

Dio mil veces gracias a Dios y a San Ignacio, estrechando a Cándido en sus brazos mientras las lágrimas corrían copiosas por sus rostros.

—Pero se emocionará aún más, se asombrará y perderá el juicio —continuó Cándido— cuando sepa que la baronesa, su hermana, a quien creía destripada, está viva y en perfecto estado.

—¿Dónde?

—Aquí cerca, en casa del señor gobernador de Buenos Aires, y yo la he acompañado hasta la guerra.

Cada palabra de esta conversación era un nuevo prodigio. Sus almas estaban en vilo, pendientes de cada frase, atentos sus oídos y brillantes sus ojos.

Como buenos alemanes, permanecieron largo rato sentados a la mesa mientras esperaban la llegada del reverendo padre provincial.

Entonces, el comandante habló así a su querido Cándido...

CAPÍTULO VII: QUE CUENTA LA MUERTE QUE CÁNDIDO DIO AL HERMANO DE SU QUERIDA CUNEGUNDA

Toda mi vida tendré presente aquel horroroso día en que vi matar a mi padre y a mi madre, y violar a mi hermana. Cuando los búlgaros se retiraron, nadie pudo dar razón de mi adorable hermana, y nos echaron a mi padre, a mi madre y a mí, junto con dos criadas y tres niños degollados, en una carreta para enterrarnos en una iglesia de jesuitas que estaba a dos leguas de la finca de mi padre.

Un jesuita nos roció con agua bendita, que estaba muy salada; algunas gotas me cayeron en los ojos y el padre notó que mis párpados hacían un leve movimiento. Me puso la mano en el pecho y sintió latir mi corazón. Me reanimaron y, al cabo de tres semanas, ya estaba sano.

Ya sabe usted, querido Cándido, que yo era bastante apuesto; con el tiempo, mi belleza aumentó de tal manera que el reverendo padre Croust, rector de la casa, me tomó mucho cariño y me dio el hábito de novicio. Poco después, me enviaron a Roma.

El padre general necesitaba reclutar jóvenes jesuitas alemanes. Los soberanos del Paraguay admiten la menor cantidad posible de jesuitas españoles y prefieren a los extranjeros, en quienes confían más.

El reverendo padre general consideró que yo era apto para trabajar en esta viña del Señor, y llegamos juntos al Paraguay un polaco, un tirolés y yo.

Apenas llegué, me ordenaron subdiácono y me dieron el grado de teniente; ahora soy coronel y sacerdote.

Las tropas del rey de España serán recibidas con bravura, y yo garantizo que se marcharán excomulgadas y derrotadas.

La Providencia lo ha traído a usted aquí para ayudarnos.

—Pero ¿es cierto que mi querida Cunegunda está cerca, en casa del gobernador de Buenos Aires?

Cándido le juró que todo lo que le había contado era verdad, y ambos volvieron a derramar lágrimas.

El barón no se cansaba de abrazar a Cándido, llamándolo hermano y libertador.

—Tal vez podamos, querido Cándido —dijo—, entrar victoriosos en Buenos Aires y recuperar a mi hermana Cunegunda.

—No deseo otra cosa —respondió Cándido—, pues estaba a punto de casarme con ella y aún espero ser su esposo.

—¡Tú, insolente! —replicó el barón—. ¿Cómo te atreves a pensar en casarte con mi hermana, que tiene setenta y dos linajes? ¿Cómo tienes la osadía de hablarme de semejante locura?

Cándido, desconcertado, respondió:

—Reverendo padre, todos los linajes del mundo no valen nada. Yo rescaté a su hermana del poder de un judío y de un inquisidor; ella me está agradecida y quiere casarse conmigo. Maese Panglós me enseñó que todos somos iguales y Cunegunda será mía.

—¡Eso lo veremos, miserable! —dijo el jesuita barón de Tunder-ten-Tronck, propinándole con la hoja de su espada un golpe en la cara.

Cándido, furioso, desenvainó la suya y se la hundió hasta la empuñadura en el vientre del barón jesuita. Al sacarla, cubierta de sangre, rompió a llorar.

—¡Dios mío! —exclamó—. ¡He matado a mi antiguo amo, a mi amigo, a mi cuñado! ¡Soy el hombre más bondadoso del mundo y ya he matado a tres personas, de las cuales dos eran clérigos!

Al escuchar el alboroto, Cacambo, que estaba de guardia en la puerta de la enramada, acudió de inmediato.

—No nos queda más remedio que vender cara nuestra vida —le dijo su amo—. Sin duda vendrán a apresarnos. Moriremos con las armas en la mano.

Pero Cacambo, que nunca se desesperaba, cogió la sotana del barón, se la puso a Cándido, le colocó el bonete de teatino del difunto y lo hizo montar a caballo.

Todo esto lo hizo en un instante.

—¡Galopemos, señor! Todo el mundo creerá que usted es un jesuita que lleva órdenes y, antes de que nos persigan, ya habremos cruzado las fronteras.

Dicho esto, emprendieron la huida al galope, gritando:

—¡Paso al reverendo padre coronel!

Cándido y su criado ya habían pasado las barreras y aún nadie en el campamento sabía de la muerte del jesuita alemán.

El previsor Cacambo no había olvidado abastecerse bien de pan, chocolate, jamón, fruta y botas de buen vino.

Así, se adentraron con sus caballos andaluces en un país desconocido, sin encontrar senderos transitados.

Por fin, llegaron a una hermosa pradera regada por mil arroyuelos, donde dejaron pacer a sus caballos.

Cacambo propuso a su amo que comiera y él mismo dio el ejemplo.

—¿Cómo quieres que coma jamón —le dijo Cándido— después de haber matado al hijo del señor barón y sabiendo que nunca más volveré a ver a mi amada Cunegunda? ¿De qué me sirve prolongar mis desdichados días si los pasaré lejos de ella, consumido por el remordimiento y la desesperación? ¿Qué dirá el Diarista de Trévoux?

Sin embargo, dicho esto, no dejó de comer.

El sol se estaba poniendo cuando, de repente, escucharon unos gemidos suaves, como de mujeres. No podían distinguir si eran de placer o de dolor, pero se levantaron de inmediato, con el temor e inquietud que provoca lo desconocido.

Los gritos provenían de dos jóvenes desnudas que corrían con gran agilidad por la pradera, perseguidas por dos monos que les mordían las nalgas.

Cándido, conmovido, recordó sus lecciones de tiro con los búlgaros. Era tan diestro que podía derribar una avellana de un árbol sin tocar las hojas.

Cogió su escopeta madrileña de dos cañones, disparó y mató a los dos monos.

—¡Bendito sea Dios, querido Cacambo! —dijo—. He salvado a estas dos pobres criaturas de un peligro terrible. Si he pecado al matar a un inquisidor y a un jesuita, al menos he compensado mis faltas salvando a estas jóvenes, que tal vez sean damas de alta alcurnia. Esta aventura, sin duda, nos traerá grandes beneficios en este país.

Iba a continuar hablando, pero se quedó helado al ver que las dos muchachas abrazaban amorosamente a los monos, los cubrían de lágrimas y lanzaban los gritos más desgarradores.

—No esperaba tanta ternura —dijo a Cacambo.

Este le respondió:

—Buena la hemos hecho, señor. Esos monos eran los amantes de estas dos jóvenes.

—¿Amantes? ¿Cómo es posible? ¡Cacambo, me estás tomando el pelo!

—Señor —replicó Cacambo—, usted se asombra de todo. ¿Por qué le extraña tanto que en algunos países los monos sean queridos por las damas? Al fin y al cabo, son cuarterones de hombre, lo mismo que yo soy cuarterón de español.

—¡Ah! —exclamó Cándido—. Recuerdo que Panglós me decía que en la antigüedad se daban casos así y que de estas mezclas surgieron los egipanes, los faunos y los sátiros que se mencionan en los escritos de grandes personajes. Pero siempre pensé que eran fábulas.

—Ya ve que no —dijo Cacambo—. Estas son costumbres de pueblos sin educación. Lo que me preocupa es que esas damas nos metan en algún problema.

Persuadido Cándido por tan sólidas reflexiones, se alejó de la pradera y se internó en una selva, donde cenó con Cacambo. Después de que ambos lanzaron sendas maldiciones contra el inquisidor de Portugal, el gobernador de Buenos Aires y el barón, se quedaron dormidos sobre la hierba.

Al despertar, sintieron que no podían moverse. La razón era que, durante la noche, los orejones, habitantes del país, a quienes las dos jóvenes habían delatado, los habían atado con cuerdas hechas de corteza de árbol.

Unos cincuenta orejones desnudos los rodeaban, armados con flechas, mazas y hachas de pedernal. Algunos hacían hervir un enorme caldero, otros afilaban estacas, y todos gritaban:

—¡Un jesuita, un jesuita! Ahora nos vengaremos y nos daremos un festín. ¡A comer jesuita, a comer jesuita!

—Se lo dije, señor —dijo Cacambo con voz triste—, esas muchachas nos iban a traer problemas.

Cándido, mirando los asadores y el caldero, exclamó:

—Sin duda, nos van a cocer o a asar. ¡Ah! ¿Qué diría el doctor Panglós si viera lo que es la naturaleza en su estado puro? Todo está bien, de acuerdo, pero reconozcamos que es muy triste haber perdido a mi Cunegunda y acabar en un asador a manos de unos orejones.

Cacambo, que nunca se alteraba por nada, dijo al desconsolado Cándido:

—No se aflija, señor, que yo entiendo algo del idioma de estos pueblos y les voy a hablar.

—No dejes de explicarles —dijo Cándido— que es una inhumanidad espantosa cocer a la gente en agua hirviendo y que es una acción indigna de un buen cristiano.

Cacambo, alzando la voz, se dirigió a los orejones:

—Señores, ustedes creen que van a comerse a un jesuita, y estaría bien hecho, porque no hay nada más justo que tratar así a los enemigos. De hecho, el derecho natural enseña a matar al prójimo, y es una costumbre universal. Si nosotros no practicamos el derecho de devorar a nuestros enemigos, es porque tenemos otros manjares con los que deleitarnos. Pero ustedes no tienen la misma abundancia, y ciertamente es mejor comerse a los enemigos que dejarlos como festín para los cuervos y las cornejas.

"Sin embargo, ustedes no querrán comerse a sus amigos. Creen que van a asar a un jesuita, cuando en realidad están a punto de asar a su defensor y enemigo de sus enemigos. Yo nací en su mismo país. Este señor que ven aquí es mi amo y, lejos de ser jesuita, acaba de matar a uno y traer consigo sus despojos. Ese es el motivo de su error.

Para verificar lo que les digo, tomen su sotana, llévenla a la primera barrera del reino de los padres jesuitas e infórmense si es cierto que mi amo ha matado a un jesuita. No les tomará mucho tiempo y, si descubren que miento, podrán comernos sin problema. Pero si digo la verdad, ustedes, que conocen bien los principios del derecho público, la moral y la justicia, no nos harán daño".

La propuesta les pareció razonable a los orejones, por lo que enviaron a dos ancianos respetables para que confirmaran la información.

Los enviados cumplieron con su misión con gran sagacidad y volvieron con buenas noticias.

Entonces, los orejones desataron a los prisioneros, los colmaron de atenciones, les dieron provisiones y los escoltaron hasta los límites de su territorio, gritando jubilosos:

—¡No es jesuita, no es jesuita!

Cándido no salía de su asombro ante la razón por la que le habían concedido la libertad.

—¡Qué pueblo! —decía— ¡Qué gente! ¡Qué costumbres! Si no hubiera tenido la suerte de atravesar con una estocada al hermano de mi amada baronesa, ya me habrían devorado sin remedio. Pero es cierto que la naturaleza en su estado puro es buena, pues, en lugar de comernos, estos hombres nos han tratado con gran hospitalidad apenas han sabido que no era un jesuita.

Persuadido Cándido por esta lógica, se alejaron de la pradera y se adentraron en el bosque…

CAPÍTULO VIII: CUÉNTASE EL ARRIBO DE CÁNDIDO CON SU CRIADO AL PAÍS DE EL DORADO, Y LO QUE ALLÍ VIERON

Cuando estuvieron en la frontera de los Orejones, Cacambo le dijo a Cándido:

—Ya ve usted, señor, que este hemisferio vale tan poco como el otro. Créame y volvamos a Europa por el camino más corto.

—¿Cómo voy a volver? —respondió Cándido—. ¿Y a dónde podría ir? Si regreso a mi país, los ábaros y los búlgaros lo están destruyendo todo a sangre y fuego. Si voy a Portugal, me quemarán. Si nos quedamos en este país, corremos el riesgo de que nos asen vivos. Pero ¿cómo podríamos decidirnos a abandonar la parte del mundo donde reside mi amada baronesa?

—Vayamos a Cayena —dijo Cacambo—. Allí encontraremos franceses, que andan por todo el mundo, y podrán ayudarnos. Quizás Dios tenga misericordia de nosotros.

No era fácil llegar a Cayena. Sabían, más o menos, en qué dirección debían dirigirse, pero las montañas, los ríos, los precipicios, los salteadores y los indígenas eran obstáculos insuperables en todas partes. Los caballos murieron de cansancio; se les acabaron las provisiones, y sobrevivieron durante un mes alimentándose únicamente de frutas silvestres.

Finalmente, llegaron a la orilla de un riachuelo bordeado de cocoteros, cuyos frutos les devolvieron la vida y la esperanza. Cacambo, tan buen consejero como la vieja, le dijo a Cándido:

—Ya no podemos seguir a pie, hemos caminado demasiado. Veo una canoa vacía en la orilla del río. Llenémosla de cocos, subamos y dejémonos llevar por la corriente. Todo río conduce a algún lugar habitado, y aunque no encontremos algo agradable, al menos veremos algo nuevo.

—Vamos allá —dijo Cándido— y encomendémonos a la Providencia.

Navegaron varias leguas entre riberas, unas veces verdes y amenas, otras áridas y escarpadas. El río se ensanchaba poco a poco hasta que se adentró bajo una bóveda de imponentes rocas que parecían escalar el cielo. Ambos viajeros se armaron de valor y se dejaron arrastrar por la corriente bajo aquella caverna; el río se estrechaba en aquel punto y los llevó con un estruendo espantoso y una velocidad vertiginosa.

Después de veinticuatro horas de navegación, volvieron a ver la luz del día, pero la canoa se hizo pedazos en los bajíos, obligándolos a trepar penosamente de una roca a otra durante una legua entera. Finalmente, divisaron un inmenso horizonte rodeado de montañas inaccesibles.

Todo el país estaba cultivado no solo para satisfacer las necesidades, sino también para deleitar los sentidos. En todas partes lo útil se combinaba con lo hermoso. Los caminos estaban cubiertos, o mejor dicho, adornados con carruajes de forma elegante y de un material brillante, en los que viajaban hombres y mujeres de singular belleza. En lugar de caballos, estos carruajes eran tirados por grandes carneros de color encarnado, mucho más veloces que los mejores caballos de Andalucía, Tetuán y Mequinez.

—Esta tierra es mejor que Vestfalia —dijo Cándido, y se apeó con Cacambo en la primera aldea que encontraron.

A la entrada del pueblo, algunos niños, vestidos con trajes de tisú de oro desgarrados, jugaban al tejo. Los dos forasteros se quedaron observándolos, entretenidos. Las fichas del juego eran discos grandes, redondos y brillantes en tonos dorados, rojos y verdes. Cándido y Cacambo recogieron algunas: eran de oro, esmeraldas y rubíes, de un valor tan alto que la más insignificante hubiera sido la joya más preciada del trono del Gran Mogol.

—Estos niños —dijo Cacambo— deben ser infantes de la familia real.

En ese momento, el maestro de escuela del pueblo se acercó y les dijo a los niños que ya era hora de entrar a clase.

—Ese debe de ser el tutor de la familia real —comentó Cándido.

Los niños abandonaron inmediatamente el juego, dejando tiradas las fichas de oro y piedras preciosas.

Cándido corrió a recogerlas y, acercándose humildemente al maestro, le explicó por señas que los príncipes habían olvidado su oro y sus joyas. El maestro se echó a reír, dejó caer los discos y se marchó sin más.

Los dos viajeros, asombrados, recogieron de nuevo el oro, los rubíes y las esmeraldas.

—¿Dónde estamos? —exclamó Cándido—. ¡Los niños de este país deben de estar muy bien educados si los enseñan a despreciar el oro y las piedras preciosas!

Cacambo estaba tan atónito como él. Finalmente, llegaron a la primera casa del pueblo, que tenía la apariencia de un palacio europeo. En la puerta, se agolpaba una multitud de personas, y dentro había aún más. Se oía una música melodiosa y se respiraba el delicioso aroma de exquisitos manjares.

Cacambo se acercó a la entrada y escuchó hablar en peruano, que era su lengua materna (pues, como es sabido, Cacambo era originario de Tucumán, donde solo se hablaba ese idioma).

—Señor, yo seré su intérprete —dijo a Cándido—. Entremos, esto es una posada.

Dos camareros y dos camareras, vestidos con telas de oro y con lazos del mismo material en el cabello, los invitaron a sentarse a una mesa redonda. Les sirvieron cuatro sopas con dos papagayos en cada una, un buitre cocido que pesaba doscientas libras, dos monos asados de un sabor exquisito, trescientos colibríes en un plato y seiscientos pájaros-mosca en otro, acompañados de frutas deliciosas y exquisitos postres, todo servido en vajilla de cristal de roca. Los sirvientes escanciaban diversos licores extraídos de la caña de azúcar.

La mayoría de los comensales eran mercaderes y conductores de carruajes, todos de una cortesía inigualable, que, con la mayor prudencia, hicieron algunas preguntas a Cacambo y respondieron a las suyas, dejándolo plenamente satisfecho con sus respuestas.

Cuando terminó la comida, Cándido y Cacambo creyeron pagar generosamente el banquete dejando sobre la mesa dos de las grandes piezas de oro que habían recogido. Pero el anfitrión y su esposa rompieron en carcajadas y, durante un largo rato, no pudieron contener la risa. Finalmente, se calmaron y el posadero les dijo:

—Señores, vemos claramente que son ustedes extranjeros, y como no estamos acostumbrados a ver forasteros, esperamos que nos disculpen por habernos reído cuando intentaron pagarnos con las piedras de nuestros caminos reales. Sin duda, ustedes no tienen la moneda de este país, pero aquí no es necesario dinero para comer, pues todas las posadas establecidas para comodidad del comercio son financiadas por el gobierno. Aquí han comido mal, porque este es un pueblo pequeño; en otras partes serán recibidos como se merecen.

Cacambo tradujo todo a Cándido, quien lo escuchó con el mismo asombro con el que su amigo se lo contaba.

—¿Qué país es este —se preguntaban ambos—, desconocido para el resto del mundo, donde la naturaleza es tan distinta de la nuestra?

—Es probable que este sea el país donde todo está bien —dijo Cándido—. Alguno debe haber de este tipo. Y, diga lo que diga el maestro Panglós, muchas veces noté que en Vestfalia todo iba muy mal.

Cacambo expresó su curiosidad a su anfitrión, quien le respondió:

—Yo soy un ignorante, y no me arrepiento de serlo; pero en el pueblo tenemos a un anciano retirado de la corte que es el hombre más sabio del reino y que más disfruta compartir su conocimiento con los demás.

Dicho esto, llevó a Cacambo a la casa del anciano. Cándido, como segunda persona, acompañaba a su criado. Entraron ambos en una casa sin ostentación, pues sus puertas eran solo de plata y los techos de oro, aunque trabajados con tan buen gusto que bien podían competir con las más ricas bóvedas. La antesala estaba incrustada únicamente con rubíes y esmeraldas, pero el orden con el que todo estaba dispuesto compensaba esta "excesiva simplicidad".

El anciano recibió a los dos extranjeros en un sofá de plumas de colibrí y les ofreció varios licores en vasos de diamante. Luego satisfizo su curiosidad con estas palabras:

—Tengo ciento setenta y dos años, y mi difunto padre, caballerizo del rey, me contó las asombrosas revoluciones del Perú, que él mismo presenció. El reino donde nos encontramos es la antigua patria de los incas, quienes cometieron la imprudencia de abandonarla para conquistar parte del mundo y terminaron siendo destruidos por los españoles.

"Más prudentes fueron los príncipes de su linaje que permanecieron en su tierra y, con el consentimiento de la nación, establecieron la regla de que ningún habitante de nuestro pequeño reino debía salir jamás. Esto ha mantenido intacta nuestra inocencia y felicidad.

Los españoles han tenido una vaga idea de este país, al que llamaron El Dorado. Hace unos cien años, un inglés llamado sir Walter Raleigh llegó cerca de aquí, pero como estamos rodeados de montañas intransitables y abismos espantosos, siempre hemos permanecido a salvo de la rapacidad europea. Con su insaciable sed por las piedras y el lodo de nuestra tierra, de haber llegado hasta nosotros, nos habrían exterminado sin dejar uno solo con vida".

La conversación fue larga y en ella se habló de la forma de gobierno, de las costumbres, de las mujeres, del teatro y de las artes. Finalmente, Cándido, que era muy aficionado a la metafísica, preguntó, a través de Cacambo, si los habitantes de El Dorado tenían religión.

El anciano se sonrojó un poco y respondió:

—¿Cómo podrían dudarlo? ¿Creen que somos tan ingratos?

Cacambo preguntó humildemente qué religión practicaban en El Dorado.

El anciano volvió a ruborizarse y replicó:

—¿Acaso pueden existir dos religiones? Nuestra religión es la de todo el mundo: adoramos a Dios de día y de noche.

—¿Y no adoran más que a un solo Dios? —preguntó Cacambo, interpretando la duda de Cándido.

—¿Cómo podrían existir dos, tres o cuatro? —respondió el anciano—. ¡Qué preguntas tan extrañas hacen los habitantes de su mundo!

Cándido no se cansaba de hacer preguntas y quiso saber qué le pedían a Dios en El Dorado.

—No le pedimos nada —respondió el sabio anciano—. No necesitamos pedirle nada, pues nos ha dado todo lo que necesitamos. Solo le tributamos agradecimientos sin cesar.

A Cándido le dio curiosidad saber dónde estaban los sacerdotes y preguntó por ellos.

El anciano sonrió y le respondió:

—Amigo mío, aquí todos somos sacerdotes. El rey y cada cabeza de familia entonan todos los días solemnes cánticos de agradecimiento acompañados por cinco o seis mil músicos.

—¿Así que no tienen frailes que enseñen, discutan, gobiernen, siembren discordia y quemen a los que no piensan como ellos?

—Tendríamos que estar locos —replicó el anciano—. Aquí todos pensamos igual y no sabemos qué significan esos "frailes" que mencionan.

Cándido quedó maravillado al escuchar estas palabras y pensó para sí:

—Este país es muy diferente de Vestfalia y de la quinta del señor barón. Si nuestro amigo Panglós hubiera visto El Dorado, no habría dicho que la quinta de Tunder-ten-Tronck era lo mejor que existía en la Tierra. ¡Viajar es algo maravilloso!

Cuando terminó la conversación, el anciano ordenó que les prepararan un carruaje tirado por seis carneros y asignó a doce criados para que los condujeran a la corte.

—Perdonen —les dijo— si mi edad me impide el honor de acompañarlos, pero el rey los agasajará de tal manera que quedarán complacidos. Sin duda, disculparán las costumbres del país si alguna de ellas les resulta extraña.

Cándido y Cacambo subieron al carruaje; los seis carneros volaban, y en menos de cuatro horas llegaron al palacio del rey, situado en un extremo de la capital.

La puerta principal medía doscientos veinte pies de altura y cien de ancho. No se podía describir de qué material estaba hecha, pero era evidente que superaba con creces los pedruscos y la arena que en otras partes del mundo llaman oro y piedras preciosas.

Al descender del carruaje, Cándido y Cacambo fueron recibidos por veinte hermosas doncellas de la guardia real, quienes los llevaron al baño y luego los vistieron con túnicas de plumas de colibrí. Después, los principales oficiales y damas de la corte los escoltaron hasta el salón del trono, mientras pasaban entre dos filas de mil músicos, como era costumbre en el país.

Cuando se acercaban a la sala del trono, Cacambo preguntó a uno de los oficiales cómo debían saludar a Su Majestad:

—¿Debemos arrodillarnos? ¿Postrarnos en el suelo? ¿Colocar las manos sobre la cabeza o en la espalda? ¿Lamer el polvo del suelo? ¿Cuáles son las ceremonias?

El oficial respondió:

—Aquí la costumbre es abrazar al rey y besarle ambas mejillas.

Así lo hicieron Cándido y Cacambo, y Su Majestad les correspondió con la mayor afabilidad, invitándolos amablemente a cenar.

Mientras tanto, les mostraron la ciudad: los edificios públicos que se elevaban hasta las nubes, los mercados adornados con mil columnas, las fuentes de agua cristalina, las de agua perfumada y las de licores de caña, que fluían sin cesar en vastas plazas empedradas con una especie de piedras preciosas que despedían un aroma similar al del clavo y la canela.

Cándido quiso visitar la sala de justicia y el tribunal, pero le dijeron que no existían, pues nadie litigaba. Preguntó si había cárceles y le respondieron que tampoco.

Lo que más le sorprendió y causó mayor satisfacción fue el palacio de las ciencias, donde vio una galería de dos mil pasos de longitud, llena de instrumentos de física y matemáticas.

Habiendo recorrido en toda aquella tarde apenas una milésima parte de la ciudad, los llevaron de vuelta al palacio. Cándido se sentó a la mesa entre Su Majestad, su criado Cacambo y varias damas; y no se puede describir lo exquisitos que eran los manjares ni la agudeza de los comentarios que se escuchaban de boca del monarca. Cacambo traducía los ingeniosos dichos del rey a Cándido y, aunque estuvieran traducidos, seguían siendo brillantes; de todo lo que asombró a Cándido, esto no fue lo que menos lo dejó pasmado.

Permanecieron un mes en ese maravilloso refugio. Cándido repetía sin cesar a Cacambo:

—Es cierto, amigo mío, que la quinta donde nací no se compara con el país donde estamos; pero, después de todo, mi Cunegunda no está aquí, y sin duda a ti tampoco te faltará en Europa alguna mujer a la que ames. Si nos quedamos aquí, seremos como cualquier otro habitante; pero si regresamos a nuestro mundo con solo una docena de carneros cargados de piedras preciosas de El Dorado, seremos más ricos que todos los monarcas juntos. No tendremos que temer a los inquisidores y podremos recuperar fácilmente a la baronesita.

Este razonamiento convenció a Cacambo. Tal es la manía del ser humano de recorrer el mundo, de ser reconocido entre los suyos, de alardear sobre lo que ha visto en sus viajes, que estos dos afortunados decidieron dejar de serlo y despedirse de Su Majestad.

—Están cometiendo una locura —les dijo el rey—. Sé bien que mi país no es gran cosa, pero cuando alguien se encuentra medianamente bien en un sitio, debería quedarse en él. Yo no tengo ningún derecho a retener a los extranjeros; semejante tiranía es contraria tanto a nuestra práctica como a nuestras leyes. Todo hombre es libre, y pueden irse cuando lo deseen. Sin embargo, salir de este país no es tarea fácil: es imposible remontar el río caudaloso por el que llegaron de milagro, ya que corre bajo bóvedas de rocas; las montañas que rodean mis dominios tienen cuatro mil varas de altura y son tan verticales como torres; su anchura abarca un espacio de diez leguas y solo se puede descender despeñándose. Pero, puesto que están decididos a irse, ordenaré a mis ingenieros que construyan una máquina para transportarlos con seguridad. Una vez que los hayan conducido al otro lado de las montañas, nadie podrá acompañarlos, pues mis súbditos han hecho voto de no salir nunca del reino y no son tan imprudentes como para quebrantarlo. En cuanto a lo demás, pídanme lo que les plazca.

—No pedimos que Vuestra Majestad nos dé otra cosa —dijo Cacambo— que algunos carneros cargados de provisiones y un poco de piedras y tierra del país.

El rey se echó a reír y dijo:

—No entiendo esa pasión que tienen ustedes los europeos por nuestro barro amarillo, pero llévense todo lo que quieran y que les aproveche.

De inmediato ordenó a sus ingenieros que fabricaran una máquina para izar a los dos viajeros fuera del reino. Tres mil hábiles físicos trabajaron en ella, y la concluyeron en quince días, sin que el costo superara los cien millones de duros en moneda local.

Metieron a Cándido y a Cacambo en la máquina. Dos grandes carneros rojos, ensillados y con bridas, estaban listos para que los montaran una vez cruzadas las montañas. Detrás de ellos, seguían otros veinte cargados de provisiones, treinta con los objetos más curiosos del país y cincuenta repletos de oro, diamantes y otras piedras preciosas.

El rey les dio un afectuoso abrazo a los dos viajeros. Fue un espectáculo ver su partida y el ingenioso mecanismo con el que los elevaron, junto con sus carneros, hasta la cumbre de las montañas. Una vez que los dejaron en un lugar seguro, los físicos se despidieron de ellos.

Cándido no tenía otro pensamiento ni otra idea más que presentarle sus carneros a la baronesita.

—Afortunadamente —decía—, llevamos con qué pagar al gobernador de Buenos Aires, si es que es posible ponerle precio a mi Cunegunda. Vamos a la isla de Cayena, embarquémonos, y luego decidiremos en qué reino instalarnos.

CAPÍTULO IX: DE LOS SUCESOS EN SURINAM Y DEL CONOCIMIENTO QUE HIZO CÁNDIDO DE MARTÍN

La primera jornada de nuestros dos viajeros fue bastante agradable, llevados en alas de la idea de encontrarse poseedores de mayores tesoros que los que pudieran reunirse en Asia, Europa y África. El enamorado Cándido grabó el nombre de Cunegunda en la corteza de los árboles. Sin embargo, en la segunda jornada, dos de sus carneros quedaron atrapados en los pantanos y murieron junto con la carga que transportaban. Algunos días después, otros dos murieron de agotamiento; luego, entre siete y ocho perecieron de hambre en un desierto; al cabo de unos días, otros cayeron en profundas simas. Finalmente, después de cien días de viaje, solo les quedaban dos carneros.

—Ya ves, amigo —dijo Cándido a Cacambo—, qué frágiles son las riquezas de este mundo. Nada hay verdaderamente sólido, excepto la virtud y la dicha de volver a ver a Cunegunda.

—Estoy de acuerdo —respondió Cacambo—, pero todavía tenemos dos carneros con más tesoros que los que pueda poseer el rey de España, y desde aquí ya diviso una ciudad, que supongo debe ser Surinam, una colonia holandesa. Estamos al final de nuestras penurias y al comienzo de nuestra fortuna.

Al acercarse al pueblo, encontraron a un negro tendido en el suelo, vistiendo solo la mitad de un pantalón de lino azul. Le faltaban la pierna izquierda y la mano derecha.

—¡Dios mío! —exclamó Cándido—. ¿Qué haces ahí, amigo, en esta terrible situación?

—Estoy esperando a mi amo, el señor Vanderdendur, un comerciante de renombre —respondió el negro.

—¿Fue el señor Vanderdendur quien te dejó en este estado? —preguntó Cándido.

—Sí, señor —dijo el negro—, así es la costumbre. Nos dan un par de pantalones de lino dos veces al año para vestirnos. Cuando trabajamos en los ingenios de azúcar y una piedra del molino nos atrapa un dedo, nos cortan la mano. Si intentamos escapar, nos cortan una pierna. A mí me pasó ambas cosas, y así es como se disfruta el azúcar en Europa. Cuando mi madre me vendió en la costa de Guinea por dos escudos patagones, me dijo: "Hijo querido, da gracias a nuestros fetiches y adóralos sin cesar para que tengas una vida feliz. Ahora tienes la gracia de ser esclavo de nuestros señores blancos, lo que hará afortunados a tu padre y a mí". No sé si ellos son afortunados, pero lo que sí sé es que yo soy muy desdichado, y que los perros, los monos y los loros son mil veces más felices que nosotros. Los fetiches holandeses que me han convertido al cristianismo dicen que los blancos y los negros somos todos hijos de Adán. No soy genealogista, pero si los predicadores dicen la verdad, entonces somos primos hermanos. Y, sin embargo, no creo que nadie pueda tratar a sus propios parientes de una forma más espantosa.

—¡Oh, Panglós! —exclamó Cándido—. Tú no habías previsto esta abominación. Se acabó, me veo obligado a renunciar a tu optimismo.

—¿Qué es el optimismo? —preguntó Cacambo.

—Ah —respondió Cándido—, es la manía de sostener que todo está bien cuando en realidad todo está mal.

Mientras decía esto, derramaba lágrimas contemplando al pobre negro y entró llorando en Surinam.

Lo primero que hicieron fue preguntar si había en el puerto algún barco disponible para fletar hacia Buenos Aires. El hombre a quien consultaron resultó ser un capitán español que les ofreció negociar con ellos de manera justa y les dio cita en una posada, donde Cándido y Cacambo fueron a esperarlo con sus carneros.

Cándido, que siempre llevaba el corazón en la mano, le contó al español todas sus aventuras y le confesó su intención de rescatar a la baronesita Cunegunda.

—No me arriesgaría a llevarlos a Buenos Aires —respondió el español—, porque sin duda me ahorcarían junto con ustedes. La hermosa Cunegunda es la favorita de Su Excelencia.

Estas palabras fueron como una puñalada en el corazón de Cándido. Lloró amargamente y, después de su llanto, llamó aparte a Cacambo y le dijo:

—Escucha, querido amigo, lo que debes hacer. Cada uno de nosotros lleva en el bolsillo uno o dos millones de pesos en diamantes, y tú eres más astuto que yo. Ve a Buenos Aires en busca de Cunegunda. Si el gobernador pone alguna dificultad, ofrécele cien mil duros; si no basta, dale doscientos mil. Tú no has matado a ningún inquisidor, así que nadie te perseguirá. Yo fletaré otro barco y te esperaré en Venecia, que es un país libre donde no hay búlgaros, ávaros, judíos ni inquisidores a quienes temer.

A Cacambo le pareció prudente la decisión, aunque le dolía separarse de su amo, a quien tanto quería. Sin embargo, la satisfacción de servirle pesó más que la tristeza de dejarlo. Se abrazaron, derramaron muchas lágrimas y Cándido le encargó que no se olvidara de la buena vieja. Cacambo partió ese mismo día. Era, sin duda, un excelente compañero.

Cándido permaneció algún tiempo en Surinam, esperando encontrar otro capitán que lo llevara a Italia con los dos carneros que le quedaban. Contrató criados para su servicio y compró todo lo necesario para un viaje largo. Finalmente, se presentó el señor Vanderdendur, armador de un gran barco.

—¿Cuánto pide usted —le preguntó Cándido— por llevarme directamente a Venecia con mis criados, mi equipaje y los dos carneros que ve?

El capitán pidió diez mil duros, y Cándido se los ofreció sin regatear.

—¡Vaya, vaya! —dijo para sí el astuto Vanderdendur—. ¿Este extranjero da diez mil duros sin discutir? Debe ser muy rico.

Poco después regresó y dijo que no podía hacer el viaje por menos de veinte mil.

—Le daré veinte mil —respondió Cándido.

—¡Ajá! —murmuró el mercader—. ¿Con que da veinte mil duros con la misma facilidad que diez mil?

Un rato más tarde, volvió otra vez y dijo que solo podría llevarlo por treinta mil duros.

—Pues serán treinta mil —contestó Cándido.

—¡Ja, ja! —pensó Vanderdendur—. ¡Treinta mil duros no le cuestan nada a este hombre! Sin duda, en esos dos carneros lleva inmensos tesoros. No insistamos más; hagamos que nos pague los treinta mil duros y después veremos.

Cándido vendió dos diamantes, de los cuales el más pequeño valía mucho más de lo que le pedía el capitán, y le pagó por adelantado. Ya habían embarcado los dos carneros, y Cándido los seguía a bordo en una lancha cuando Vanderdendur aprovechó la ocasión, izó anclas y zarpó con el viento a favor. En poco tiempo, Cándido lo perdió de vista, completamente aturdido.

—¡Ay! —exclamó—. Esta picardía es digna del viejo hemisferio.

Regresó a la playa sumido en la desesperación, habiendo perdido lo suficiente como para hacer ricos a veinte monarcas. Fuera de sí, corrió a denunciar el hecho ante el juez holandés y, en su agitación, golpeó con fuerza la puerta, entró y contó su desgracia con voz algo más alta de lo habitual.

Lo primero que hizo el juez fue condenarlo a pagar diez mil duros por la bulla que había metido. Luego, lo escuchó con mucha calma, le prometió que investigaría el asunto en cuanto regresara el mercader y, finalmente, le exigió otros diez mil duros por los derechos de audiencia.

Esta actitud acabó de desesperar a Cándido. Aunque había sufrido desgracias mil veces peores, la frialdad del juez y la traición del capitán lo llenaron de cólera y lo sumieron en una profunda melancolía. La maldad humana se le presentaba en toda su deformidad, y solo tenía pensamientos oscuros.

Finalmente, al enterarse de que un barco francés estaba a punto de zarpar rumbo a Burdeos, y al no quedarle carneros cargados de diamantes para embarcar, pagó el precio de un camarote y publicó un anuncio en la ciudad ofreciendo pagar el viaje, la manutención y dos mil duros a quien quisiera acompañarlo, con la condición de ser el hombre más desdichado y desafortunado de la provincia.

Se presentó una multitud tan grande de aspirantes que no habrían cabido ni en una flota entera.

Deseando Cándido elegir a aquellos que parecieran mejor educados, seleccionó a veinte que le parecieron más sociables, pero todos insistían en que merecían ser escogidos. Los reunió en su posada y los invitó a cenar, con la condición de que cada uno jurara contar su historia con sinceridad. Prometió elegir al más digno de compasión y descontento con su destino y dar una gratificación a los demás.

La sesión duró hasta las cuatro de la madrugada y, al escuchar sus relatos de infortunio, Cándido recordó las palabras de la vieja cuando viajaban a Buenos Aires y la apuesta que hizo de que no habría nadie en el barco que no hubiera pasado por desgracias terribles.

Cada vez que escuchaba una historia trágica, pensaba en Panglós y decía:

—¡Vaya! Panglós lo habría pasado mal tratando de demostrar su sistema. Me gustaría que estuviera aquí. Es cierto que, si hay un lugar donde todo está bien, ese es el Dorado, pero no el resto del mundo.

Finalmente, se decidió por un hombre erudito y pobre, que había trabajado diez años para los libreros de Ámsterdam, convencido de que no había en el mundo un oficio más miserable. Además, este hombre, que era de buen carácter, había sido robado por su esposa, golpeado por su hijo y abandonado por su hija, que había huido con un portugués. Le acababan de quitar un miserable empleo con el que sobrevivía, y los predicadores de Surinam lo perseguían acusándolo de sociniano.

Había que reconocer que los demás eran al menos tan desdichados como él, pero Cándido pensó que con un hombre culto se aburriría menos durante el viaje. Sus competidores protestaron por la evidente injusticia de su elección, pero Cándido los calmó repartiendo cien duros a cada uno.

CAPÍTULO X: DE LO QUE SUCEDIÓ A CÁNDIDO Y A MARTÍN DURANTE LA NAVEGACIÓN

Cándido embarcó rumbo a Burdeos junto con el anciano erudito, cuyo nombre era Martín. Ambos habían visto y padecido mucho, y aun si el navío hubiera ido de Surinam a Japón pasando por el cabo de Buena Esperanza, no les habría faltado materia para debatir sobre el mal físico y el mal moral.

Es cierto que Cándido tenía una gran ventaja sobre Martín: la esperanza de reencontrarse con su amada Cunegunda. Además, aún le quedaban oro y diamantes. Así que, aunque había perdido cien carneros cargados con las mayores riquezas de la tierra y aunque la traición del patrón holandés seguía atormentándolo, cada vez que pensaba en lo que aún tenía en su bolsillo y en Cunegunda, especialmente después de comer, volvía a inclinarse por el sistema de Panglós.

—¿Y usted, señor Martín? —preguntó Cándido—. ¿Qué opina de todo esto? ¿Qué piensa sobre el mal físico y el mal moral?

—Señor —respondió Martín—, los clérigos me han acusado de ser sociniano, pero la verdad es que soy maniqueo.

—Eso es un cuento —replicó Cándido—, ya no hay maniqueos en el mundo.

—Pues yo sigo en el mundo —dijo Martín—, y no puedo evitar creer lo que veo.

—Debe de tener usted el diablo en el cuerpo —dijo Cándido.

—Se mueve tanto por este mundo —respondió Martín— que bien podría estar en mi cuerpo como en cualquier otra parte. Le confieso que cuando observo este globo, o más bien este glóbulo, me parece que Dios lo ha dejado en manos de algún ser maligno... con excepción del Dorado.

—Aún no he visto un pueblo que no desee la ruina del vecino, ni una familia que no quiera destruir a otra familia. En todas partes los débiles odian a los poderosos y, al mismo tiempo, se postran a sus pies; mientras los poderosos los tratan como un rebaño que deben esquilmar y devorar. Un millón de asesinos organizados en ejércitos recorre Europa saqueando y matando con disciplina porque no conocen otro oficio más honorable. En las ciudades que aparentemente disfrutan de la paz y donde florecen las artes, los hombres están roídos por la envidia, la inquietud y la ansiedad, más aún que en una ciudad sitiada. Los pesares secretos son más crueles que las desgracias públicas. En resumen, he visto tanto y he sufrido tanto que no puedo pensar de otro modo.

—Sin embargo, hay cosas buenas —replicó Cándido.

—Quizá —dijo Martín—, pero no he tenido la suerte de encontrarlas.

En esta discusión estaban cuando se oyeron disparos de artillería. El estruendo aumentaba y todos tomaron sus catalejos. A unas tres millas, vieron dos barcos en combate, y el viento los acercó lo suficiente para que pudieran presenciar la batalla con todo detalle.

Uno de los barcos disparó una andanada con tal precisión que hizo naufragar al otro. Martín y Cándido pudieron distinguir claramente a un centenar de hombres en la cubierta del barco que se hundía, todos levantando las manos al cielo y lanzando gritos aterradores antes de ser tragados por el mar en un instante.

—Vea usted —dijo Martín—, así es como los hombres se tratan unos a otros.

—Es verdad —dijo Cándido—, aquí se ve claramente la mano del diablo.

Mientras hablaba, notó que algo de un rojo intenso flotaba cerca del barco. Bajaron una lancha para recogerlo: era uno de sus carneros.

Cándido se alegró más por haber recuperado ese carnero que por la pérdida de los cien que llevaban diamantes del Dorado.

Pronto, el capitán del barco francés descubrió que el navío vencedor era español y el barco hundido era un pirata holandés... el mismo que había robado a Cándido. Con el pirata se habían ido al fondo del mar las inmensas riquezas que había saqueado, y solo se había salvado un carnero.

—Ya ve usted —dijo Cándido a Martín— que a veces los crímenes reciben su castigo. Ese miserable patrón holandés ha recibido la justa pena por sus fechorías.

—Está bien —dijo Martín—, pero ¿por qué han tenido que morir también los pasajeros de su barco? Dios ha castigado al culpable, pero el diablo se ha llevado a los inocentes.

El barco francés y el español continuaron su ruta, mientras Cándido y Martín seguían conversando. Durante quince días discutieron sin cesar y al final no habían avanzado en sus conclusiones ni un paso, pero al menos hablaban, intercambiaban ideas y se hacían compañía.

Cándido, acariciando el lomo de su carnero, decía:

—Si te he encontrado a ti, tal vez también encuentre a Cunegunda.

Finalmente, avistaron las costas de Francia.

—¿Ha estado usted en Francia, señor Martín? —preguntó Cándido.

—Sí, señor —respondió Martín—, y he recorrido varias provincias. En algunas, la mitad de los habitantes están locos; en otras, son astutos y tramposos; en unas más, ingenuos y bastante tontos, y en otras, presumen de ser listos. En todas partes, su principal ocupación es enamorarse; la segunda, murmurar; y la tercera, decir disparates.

—¿Y ha estado usted en París, señor Martín?

—Sí, París es una mezcla caótica de todo tipo de personas. Es una ciudad abarrotada, donde todo el mundo busca placer y casi nadie lo encuentra, o al menos esa fue mi impresión.

—Apenas llegué, unos ladrones me robaron todo lo que llevaba en la plaza de San Germán. Luego, la justicia me confundió con un ladrón y me tuvo ocho días en la cárcel. Cuando salí libre, entré a trabajar como corrector en una imprenta para reunir dinero y regresar a Holanda a pie. Allí conocí a la peor calaña de escritores, intrigantes y fanáticos. Me han dicho que en París hay algunas personas ilustradas y creo que puede ser cierto.

—No tengo el menor interés en ver Francia —dijo Cándido—. Después de haber pasado un mes en el Dorado, nada en este mundo me impresiona, excepto Cunegunda. Voy a esperarla en Venecia y cruzaremos Francia para llegar a Italia. ¿Vendrá usted conmigo?

—Con mucho gusto —respondió Martín—. Dicen que Venecia solo es buena para los nobles venecianos, aunque hacen mucho agasajo a los extranjeros con dinero. Yo no tengo ni un centavo, pero usted sí, así que lo seguiré donde quiera que vaya.

—Cambiando de tema —dijo Cándido—, ¿cree usted que la Tierra haya sido en algún tiempo un mar, como afirma ese libro gordo que tiene el capitán del barco?

—No lo creo —respondió Martín—, como tampoco creo en todas las tonterías que nos hacen tragar últimamente.

—Entonces, ¿para qué cree que fue creado el mundo? —preguntó Cándido.

—Para desesperarnos —contestó Martín.

—¿No le sorprende el amor de aquellas muchachas del país de los Orejones por los monos que le conté?

—Para nada —dijo Martín—. No veo nada extraño en ello. He visto tantas rarezas en este mundo que ya nada me sorprende.

—¿Cree usted que los hombres siempre han sido crueles, desleales, ingratos, avaros y fanáticos?

—¿Acaso cree usted que los halcones han dejado de cazar palomas cuando han tenido oportunidad?

—No, sin duda —dijo Cándido.

—Pues bien —concluyó Martín—, si los halcones siempre han tenido las mismas inclinaciones, ¿por qué habrían de cambiarlas los hombres?

—No, eso es diferente, porque el libre albedrío…

Así discutían cuando el barco llegó a Burdeos.

CAPÍTULO XI: DE LOS SUCESOS QUE EN FRANCIA ACONTECIERON A CÁNDIDO Y A MARTÍN

Cándido no se detuvo en Burdeos más tiempo del necesario para vender algunas piedras del Dorado y comprar una buena silla de posta de dos asientos, porque ya no podía vivir sin su filósofo Martín. Lo único que lamentó fue separarse de su carnero, al que dejó en la Academia de Ciencias de Burdeos. Esta, a su vez, propuso como tema del premio anual determinar por qué la lana de aquel carnero era de color encarnado; el premio se lo adjudicaron a un erudito del norte, quien demostró, con una ecuación de A más B menos C, dividido por Z, que era absolutamente lógico que el carnero fuera encarnado y que, además, muriera de moquillo.

Todos los viajeros que Cándido encontró en los mesones le decían:

—Vamos a París.

Este afán general despertó en él el deseo de conocer la capital, lo cual no desviaba mucho su ruta hacia Venecia. Entró por el arrabal de San Marcelo y creyó que estaba en la más sucia aldea de Westfalia. Apenas llegó a la posada, le acometió una ligera enfermedad causada por el cansancio. Como llevaba en el dedo un enorme diamante y su equipaje parecía muy pesado, de inmediato se le acercaron dos médicos a quienes no había llamado, varios amigos íntimos que no se apartaban de su lado y dos devotas que le preparaban caldos.

Martín comentó:

—Recuerdo que la primera vez que estuve enfermo en París era muy pobre, y ni tuve médicos, ni amigos, ni devotas… y sané muy rápido.

El resultado fue que, a fuerza de sangrías, recetas y tratamientos, la enfermedad de Cándido se agravó. Sin embargo, finalmente se recuperó, y durante su convalecencia recibió la visita de varios personajes de alta sociedad que lo invitaban a cenar. En esos encuentros había mucho juego y Cándido se sorprendía de que nunca tenía buenas cartas, pero Martín no se asombraba en absoluto.

Uno de los visitantes más frecuentes era un abate, de esos personajes solícitos, aduladores, serviciales, descarados, siempre listos para lo que se les ordene. Son de los que rastrean a los forasteros que llegan a la capital, les cuentan los chismes más escandalosos y les ofrecen placeres a cualquier precio.

Lo primero que hizo fue llevar a Cándido y a Martín al teatro. Representaban una tragedia nueva y Cándido se encontró rodeado de críticos implacables, pero esto no le impidió llorar con emoción ante algunas escenas interpretadas con gran maestría.

Uno de los críticos que estaba junto a él le dijo durante el entreacto:

—Hace usted muy mal en llorar. Esa actriz es pésima y su compañero de escena aún peor. En cuanto a la obra, no tiene ningún valor: el autor no sabe nada de árabe y la historia transcurre en Arabia. Además, cree que no existen las ideas innatas. Mañana le traeré veinte panfletos en su contra.

—Caballero —preguntó Cándido al abate—, ¿cuántas obras dramáticas tienen en Francia?

—Cinco o seis mil —respondió el abate.

—¡Eso es mucho! —exclamó Cándido—. ¿Y cuántas son buenas?

—Quince o dieciséis.

—Pues eso sigue siendo mucho —dijo Martín.

Cándido quedó impresionado con la actriz que interpretaba a la reina Isabel de Inglaterra en una tragedia bastante insulsa que aún hoy se representa de vez en cuando.

—Me gusta mucho esta actriz —dijo a Martín—, se parece a Cunegunda. Me encantaría visitarla.

El abate se ofreció a llevarlo a su casa. Cándido, criado en Alemania, preguntó qué protocolo debía seguirse en Francia para visitar a las reinas de Inglaterra.

—Depende —dijo el abate—. En las provincias las llevan a comer a los mesones, en París las respetan cuando son bonitas y, cuando mueren, las arrojan al muladar.

—¡¿Al muladar, las reinas?! —exclamó Cándido.

—Es verdad —intervino Martín—. En París estaba yo cuando la señora Monima falleció y le negaron lo que aquí llaman "sepultura en tierra santa", es decir, podrirse con la chusma en un cementerio maloliente. En su lugar, la enterraron en un rincón de su jardín, lo cual sin duda debió causarle mucha pesadumbre, pues tenía aspiraciones muy elevadas.

—Eso fue un acto de gran falta de respeto —dijo Cándido.

—¿Qué quiere usted? —respondió Martín—. Así son estas gentes. Imagine todas las contradicciones e incoherencias posibles, y las encontrará reunidas en el gobierno, los tribunales, las iglesias y los espectáculos de esta graciosa nación.

—¿Es cierto que en París la gente se ríe de todo?

—Es verdad —dijo el abate—, pero se ríen mientras se condenan al diablo. Se lamentan de todo, pero entre carcajadas. Y riéndose cometen las más atroces acciones.

—¿Quién era —preguntó Cándido— aquel patán que hablaba tan mal de la tragedia que me conmovió hasta las lágrimas y de los actores que tanto me gustaron?

—Un miserable —respondió el abate— que se gana la vida atacando todas las obras y todos los autores. Odia a quienquiera que tenga éxito, como los eunucos odian a los que pueden amar. Es una serpiente literaria que se alimenta de veneno y lodo… un folletista.

—¿Qué es un folletista? —preguntó Cándido.

—Un escritor de panfletos —dijo el abate—, un Fréron o un Ostolaza.

Así conversaban Cándido, Martín y el abate en la escalera del teatro mientras salía el público.

—Dado que tengo un gran deseo de ver a Cunegunda —dijo Cándido—, también me gustaría cenar con la actriz que me ha parecido un prodigio.

El abate no tenía acceso a la casa de la célebre actriz, que solo recibía a personajes de la más alta sociedad.

—Esta noche está ocupada —dijo—, pero tendré el honor de llevarlo a la casa de una dama distinguida. Allí conocerá París como si hubiera vivido aquí muchos años.

Cándido, que siempre tenía ansias de aprender, aceptó la invitación.

Los invitados estaban en plena partida de banca cuando llegaron. Doce jugadores tenían en la mano un mazo de cartas, archivo de su mala suerte. Reinaba un profundo silencio; los rostros de los jugadores estaban pálidos por la tensión, y en el del banquero se reflejaba la angustia. La dueña de casa, sentada junto al banquero, observaba con ojos de lince cada jugada. Era la marquesa de Parolignac; su hija, de quince años, también jugaba, y con un discreto guiño advertía a su madre sobre los intentos de trampa de algunos jugadores.

Al entrar, el abate susurró algo al oído de la marquesa. Ella se levantó ligeramente, le dirigió a Cándido una sonrisa amable y a Martín un saludo con la cabeza, con un aire majestuoso. Luego, hizo traer una silla para Cándido y una baraja. En dos rondas, Cándido perdió diez mil ducados.

Después cenaron con gran alegría. Todos se asombraron de que Cándido no pareciera afectado por sus pérdidas. Los criados, en su jerga, se decían unos a otros:

—Debe ser un mylord inglés.

La cena transcurrió como muchas cenas parisinas: primero, un silencio tenso; luego, un torbellino de palabras, chistes insulsos, noticias falsas, malos razonamientos, algo de política y mucha murmuración.

Cándido escuchaba con atención.

—¡Qué hombre tan eminente! —pensó—. Es otro Panglós. y volviéndose hacia él le dijo:

—Sin duda, caballero, ¿usted opina que todo está perfectamente en el mundo físico y en el moral, y que nada podía suceder de otra manera?

—¡Yo, caballero! —respondió el erudito—. Nada menos que eso. Todo me parece que va al revés en nuestro país, y nadie sabe ni cuál es su estado, ni cuál su cargo, ni lo que hace, ni lo que debiera hacer. Excepto la cena, que suele ser bastante animada y donde la gente parece estar de acuerdo, el resto del tiempo se consume en impertinentes disputas: de jansenistas contra molinistas, de parlamentarios contra eclesiásticos, de literatos contra literatos, de cortesanos contra cortesanos, de recaudadores contra el pueblo, de esposas contra maridos, y de parientes entre sí… en fin, una guerra interminable.

—He visto cosas peores —replicó Cándido—, pero un sabio, que después tuvo la desgracia de ser ahorcado, me enseñó que todas esas cosas son el colmo de la perfección y que no son más que sombras en un hermoso cuadro.

—Ese ahorcado se reía de la gente —dijo Martín—, y esas sombras son manchas horribles.

—Los hombres son quienes pintan esas manchas —dijo Cándido— y no pueden hacer otra cosa.

—¿Así que no es culpa de ellos? —replicó Martín.

Mientras tanto, la mayoría de los jugadores bebían sin entender una palabra de la conversación. Martín debatía con el hombre erudito, y Cándido contaba algunas de sus aventuras a la dueña de la casa.

Después de la cena, la marquesa llevó a Cándido a su tocador y lo hizo sentarse en un diván.

—Así que está usted enamorado perdido de Cunegunda, la baronesa de Thunder-ten-Tronckh.

—Sí, señora —respondió Cándido.

La marquesa, con una sonrisa seductora, replicó:

—Usted responde como un joven de Westfalia. Un francés me habría dicho: "Es cierto, señora, que he amado a Cunegunda, pero al verla a usted, temo que ya no la ame más".

—Señora —dijo Cándido—, responderé como usted quiera.

—Su amor comenzó con un pañuelo que recogió —continuó la marquesa—, y yo quiero que recoja mi liga.

—Con todo gusto —dijo Cándido, levantándola del suelo.

—Ahora quiero que me la ponga —dijo la dama.

Cándido obedeció.

—Mire usted, siendo extranjero, merece un trato especial. A mis amantes de París los hago sufrir durante quince días antes de concederles algo; pero con usted me rindo desde la primera noche, porque es justo tratar con cortesía a un buen mozo de Westfalia.

Mientras hablaba, la astuta marquesa notó dos enormes diamantes en los anillos de Cándido. Los elogió tanto que pronto pasaron de los dedos de Cándido a los suyos.

Cuando Cándido regresó a su alojamiento con el abate, sintió algunos remordimientos por haber sido infiel a Cunegunda. El abate compartía su sentimiento, aunque por otras razones: una pequeña parte de los diez mil ducados que Cándido perdió en el juego había caído en sus manos, y también esperaba beneficiarse de la transacción con los diamantes. Su plan era sacar todo el provecho posible de la relación con Cándido.

Hablaba sin cesar de Cunegunda, y Cándido le dijo que cuando la viera en Venecia, le pediría perdón por la infidelidad que acababa de cometer.

Cada día el abate se mostraba más atento y servicial, interesándose por todo lo que Cándido decía, hacía o planeaba hacer.

—¿Así que la baronesa lo espera en Venecia? —le preguntó.

—Sí, señor abate —respondió Cándido—, debo ir a buscarla.

Animado por su pasión, le contó, como siempre solía hacer, algunas de sus aventuras con la ilustre westfaliana.

—Creo —dijo el abate— que esa señorita debe de tener mucho talento y escribir cartas hermosas.

—Nunca me ha escrito —dijo Cándido—, porque cuando me echaron de la finca por su culpa, no pude escribirle. Luego, me dijeron que había muerto; después la encontré y la volví a perder. Ahora he enviado un mensajero que recorrió más de dos mil quinientas leguas y estoy esperando su respuesta.

El abate lo escuchó atentamente, reflexionó por un momento y luego se despidió con mucha cortesía.

A la mañana siguiente, antes de que Cándido se levantara, recibió la siguiente carta:

"Muy señor mío y querido amante:

Hace ocho días que estoy enferma en esta ciudad y acabo de saber que usted también se encuentra aquí. Hubiera volado a sus brazos si pudiera moverme. Supe que pasó por Burdeos, donde se quedaron el fiel Cacambo y la anciana; ambos llegarán muy pronto. El gobernador de

Buenos Aires se ha quedado con todo lo que Cacambo llevaba, pero mi corazón sigue siendo suyo.

Venga a verme. Su presencia me devolverá la vida o hará que muera de alegría".

Una carta tan tierna y tan inesperada llenó a Cándido de una alegría indescriptible, pero al mismo tiempo, la enfermedad de su amada Cunegunda lo sumió en un profundo dolor. Oscilando entre estos dos sentimientos, tomó puñados de oro y diamantes y, junto con Martín, se dirigió apresuradamente a la posada donde estaba alojada Cunegunda. Entró temblando de emoción, con el corazón palpitante y la voz entrecortada por los sollozos. Quiso correr las cortinas de la cama y pidió que trajeran luz.

—No lo haga, señor —dijo la criada—, la luz le hace daño.

Y volvió a cerrar la cortina.

—Amada Cunegunda —dijo Cándido entre lágrimas—, ¿cómo te encuentras?

—No puede hablar —respondió la criada.

Entonces, la enferma sacó una mano suave fuera de la cama, que Cándido bañó en lágrimas durante largo rato antes de llenarla de diamantes y colocar un saco de oro sobre el taburete.

En medio de su arrebato, apareció un alguacil acompañado por el abate y seis corchetes.

—¿Así que estos son los dos extranjeros sospechosos? —dijo el alguacil, y de inmediato ordenó que los ataran y los llevaran a la cárcel.

—En el Dorado no tratan así a los forasteros —dijo Cándido.

—Soy más maniqueo que nunca —replicó Martín.

—Pero, señor, ¿a dónde nos lleva? —preguntó Cándido.

—A un calabozo —respondió el alguacil.

Martín, que se había repuesto del primer sobresalto, sospechó que la mujer que decía ser Cunegunda era una impostora, que el abate era un estafador que se había aprovechado de la ingenuidad de Cándido, y que el alguacil era otro sinvergüenza de quien no sería difícil librarse. Para evitarse problemas con la justicia y con la urgencia de encontrar a la verdadera Cunegunda, Cándido, siguiendo el consejo de Martín, ofreció al alguacil tres diamantes de tres mil ducados cada uno.

—¡Ah, señor! —dijo el alguacil—. Aunque hubiera cometido todos los crímenes imaginables, sería usted el hombre más honorable del mundo. ¡Tres diamantes de tres mil ducados cada uno! Yo perdería la vida antes de llevarlo a la cárcel. Todos los extranjeros están siendo arrestados, pero déjemelo a mí, que tengo un hermano en Dieppe, en Normandía, y lo llevaré allá. Y si tiene usted más diamantes para él, lo tratará tan bien como yo.

—¿Y por qué arrestan a todos los extranjeros? —preguntó Cándido.

El abate tomó la palabra y explicó:

—Porque un miserable del país de Artois, que había escuchado demasiados disparates, ha cometido un parricidio. No como el de mayo de 1610, sino como el de diciembre de 1594, y como muchos otros cometidos en otros años y otros meses por andrajosos que han oído disparates.

El alguacil confirmó lo dicho por el abate.

—¡Qué monstruos! —exclamó Cándido—. ¿Cómo se pueden cometer tales atrocidades en un país donde la gente canta y baila? ¿Cuándo saldré de este lugar donde se azuzan monos contra tigres? En mi país he visto osos, pero solo en el Dorado he visto verdaderos hombres. En nombre de Dios, señor alguacil, lléveme a Venecia, donde espero reencontrarme con mi Cunegunda.

—Lo que puedo hacer es llevarlo a la Baja Normandía —dijo el alguacil.

Inmediatamente le quitó los grilletes, se disculpó por el error, despidió a sus corchetes y llevó a Cándido y Martín a Dieppe, donde los entregó a su hermano. Había un pequeño barco holandés anclado en el puerto, y el normando, que con el incentivo de otros tres diamantes se volvió el hombre más servicial del mundo, embarcó a Cándido y a Martín en la nave, que zarpó rumbo a Portsmouth, en Inglaterra.

No era el camino directo a Venecia, pero Cándido sintió que estaba escapando del infierno y se dispuso a dirigirse a su destino en cuanto se presentara la oportunidad.

CAPÍTULO XII: DEL ARRIBO DE CÁNDIDO Y MARTÍN A LA COSTA DE INGLATERRA, Y DE LO QUE ALLÍ VIERON

—¡Ay, amigo Panglós! ¡Ay, amigo Martín! ¡Ay, amada Cunegunda! ¡Lo que es este mundo! —decía Cándido en el barco holandés.

—Una locura descomunal y abominable —respondió Martín.

—Usted ha estado en Inglaterra, ¿son tan locos como en Francia?

—Es una locura diferente —dijo Martín—. Ya sabe usted que ambas naciones están en guerra por unas cuantas hectáreas de nieve en Canadá, y por tan sabia disputa gastan mucho más de lo que ese territorio vale.

Decir con exactitud en cuál de los dos países hay más locos es algo que escapa a mi entendimiento. Lo que sí sé es que en el país al que vamos, los locos son particularmente feroces.

Mientras hablaban, el barco llegó a Portsmouth. La costa estaba repleta de gente observando con atención a un hombre corpulento que estaba de rodillas, con los ojos vendados, en la cubierta de un buque de guerra. Cuatro soldados, formados en línea frente a él, le dispararon tres balas en la cabeza con toda tranquilidad, y la multitud, satisfecha, se dispersó.

—¿Qué significa esto? —preguntó Cándido—. ¿Qué perverso demonio reina en todas partes?

Preguntó quién era el hombre que acababan de ejecutar con tanta solemnidad.

—Era un almirante —le respondieron.

—¿Y por qué lo han matado?

—Porque no mató suficiente gente. En una batalla contra un almirante francés, el tribunal decidió que no estuvo lo suficientemente cerca del enemigo.

—Pero el almirante francés estaba tan lejos del inglés como el inglés del francés —replicó Cándido.

—Sin duda —le dijeron—, pero en este país es conveniente ejecutar de vez en cuando a un almirante para dar más ánimo a los demás.

Cándido quedó tan horrorizado y atónito ante lo que veía y oía que no quiso ni poner pie en tierra. Negoció con el capitán holandés, aunque corría el riesgo de ser estafado como en Surinam, para que lo llevara de inmediato a Venecia.

Dos días después, el barco estaba listo. Costearon Francia, pasaron cerca de Lisboa y Cándido se estremeció. Navegaron por el estrecho de Gibraltar, entraron al Mediterráneo y finalmente llegaron a Venecia.

—¡Bendito sea Dios! —exclamó Cándido, abrazando a Martín—. Aquí volveré a ver a la hermosa Cunegunda. Cuento con Cacambo como si fuera yo mismo. Todo está bien, todo va bien y todo está lo mejor posible.

Tan pronto como llegó a Venecia, Cándido se dedicó a buscar a Cacambo en todas las posadas, en todos los cafés y en las casas de las mujeres de vida alegre; pero no logró dar con él. Cada día se informaba sobre los barcos y navíos que llegaban, pero nadie sabía nada de Cacambo.

—¿Cómo es posible —le decía a Martín— que haya tenido tiempo de viajar desde Surinam a Burdeos, luego a París, de París a Dieppe, de Dieppe a Portsmouth, para costear Portugal y España, atravesar todo el Mediterráneo y pasar varios meses en Venecia, y sin embargo, aún no haya llegado la hermosa Cunegunda? Y en su lugar solo he encontrado una buscona y un abate. Sin duda, Cunegunda ha muerto, y no me queda más que morir también. ¡Ah! ¡Cuánto mejor hubiera sido quedarme en aquel paraíso terrenal del Dorado en vez de regresar a esta maldita Europa! Tienes razón, querido Martín; todo es solo ilusión y calamidad.

Lo invadió una profunda melancolía: no fue ni a la ópera de moda ni a las demás diversiones del carnaval, y ninguna mujer despertó en él la menor tentación.

—¡Qué ingenuo eres, si crees que un criado mestizo, que lleva un millón de ducados en la faltriquera, irá hasta el fin del mundo para buscar a tu amada y traértela a Venecia! —le dijo Martín—. Si la encuentra, la guardará para él, y si no, tomará otra. Te aconsejo que te olvides de Cacambo y de tu Cunegunda.

Martín no era hombre de palabras reconfortantes. La melancolía de Cándido aumentaba cada vez más, y Martín no dejaba de demostrarle que la virtud y la felicidad eran extremadamente raras sobre la Tierra, salvo quizás en el Dorado, donde nadie podía entrar.

Discutían sobre este importante asunto mientras esperaban a Cunegunda, cuando Cándido reparó en un fraile franciscano joven que paseaba por la Plaza de San Marcos, llevando del brazo a una mujer. El fraile era robusto, fuerte, de buen color, con ojos brillantes, la cabeza erguida, el semblante sereno y el paso seguro. La joven, que era muy hermosa, iba cantando y miraba con ojos enamorados a su diácono, quien de vez en cuando le pasaba la mano por el rostro.

—Admite al menos —dijo Cándido a Martín— que estas dos personas son felices. Salvo en el Dorado, no he encontrado hasta ahora más que desgraciados en el mundo; pero apuesto a que esta mujer y este fraile son criaturas dichosas.

—Yo apuesto a que no —respondió Martín.

—Invitémoslos a comer —dijo Cándido— y veamos si me equivoco.

Se acercó a ellos, les hizo una reverencia y los invitó a su posada a comer macarrones, perdices de Lombardía, huevas de esturión y a beber vino de Montepulciano, Lágrima Christi, Chipre y Samos. La joven se sonrojó; el fraile aceptó la invitación y la muchacha lo siguió, mirando a Cándido con asombro y confusión, y derramando algunas lágrimas.

Tan pronto como la joven entró en la habitación de Cándido, dijo:

—¿Acaso el señor Cándido ya no reconoce a Paquita?

Cándido, al oír estas palabras, y habiendo pensado únicamente en Cunegunda hasta ese momento, apenas la había mirado con atención.

—¡Ah, pobre muchacha! —dijo—, ¿con que tú eres la que puso al doctor Panglós en el lamentable estado en que lo encontré?

—¡Ay, señor! Soy la misma —respondió Paquita—. Veo que está usted bien informado de todo. Supe de las horribles desgracias que ocurrieron a la señora baronesa y a la hermosa Cunegunda, y le juro que mi destino no ha sido menos adverso. Cuando usted me vio, aún era inocente; pero un capuchino, que era mi confesor, me engañó con facilidad. Las consecuencias fueron terribles y me vi obligada a salir de la finca poco después de que el señor barón lo echara a usted a patadas.

Si no hubiera sido por la compasión de un famoso médico, habría muerto. Para agradecerle, fui su amante por un tiempo, pero su esposa, celosa y furiosa, me golpeaba sin piedad todos los días. Él era el hombre más feo de todos, ella la mujer más despiadada, y yo la más desdichada, apaleada sin cesar por alguien a quien no podía ni ver. Usted sabe, señor, los peligros de ser la amante de un médico: cansado de los gritos de su esposa, un día le administró un remedio tan fuerte para curarle un resfriado, que murió en horribles convulsiones en menos de dos horas.

Los parientes de la difunta iniciaron una causa criminal contra el doctor, quien logró escapar, mientras que a mí me encarcelaron. Si no hubiera sido algo bonita, mi inocencia no me habría salvado. El juez me dejó libre, con la condición de que fuera amante de su sucesor. Pronto fui reemplazada por otra, me echaron sin darme un solo ducado y me vi obligada a dedicarme a este abominable oficio, que a los hombres les parece tan placentero, pero que para nosotras es un océano de desdichas. Vine a ejercer mi profesión en Venecia.

—¡Ah, señor! —continuó—. Si supiera lo insoportable que es halagar a viejos mercaderes, a abogados, frailes, gondoleros y abates sin distinción; estar expuesta a insultos y malos tratos; tener que pedir prestado un corsé para que un hombre repugnante pueda quitárselo después; ser robada por uno de lo que se ha ganado con otro, extorsionada por los alguaciles y sin otra perspectiva que una vejez miserable, un hospital y una fosa común... Confesará usted que soy la criatura más desgraciada del mundo.

Así revelaba Paquita su alma a Cándido en su gabinete, en presencia de Martín, quien dijo:

—Como puede ver, ya he ganado la mitad de nuestra apuesta.

Fray Hilarión se había quedado en la sala bebiendo un trago mientras servían la comida. Cándido le dijo a Paquita:

—Pero cuando te vi, parecías tan alegre y contenta... Cantabas y halagabas al diácono con tal naturalidad que te creí tan feliz como ahora dices que eres desgraciada.

—¡Ah, señor! —respondió Paquita—. Esa es otra de las desdichas de nuestro oficio. Ayer, un oficial me robó y me golpeó, y hoy tengo que fingir alegría para complacer a un fraile.

Cándido no quiso escuchar más y admitió que Martín tenía razón. Luego se sentaron a la mesa con Paquita y el fraile franciscano. La comida fue bastante animada y, tras algunas copas, se sinceraron aún más.

Cándido le dijo al fraile:

—Me parece, padre, que goza usted de una suerte envidiable. Tiene buena salud, un rostro robusto y apacible, una hermosa muchacha para su placer y parece estar satisfecho con su hábito de diácono.

—¡Por Dios, caballero! —respondió fray Hilarión—. ¡Ojalá todos los franciscanos estuvieran en el quinto infierno! Mil veces he tenido la tentación de incendiar el convento y hacerme musulmán. A los quince años, mis padres me obligaron a tomar este detestable hábito solo para dejar más herencia a mi maldito hermano mayor. El convento es un nido de envidias, rencores y desesperación.

Martín, con su acostumbrado tono escéptico, le dijo a Cándido:

—¿Y bien? ¿He ganado o no la apuesta?

Cándido entregó dos mil ducados a Paquita y mil a fray Hilarión.

—Espero —dijo— que con este dinero sean felices.

—Yo apuesto lo contrario —dijo Martín—. Solo los hará aún más infelices.

—Sea como sea —respondió Cándido—, al menos he encontrado a quienes creía haber perdido. Quizás, algún día, también me encuentre con Cunegunda.

—Mucho deseo —dijo Martín— que sea para la mayor felicidad de usted; pero se me hace muy difícil de creer.

—¡Qué mal pensador es usted! —respondió Cándido.

—Es porque he vivido mucho —replicó Martín.

—¿Pero no ve usted a esos gondoleros? —dijo Cándido—. No dejan de cantar.

—Pero no los ve usted en su casa, con sus mujeres y sus hijos —replicó Martín—. El Dux tiene sus pesares, y los gondoleros los suyos. Es cierto que, comparándolo todo, la suerte del gondolero es mejor que la del Dux; pero la diferencia es tan pequeña que no merece un análisis detallado.

—Me han hablado del senador Pococurante —dijo Cándido—, que vive en ese suntuoso palacio a orillas del Brenta y que recibe con gran cortesía a los forasteros. Dicen que es un hombre que nunca ha sabido qué es la tristeza.

—Mucho daría por conocer a un ser tan raro —dijo Martín.

Sin más demora, Cándido envió a pedir permiso al señor Pococurante para visitarlo al día siguiente.

CAPÍTULO XIII: QUE DA CUENTA DE LA VISITA QUE HICIERON MARTÍN Y CÁNDIDO AL SEÑOR POCOCURANTE, NOBLE VENECIANO

Embarcaron Cándido y Martín en una góndola y fueron por el Brenta al palacio del noble Pococurante. Los jardines eran hermosos y adornados con bellas estatuas de mármol, el palacio de magnífica estructura, y el dueño, un hombre de unos sesenta años y muy rico. Recibió a los dos curiosos forasteros con mucha cortesía, pero sin demasiados cumplidos, lo que intimidó a Cándido y no le pareció mal a Martín.

Al instante, dos muchachas bonitas y bien arregladas sirvieron el chocolate. Cándido no pudo menos que elogiar su gracia y hermosura. "No son malas chicas", dijo el senador. "A veces mando que duerman conmigo, porque estoy aburrido de las damas del pueblo, de su astucia, sus celos, sus disputas, su mal carácter, sus nimiedades, su vanidad, sus tonterías y, más aún, de los sonetos que uno tiene que escribir o mandar escribir en su elogio. Pero, con todo, ya empiezan a aburrirme estas muchachas".

Después de almorzar, fueron a pasear a una amplia galería y, asombrado Cándido por la belleza de las pinturas, preguntó de qué maestro eran las dos primeras. "Son de Rafael", dijo el senador, "y las compré muy caras por vanidad, hace algunos años. Dicen que son lo más hermoso que tiene Italia, pero a mí no me gustan: los colores están muy oscurecidos, las figuras no están bien perfiladas ni sobresalen lo suficiente del fondo, los ropajes no se parecen en nada a la vestimenta real; y, en una palabra, digan lo que quieran, yo no alcanzo a ver aquí una feliz imitación de la naturaleza. No aprobaré un cuadro hasta que retrate fielmente la realidad, pero no hay ninguno así. Tengo muchos, pero no miro ninguno siquiera".

Pococurante, antes de la comida, ordenó que le dieran un concierto. La música le pareció deliciosa a Cándido. "Este estruendo", dijo Pococurante, "puede divertir por media hora, pero cuando dura más, cansa a todo el mundo, aunque nadie se atreva a admitirlo. La música de hoy no es más que el arte de ejecutar cosas difíciles, y lo que solo es difícil no agrada mucho tiempo. Me gustaría más la ópera si no hubieran encontrado la manera de convertirla en un monstruo que me repugna. Que vaya quien quiera a ver malas tragedias en música, cuyas escenas no son más que el pretexto para encajar dos o tres ridículas coplas donde lucen los gorgoritos de una cantante. Que otro disfrute oyendo a un tiple tararear el papel de César o Catón, mientras se pasea con pasos afeminados por el escenario. Yo, por mi parte, hace muchos años que no veo semejantes majaderías de las que tanto se ufana hoy Italia y por las que los soberanos extranjeros pagan tanto".

Cándido contradijo un poco, pero con prudencia, y Martín estuvo en todo de acuerdo con el senador.

Se sentaron a la mesa y, después de una opípara comida, entraron en la biblioteca. Cándido, al ver un Homero magníficamente encuadernado, elogió el buen gusto de Su Ilustrísima. "Este es el libro", dijo, "que era la delicia de Pangloss, el mejor filósofo de Alemania".

"Pues no es la mía", respondió con frialdad Pococurante. "En otro tiempo me hicieron creer que disfrutaba leyéndolo, pero la repetición incesante de batallas, todas parecidas entre sí; aquellos dioses siempre en acción y que nunca hacen nada decisivo; esa Helena, causa de la guerra y que apenas tiene un papel en el poema; esa Troya eternamente sitiada y nunca tomada… todo esto me aburre mortalmente. He preguntado a varios hombres doctos si esta lectura les resultaba tan tediosa como a mí, y todos los que hablaron con sinceridad me confesaron que se les caía el libro de las manos. Pero, claro, es imprescindible tenerlo en la biblioteca, como un monumento de la antigüedad o como una medalla enmohecida que ya no es objeto de comercio".

"No piensa así Vuestra Excelencia de Virgilio", dijo Cándido.

"Estoy de acuerdo", respondió Pococurante, "en que el segundo, el cuarto y el sexto libro de la Eneida son excelentes. Pero en cuanto a su piadoso Eneas, el fuerte Cloanto, el amigo Acates, el niño Ascanio, el bobo del rey Latino, la vulgar Amata y la insulsa Lavinia, creo que no hay nada más frío ni más tedioso. Prefiero el Tasso y las novelas para arrullar niños de Ariosto".

"¿Me hará Su Excelencia el favor de decirme", replicó Cándido, "si no encuentra gran placer en la lectura de Horacio?"

"Hay en él máximas", dijo Pococurante, "que pueden ser útiles a un hombre de mundo y que, al estar reducidas a versos enérgicos, se graban con facilidad en la memoria. Pero no me interesan ni su viaje a Brindisi, ni su descripción de una mala comida, ni la disputa digna de mozos de taberna entre un tal Rupilio, cuyas razones, dice, estaban llenas de podredumbre, y las de su oponente llenas de vinagre. Sus groseros versos contra viejas y hechiceras los he leído con mucho asco. Y no veo qué mérito tiene decirle a su amigo Mecenas que, si lo pone en el catálogo de poetas líricos, tocará los astros con su erguida frente. A los tontos todo les maravilla en un autor apreciado; pero yo, que leo para mí mismo, solo apruebo lo que realmente me da placer".

Cándido, que se había criado sin juzgar nada por sí mismo, estaba muy asombrado de todo lo que oía, mientras que a Martín el modo de pensar de Pococurante le parecía completamente razonable.

"¡Ah! aquí hay un Cicerón", dijo Cándido. "Sin duda, no se cansa Vuestra Excelencia de leerlo".

"Nunca lo leo", respondió el veneciano. "¿Qué tengo yo que ver con que haya defendido a Rabirio o a Cluencio? Suficientes pleitos tengo sin esos que fallar. Me hubieran agradado más sus obras filosóficas, pero cuando vi que dudaba de todo, inferí que sabía lo mismo que yo, y que para ser ignorante no necesitaba de nadie".

"¡Vaya! Ochenta tomos de la Academia de Ciencias; algo bueno podrá haber en ellos", exclamó Martín.

"Sí que lo habría", dijo Pococurante, "si al menos uno de los autores de ese fárrago hubiese inventado el arte de hacer alfileres; pero en todos esos libros no hay más que sistemas vanos y ninguna cosa útil".

"¡Cuántas composiciones teatrales estoy viendo!", dijo Cándido, "en italiano, en castellano y en francés".

"Así es", respondió el senador. "Pasan de tres mil y no hay treinta buenas. En cuanto a esas recopilaciones de sermones, todos juntos no valen lo que una sola página de Séneca, y esos enormes volúmenes de teología, ya se imaginarán que ni yo ni nadie los abrimos nunca".

Martín reparó en unos estantes cargados de libros ingleses.

"Bien creo", dijo, "que un republicano se recrea con la mayoría de estas obras, escritas con tanta libertad".

"Sí", respondió Pococurante, "es una gran cosa escribir lo que se siente; es la prerrogativa del hombre. En nuestra Italia solo se escribe lo que no se siente, y los habitantes de la patria de los Césares y los Antoninos no se atreven a concebir una idea sin la aprobación de un dominico. Me agradaría mucho la libertad que inspira a los escritores ingleses, si la pasión y el espíritu de partido no corrompieran todo lo admirable que hay en ella".

Al reparar Cándido en un ejemplar de Milton, le preguntó si consideraba a este autor como un hombre sublime.

"¿A quién?", dijo Pococurante. "¿A ese bárbaro que, en diez libros de versos ásperos, ha escrito un comentario interminable del Génesis? ¿A ese tosco imitador de los griegos, que desfigura la creación y, mientras que Moisés representa al Ser eterno creando el mundo con su palabra, hace que el Mesías saque de un armario del cielo un inmenso compás para trazar su obra? ¿Voy yo a estimar a quien ha echado a perder el infierno y el diablo del Tasso, a quien disfraza a Lucifer unas veces de sapo, otras de pigmeo, haciéndolo repetir cien veces las mismas razones y debatir sobre teología? ¿A quien, imitando seriamente la cómica invención de las armas de fuego del Ariosto, representa a los demonios disparando cañonazos en el cielo? Ni yo ni nadie en Italia hemos podido apreciar todas esas absurdas extravagancias.

Las bodas del Pecado y la Muerte y las serpientes que pare el Pecado provocan náuseas en todo hombre con un gusto refinado. Su detallada descripción de un hospital es útil solo para un sepulturero. Este poema oscuro, desmesurado y repugnante fue despreciado en su origen, y yo lo trato hoy como lo trataron en su patria sus contemporáneos. Por lo demás, expreso mi opinión sin preocuparme de si los demás piensan como yo".

Cándido estaba muy afligido con estas palabras, porque respetaba a Homero y no le desagradaba Milton.

"¡Ay!", dijo en voz baja a Martín. "Mucho me temo que este hombre sienta un profundo desprecio por nuestros poetas alemanes".

"Poco problema sería", replicó Martín.

"¡Oh, qué hombre tan superior!", murmuraba Cándido entre dientes. "¡Qué ingenio tan extraordinario este Pococurante! Nada le agrada".

Después de examinar todos los libros, bajaron al jardín, y Cándido elogió todas sus bellezas.

"No hay nada de peor gusto", dijo Pococurante. "Aquí no hay más que banalidades; aunque mañana voy a ordenar que planten otro con un diseño más noble".

Finalmente, ambos curiosos se despidieron de Su Excelencia, y al regresar a su casa, Cándido dijo a Martín:

"Admita usted que el señor Pococurante es el más feliz de los humanos, porque es un hombre superior a todo lo que posee".

"¿Y no se da cuenta usted", respondió Martín, "de que está aburrido de todo cuanto tiene? Platón dijo hace mucho tiempo que los mejores estómagos no son los que vomitan todos los alimentos".

"¿Pero no es un placer criticarlo todo y encontrar defectos donde los demás ven perfección?", preguntó Cándido.

"Eso es lo mismo", replicó Martín, "que decir que es un gran placer no tener placer en nada".

"Según eso", dijo Cándido, "no hay otro hombre más feliz que yo cuando vuelva a ver a mi Cunegunda".

"La esperanza es algo bueno", respondió Martín.

Mientras tanto, los días y las semanas pasaban, y Cacambo no aparecía. Cándido estaba tan sumido en su tristeza que ni siquiera notó que ni fray Hilarión ni Paquita habían venido a darle las gracias.

Un día, yendo Cándido y Martín a sentarse a la mesa con los forasteros alojados en su misma posada, se acercó por detrás al primero un hombre de rostro ennegrecido como por el hollín de una chimenea, quien, agarrándolo del brazo, le dijo:

—Dispóngase usted a venir con nosotros y no se distraiga.

Cándido volvió el rostro y reconoció a Cacambo; solo la vista de Cunegunda habría podido causarle mayor sorpresa y alegría. Poco le faltó para volverse loco de felicidad; y, dándole mil abrazos a su querido amigo, le dijo:

—¿Así que sin duda estás con Cunegunda? ¿Dónde está? Llévame a verla y a morir de gozo a sus pies.

—Cunegunda no está aquí —respondió Cacambo—, está en Constantinopla.

—¡Dios mío, en Constantinopla! Pero aunque estuviera en la China, iré volando. Vamos.

—Después de cenar nos iremos —respondió Cacambo—. No puedo decirle más, solo que soy esclavo y mi amo me espera. Debo servirle en la mesa, así que no diga usted una palabra; cene y esté preparado.

Cándido, con el corazón rebosante de júbilo y al mismo tiempo de asombro por ver a su fiel agente convertido en esclavo, vibrando de alegría por la noticia de su amada, con el pecho palpitante y la razón vacilante, se sentó a la mesa junto con Martín, quien, sin inmutarse, observaba todas estas aventuras, y con otros seis extranjeros que habían venido a pasar el carnaval en Venecia.

Cacambo, que era copero de uno de los extranjeros, se acercó al final de la cena a su amo y le susurró al oído:

—Señor, Vuestra Majestad puede irse cuando lo desee; el barco está listo.

Y dicho esto, se retiró. Los comensales, atónitos, se miraron sin decir palabra. En ese momento, otro sirviente se acercó a su amo y le dijo:

—Señor, el carruaje de Vuestra Majestad está en Padua y el barco listo.

El amo hizo una seña y el criado se fue. Otra vez los invitados se miraron entre sí, aumentando su asombro. Luego, un tercer criado se acercó a otro extranjero y le dijo:

—Señor, créame Vuestra Majestad que no debe demorarse más aquí. Voy a disponerlo todo.

Y desapareció. Entonces, Cándido y Martín no dudaron de que se trataba de una farsa de carnaval. El cuarto criado dijo al cuarto amo:

—Vuestra Majestad puede partir cuando lo desee.

Y se retiró igual que los anteriores. Lo mismo dijo el quinto criado al quinto amo. Pero el sexto sirviente se expresó de manera muy diferente con el sexto extranjero, que estaba al lado de Cándido:

—A fe, señor, que nadie quiere fiar un solo centavo a Vuestra Majestad ni a mí tampoco, y que esta misma noche bien podríamos acabar en la cárcel. Por eso, voy a ponerme a salvo. Que Dios guarde a Vuestra Majestad.

Después de que todos los criados se hubieron marchado, quedaron en completo silencio Cándido, Martín y los seis forasteros. Finalmente, Cándido rompió el silencio diciendo:

—Ciertamente, señores, esta broma es muy curiosa. ¿Acaso son todos ustedes reyes? Por mi parte, declaro que ni el señor Martín ni yo lo somos.

Respondiendo entonces con mucha dignidad, el amo de Cacambo dijo en italiano:

—Yo no soy un bufón. Mi nombre es Acmet III. Fui Gran Sultán durante muchos años. Derroqué a mi hermano, y mi sobrino me ha destronado a mí. A mis visires les han cortado la cabeza, y yo acabo mis días en el antiguo serrallo. Mi sobrino, el Gran Sultán Mahmud, me concede permiso de vez en cuando para viajar y recuperar mi salud. He venido a pasar el carnaval a Venecia.

Después de Acmet, habló un joven que estaba junto a él y dijo:

—Yo me llamo Iván. Fui emperador de toda Rusia y destronado en la cuna. Mi padre y mi madre fueron encarcelados, y a mí me criaron en una prisión. A veces me permiten viajar, siempre acompañado de mis guardianes. He venido a pasar el carnaval a Venecia.

El tercero dijo entonces:

—Soy Carlos Eduardo, rey de Inglaterra. Mi padre me cedió sus derechos al trono. Luché por mantenerlos; a ochocientos de mis partidarios les arrancaron el corazón y se los arrojaron a la cara. Me han tenido prisionero, y ahora voy a visitar al rey, mi padre, en Roma, quien fue destronado como lo fue mi abuelo y como lo he sido yo. He venido a pasar el carnaval a Venecia.

Entonces habló el cuarto y dijo:

—Soy rey de Polonia. La suerte de la guerra me ha privado de mis estados hereditarios. Mi padre ha sufrido la misma desgracia. Me resigno a los decretos de la Providencia, al igual que el sultán Acmet, el emperador Iván y el rey Carlos Eduardo, que Dios guarde muchos años. He venido a pasar el carnaval a Venecia.

Después habló el quinto:

—También yo soy rey de Polonia. Dos veces he perdido mi reino, pero la Providencia me ha dado otro estado, en el cual he hecho más bien del que jamás hicieron en las orillas del Vístula todos los reyes de Sarmacia juntos. También me resigno a los juicios de la Providencia. He venido a pasar el carnaval a Venecia.

El sexto monarca habló por último y dijo:

—Caballeros, yo no soy un señor tan ilustre como ustedes, pero, al fin y al cabo, he sido rey como cualquiera. Mi nombre es Teodoro. Fui elegido rey en Córcega; me llamaban Majestad, y ahora apenas se dignan llamarme 'su merced'. Mandé acuñar moneda, y hoy no tengo ni un centavo. Tenía dos secretarios de Estado, y ahora apenas me queda un lacayo. Me he sentado en un trono, y he pasado mucho tiempo en una cárcel en Londres, acostado sobre paja. Temo que aquí me suceda lo mismo, pues he venido, como Vuestras Majestades, a pasar el carnaval a Venecia.

Los otros cinco monarcas escucharon este relato con magnánima compasión y cada uno le dio veinte cequíes al rey Teodoro para que comprara ropa y vestidos. Cándido, por su parte, le regaló un diamante de dos mil cequíes.

—¿Quién es este caballero? —dijeron los cinco reyes—, que puede hacer una dádiva cien veces más cuantiosa que cualquiera de nosotros, y que efectivamente la hace.

Al levantarse de la mesa, llegaron a la misma posada cuatro Altezas Serenísimas que también habían perdido sus estados por los azares de la guerra y venían a pasar lo que restaba del carnaval en Venecia. Pero Cándido ni siquiera se informó de las aventuras de los recién llegados, pues solo pensaba en ir en busca de su amada Cunegunda en Constantinopla.

CAPÍTULO XIV: DEL VIAJE DE CÁNDIDO A CONSTANTINOPLA

Ya el fiel Cacambo había concertado con el capitán turco que debía llevar a Constantinopla al sultán Acmet, que tomara a bordo a Cándido y a Martín; y ambos se embarcaron, habiéndose postrado primero ante su miserable Alteza.

En el camino, Cándido decía a Martín:

—¡Con que hemos cenado con seis reyes destronados, y de los seis, a uno he tenido que darle una limosna! Acaso haya muchos otros príncipes aún más desgraciados. Yo, en verdad, no he perdido más que cien carneros, y voy a descansar de mis fatigas en los brazos de Cunegunda. Tenía razón Panglós, querido Martín, todo está bien.

—Sea enhorabuena —dijo Martín.

—Increíble aventura es, sin embargo —continuó Cándido—, la que en Venecia nos ha sucedido, porque nunca se ha visto ni oído cosa semejante a cenar juntos, en la misma posada, seis monarcas destronados.

—No es eso más extraordinario —replicó Martín— que muchas otras cosas que nos han sucedido. Es muy frecuente que un rey sea destronado; y en cuanto a la honra que hemos tenido de cenar con ellos, es una trivialidad que ni siquiera merece mencionarse.

Apenas estaba Cándido en el navío, se arrojó en brazos de su antiguo criado y amigo Cacambo.

—¿Y bien? —le dijo—. ¿Qué hace Cunegunda? ¿Es todavía un portento de belleza? ¿Aún me quiere? ¿Cómo está? Sin duda que le has comprado un palacio en Constantinopla.

—Señor, mi amo —respondió Cacambo—, Cunegunda está fregando platos a orillas de la Propóntide, en casa de un príncipe que tiene poquísimos platos, pues es esclava de un soberano anciano llamado Ragotski, a quien el Gran Turco le da tres duros diarios por su asilo. Y lo peor es que ha perdido su hermosura, y está horrorosamente fea.

—¡Ay! Fea o hermosa —dijo Cándido—, soy un hombre de bien, y mi obligación es quererla siempre. ¿Pero cómo puede encontrarse en tan miserable estado con el millón de duros que tú le llevaste?

—¡Vaya pregunta! —respondió Cacambo—. ¿Acaso no tuve que dar doscientos mil al señor don Fernando de Ibarra, Figueroa, Mascareñas, Lampurdan y Souza, gobernador de Buenos Aires, para obtener su licencia y traerme a Cunegunda? ¿No nos robó un pirata todo lo que nos quedaba? ¿No nos llevó ese pirata al cabo de Matapán, a Milo, a Nicaria, a Samos, a Petri, a los Dardanelos, a Mármara y a Escutari? Cunegunda y la vieja están sirviendo al príncipe que mencioné, y yo soy esclavo del sultán destronado.

—¡Cuánta espantosa calamidad encadenada una con otra! —exclamó Cándido—. Al menos aún me quedan algunos diamantes, y podré rescatar fácilmente a Cunegunda. ¡Qué lástima que esté tan fea!

Volviéndose luego a Martín, le preguntó:

—¿Quién cree usted que es más digno de compasión, el emperador Acmet, el emperador Iván, el rey Carlos Eduardo o yo?

—No lo sé —respondió Martín—, y para saberlo tendría que hallarme dentro del pecho de ustedes.

—Ah —dijo Cándido—, si Panglós estuviera aquí, él lo sabría y nos lo diría.

—Yo no poseo —replicó Martín— la balanza con que ese señor Panglós pesaba las miserias y valoraba las penas humanas; pero presumo que hay en la tierra millones de hombres más dignos de lástima que el rey Carlos Eduardo, el emperador Iván y el sultán Acmet.

—Bien puede ser —dijo Cándido.

A los pocos días llegaron al canal del mar Negro. Cándido rescató a Cacambo por un precio muy elevado y, sin perder un instante, se embarcó con sus compañeros en una galera para ir a orillas de la Propóntide en busca de Cunegunda, por más fea que estuviera.

Había entre la chusma dos galeotes que remaban muy mal y a quienes el arráez levantisco aplicaba de vez en cuando sendos latigazos en la espalda con el rebenque. Por un movimiento natural, Cándido los miró con más atención que a los demás forzados, y, sintiendo lástima, se acercó a ellos. En las facciones desfiguradas de ambos le pareció reconocer cierto aire a Panglós y al infortunado jesuita, el barón, hermano de Cunegunda.

Enternecido y movido a compasión por esta idea, los contempló con mayor atención y le dijo a Cacambo:

—Por mi vida, que si no hubiera visto ahorcar a maestro Panglós, y no hubiera tenido la desgracia de matar al barón, creería que son ellos los que van remando en la galera.

Al oír los nombres del barón y de Panglós, ambos galeotes lanzaron un agudo grito, se pusieron de pie en el banco y dejaron caer los remos. Al instante, el arráez se lanzó sobre ellos, repartiendo latigazos con el rebenque.

—¡Deténgase, deténgase, señor! —clamó Cándido—. ¡Le daré el dinero que me pida!

—¿Conque es Cándido? —exclamó uno de los forzados.

—¿Conque es Cándido? —repitió el otro.

—¿Estoy soñando? —preguntó Cándido—. ¿Estoy en esta galera? ¿Estoy despierto? ¿Es el señor barón a quien yo maté? ¿Es maestro Panglós a quien vi ahorcar?

—¡Nosotros somos, nosotros somos! —respondieron ambos a la vez.

—¿Conque este es aquel insigne filósofo? —dijo Martín.

—Ah, señor arráez levantisco, ¿cuánto quiere por el rescate del señor barón de Thunder-ten-Tronck, uno de los primeros barones del imperio, y del señor Panglós, el metafísico más profundo de Alemania?

—Perro cristiano —respondió el arráez—, una vez que esos dos perros de galeotes cristianos son barones y metafísicos, lo cual es sin duda un cargo muy alto en su país, me has de dar por ellos cincuenta mil cequíes.

—Yo se los daré, señor. Lléveme de inmediato a Constantinopla, y al punto será satisfecho. Pero no, lléveme antes a casa de Cunegunda.

El arráez, al oír la oferta de Cándido, puso proa a la ciudad e hizo que remaran con más rapidez que un pájaro que cruza el aire.

Cándido dio cien abrazos a Panglós y al barón.

—¿Cómo es posible que no haya matado a usted, mi amado barón? ¿Y usted, mi querido Panglós, cómo está vivo después de haber sido ahorcado? ¿Y por qué están ambos en galeras en Turquía?

—¿Es cierto que mi querida hermana está en esta tierra? —preguntó el barón.

—Sí, señor —respondió Cacambo.

—¡Al fin vuelvo a ver a mi querido Cándido! —exclamaba Panglós.

Cándido les presentó a Martín y a Cacambo; todos se abrazaban, todos hablaban a la vez. La galera bogaba y pronto llegaron al puerto.

Llamaron a un judío, a quien Cándido vendió por cincuenta mil cequíes un diamante que valía cien mil, y el judío le juró por Abraham que no podía dar un ochavo más. Al instante, Cándido pagó el rescate del barón y de Panglós. Este se arrojó a los pies de su libertador, bañándolos en lágrimas; aquel le dio las gracias inclinando la cabeza y le prometió devolverle el dinero tan pronto como tuviera con qué.

—¿Pero es posible —decía— que mi hermana esté en Turquía?

—Tan posible —replicó Cacambo— que está fregando platos en casa de un príncipe de Transilvania.

Llamaron al instante a otros judíos, Cándido vendió más diamantes y todos partieron en otra galera para ir a liberar a Cunegunda.

—Mil perdones le pido a usted —dijo Cándido al barón—, mil perdones, padre reverendísimo, por haberle atravesado el cuerpo con una estocada.

—No hablemos más de eso —dijo el barón—, confieso que me excedí un poco. Pero, ya que desea usted saber cómo he terminado en galeras, le contaré que, después de que el hermano boticario del colegio me curó de mi herida, fui capturado por una partida española y encarcelado en Buenos Aires, justo cuando mi hermana acababa de embarcarse hacia Europa. Pedí que me enviaran a Roma al padre general, pero en su lugar fui destinado a Constantinopla como capellán de la embajada de Francia.

—Apenas llevaba ocho días desempeñando las funciones de mi cargo cuando una noche encontré a un icoglán muy joven y hermoso. Como hacía mucho calor, el muchacho quiso bañarse, y yo también me metí con él en el baño, sin saber que para un cristiano era delito capital ser hallado desnudo con un musulmán. Un cadí me mandó dar cien palos en la planta de los pies y me condenó a galeras. Jamás se ha cometido injusticia más horrorosa.

—Ahora quisiera saber por qué mi hermana está fregando platos para un príncipe de Transilvania refugiado en Turquía.

—¿Y usted, mi amado Panglós, cómo es posible que lo esté viendo?

—Es verdad —dijo Panglós— que me viste ahorcar. Iban a quemarme, pero ya recordarás que llovía a cántaros cuando debían echarme a la hoguera, y no pudieron encender el fuego; así que, en lugar de quemarme, me ahorcaron, sin más remedio.

—Un cirujano compró mi cuerpo, me llevó a su casa y me diseccionó. Primero me hizo una incisión en forma de cruz desde el ombligo hasta la clavícula. Pero como me habían ahorcado tan mal, no podía estar más vivo. El verdugo de la Santa Inquisición, que era subdiácono, es cierto que quemaba a la gente con gran habilidad, pero no sabía nada de ahorcamientos. La soga, al estar mojada, no me apretó lo suficiente y, en fin, todavía respiraba.

—Cuando el cirujano me hizo la incisión, di un grito tan fuerte que él, aterrorizado, cayó de espaldas. Creyendo que estaba diseccionando al mismo Lucifer, huyó despavorido y rodó escaleras abajo.

—Al oír el estrépito, su esposa acudió desde una habitación contigua; al verme tendido en la mesa con la incisión abierta, se asustó aún más que su marido, salió corriendo y cayó sobre él. Cuando recuperaron un poco la calma, oí que la cirujana le decía a su esposo: "¿Quién te mandó diseccionar a un hereje? ¿Acaso no sabes que todos ellos llevan al diablo dentro?".

—Voy a llamar a un clérigo para que lo exorcice —dijo ella.

—Asustado por sus palabras, reuní las pocas fuerzas que me quedaban y comencé a gritar: "¡Tengan lástima de mí!".

—Al final, el barbero portugués recobró el valor, me cosió la incisión con unos cuantos puntos y su mujer me cuidó. A los quince días ya estaba sano.

—El barbero me colocó como lacayo de un caballero de Malta que iba a Venecia; pero mi amo, al no poder mantenerme, me dejó ir y entré al servicio de un mercader veneciano, a quien acompañé hasta Constantinopla.

—Un día se me ocurrió entrar en una mezquita donde solo había un imán anciano y una devota joven muy hermosa, que rezaba sus plegarias. Tenía descubiertos los pechos, y entre ellos llevaba un ramillete de tulipanes, rosas, anémonas, ranúnculos, jacintos y aurículas.

—El ramillete cayó al suelo y yo lo recogí para devolvérselo con el mayor respeto. Pero como tardé demasiado en colocárselo, el imán se enfadó. Notó que yo era cristiano y llamó a la guardia.

—Me llevaron ante el cadí, quien me mandó dar cien latigazos en la planta de los pies y me envió a galeras.

—Casualmente, fui encadenado en la misma galera y al mismo banco que el señor barón.

—En la galera había cuatro jóvenes de Marsella, cinco clérigos napolitanos y dos frailes de Corfú, quienes nos aseguraron que casi todos los días sucedían aventuras como las nuestras.

—El señor barón sostenía que la injusticia cometida contra él era mayor que la mía; yo, en cambio, defendía que era mucho más tolerable devolverle un ramillete a una joven que ser sorprendido desnudo con un icoglán. Disputábamos continuamente, y cada día nos azotaban con el rebenque, hasta que la cadena de los acontecimientos nos condujo a tu galera y nos rescataste.

—¿Y bien, amado Panglós? —le dijo Cándido—. Cuando lo vi ahorcado, diseccionado, golpeado y remando en galeras, ¿seguía pensando que todo iba perfectamente?

—Siempre me mantengo en mis trece —respondió Panglós—, pues al fin y al cabo soy filósofo, y un filósofo no debe desdecirse, ya que Leibniz no puede estar equivocado. Además, la armonía preestablecida es la cosa más hermosa del mundo, sin contar el pleno y la materia sutil.

CAPÍTULO XV: DE CÓMO TOPÓ CÁNDIDO CON CUNEGUNDA Y CON LA VIEJA

Mientras Cándido, el barón, Panglós, Martín y Cacambo se ponían al día con sus aventuras, mientras discutían acerca de los sucesos contingentes o no contingentes de este mundo, debatían sobre los efectos y las causas, sobre el mal moral y el mal físico, sobre la libertad y la necesidad, y sobre los consuelos que podía recibir quien estaba en galeras en Turquía, arribaron a las playas de la Propóntide, junto a la morada del príncipe de Transilvania.

Lo primero que se les presentó fue Cunegunda y la vieja, quienes estaban tendiendo unas servilletas para que se secaran al sol sobre unas sogas. Al ver esta escena, el barón se puso amarillo; y el tierno y enamorado Cándido, al contemplar a Cunegunda con la piel oscurecida, los ojos lagañosos, los pechos enjutos, el rostro arrugado y los brazos amoratados, retrocedió tres pasos, pero enseguida avanzó por cortesía.

Cunegunda abrazó a Cándido y a su hermano; todos abrazaron a la vieja, y Cándido rescató a ambas.

Había un cortijo en las inmediaciones, y la vieja propuso a Cándido que lo comprase, mientras la compañía encontraba mejor acomodo. Cunegunda, que no sabía que estaba fea, pues nadie se lo había dicho, recordó sus promesas a Cándido en un tono tan resuelto que el pobre no se atrevió a replicar.

Declaró entonces al barón que iba a casarse con su hermana, pero este dijo:

—Nunca consentiré en semejante vileza por su parte, ni en tamaña osadía por la tuya, ni permitiré jamás que se nos eche en cara tal ignominia. ¿Con que los hijos de mi hermana no podrán entrar en los cabildos de Alemania? No, mi hermana no se ha de casar, a menos que sea con un barón del imperio.

Cunegunda se postró a sus pies y los bañó en lágrimas, pero fue en vano.

—¡Fatuo, insensato! —exclamó Cándido—. Te he librado de las galeras, he pagado tu rescate y el de tu hermana, que estaba fregando platos y que, además, es fea. Soy tan bueno que quiero hacerla mi esposa, ¿y todavía pretendes impedírmelo? Si me dejara llevar por la ira, te mataría por segunda vez.

—Puedes matarme cien veces —respondió el barón—, pero mientras viva, no te casarás con mi hermana.

En el fondo de su corazón, Cándido no tenía el menor deseo de casarse con Cunegunda; pero la insolencia del barón lo llevó a apresurar la boda, sin contar que la baronesita lo presionaba tanto que ya no podía dilatar más el asunto.

Consultó entonces a Panglós, a Martín y al fiel Cacambo.

Panglós redactó una erudita memoria, demostrando que el barón no tenía derecho alguno sobre su hermana y que, según todas las leyes del imperio, Cunegunda podía casarse con Cándido, dándole la mano izquierda. Martín opinó que lo mejor era tirar al barón al mar.

Cacambo sugirió entregarlo al arráez levantisco, quien lo pondría de nuevo a remar en la galera, mientras lo enviaban al padre general en la primera embarcación que partiera hacia Roma. La idea pareció excelente. La vieja la aprobó y, sin decir nada a Cunegunda, se llevó a cabo con ayuda de un poco de dinero. Así tuvieron la satisfacción de

jugarle una pieza a un jesuita y escarmentar la vanidad de un barón
alemán.

Sería natural pensar que, después de tantas desgracias, Cándido,
casado con su amada, viviendo en compañía del filósofo Panglós, del
filósofo Martín, del prudente Cacambo y de la vieja, y habiendo traído
tantos diamantes de la patria de los antiguos incas, disfrutaría de la vida
más feliz. Pero los judíos lo estafaron tanto, que no le quedaron más
bienes que su pobre cortijo. Su esposa, que cada día se volvía más fea,
adquirió un carácter agrio e insoportable. La vieja enfermó y se volvió
aún más regañona que Cunegunda.

Cacambo, que cavaba el huerto y vendía la hortaliza en
Constantinopla, estaba rendido de trabajo y maldecía su suerte.

Panglós se desesperaba porque no podía lucir su sabiduría en alguna
universidad de Alemania.

Solo Martín, firmemente convencido de que en todas partes el
hombre se encuentra mal, soportaba su situación con paciencia.

A veces, Cándido, Martín y Panglós discutían sobre metafísica y
moral.

Con frecuencia, desde las ventanas del cortijo veían pasar barcos
cargados de efendis, bajás y cadíes que eran desterrados a Lemnos,
Mitilene y Erzerum. Otros cadíes, bajás y efendis llegaban para ocupar
sus cargos, pero pronto eran destituidos también. Se veían cabezas
rellenas de paja con mucho esmero, enviadas como obsequio a la
Sublime Puerta.

Estas escenas daban lugar a nuevas disertaciones, y cuando no
discutían, se aburrían tanto que un día la vieja se atrevió a decirles:

—Quisiera saber qué es peor: ¿ser violada cien veces al día por
piratas negros, que te corten una nalga, pasar por las baquetas entre los
búlgaros, ser azotado y ahorcado en un auto de fe, ser diseccionado,
remar en galeras, en fin, padecer todas las desventuras que hemos
sufrido, o estar aquí sin hacer nada?

—Difícil cuestión —dijo Cándido.

Este razonamiento suscitó nuevas reflexiones, y Martín concluyó que
el destino del hombre era vivir entre las convulsiones de la angustia o en
el letargo del hastío.

Cándido no le daba la razón, pero tampoco afirmaba nada.

Panglós confesaba que toda su vida había sido una serie de
horrorosos infortunios, pero como en su día había sostenido que todo
estaba bien, seguía defendiéndolo sin creerlo.

Lo que terminó de cimentar los detestables principios de Martín, de hacer vacilar aún más a Cándido y de confundir a Panglós, fue la llegada al cortijo de Paquita y fray Hilarión, en la más absoluta miseria.

En poco tiempo habían derrochado los tres mil duros; se habían separado, luego reconciliado, luego vuelto a pelear; habían estado en la cárcel, se habían escapado y, finalmente, fray Hilarión se había convertido al islam.

Paquita seguía ejerciendo su oficio, pero ya no ganaba lo suficiente para comer.

—Bien había yo pronosticado —dijo Martín a Cándido— que en poco tiempo derrocharían tu generosidad y serían aún más miserables. Tú y Cacambo han poseído millones y no son más afortunados que fray Hilarión y Paquita.

—¡Ah! —exclamó Panglós mirando a Paquita—. ¿Con que el destino te ha traído hasta nosotros? ¿Sabes, pobre muchacha, que me costaste la punta de la nariz, un ojo y una oreja? ¡Qué cambiada estás! ¡Válgame Dios, lo que es este mundo!

Este nuevo acontecimiento les dio materia para filosofar más que nunca.

En la vecindad vivía un derviche, reputado como el mejor filósofo de Turquía.

Fueron a consultarlo. Panglós habló en nombre de los demás y le dijo:

—Maestro, venimos a rogarte que nos digas para qué fue creado un ser tan extraño como el hombre.

—¿Y a ti qué te importa? —le respondió el derviche—. ¿Te sirve de algo saberlo?

—Pero, reverendo padre, hay terribles males en la tierra.

—¿Y qué más da que haya bienes o males? Cuando Su Alteza envía un barco a Egipto, ¿se preocupa por si los ratones que van en él están bien o mal?

—¿Y entonces qué se debe hacer? —preguntó Panglós.

—Que te calles —respondió el derviche.

—Yo esperaba —dijo Panglós— conversar con usted sobre las causas y los efectos...

El derviche, en respuesta, les cerró la puerta en la cara.

Mientras seguían en esta conversación, se esparció la noticia de que acababan de ahorcar en Constantinopla a dos visires del banco y al muftí, y de que varios de sus amigos habían sido empalados; una catástrofe que causó mucho revuelo por el espacio de algunas horas.

Al regresar Panglós, Cándido y Martín a su cortijo, encontraron a un anciano que tomaba el fresco a la puerta de su casa, bajo un emparrado de naranjos. Panglós, que no era menos curioso que argumentista, le preguntó cómo se llamaba el muftí que acababan de ahorcar.

—No lo sé —respondió el anciano—, ni nunca he sabido el nombre de ningún muftí ni visir. Ignoro absolutamente la historia de la que me habláis; supongo, sí, que en general quienes manejan los asuntos públicos perecen a veces de manera miserable, y que bien se lo merecen. Pero jamás me informo de lo que ocurre en Constantinopla, contentándome con enviar allá las frutas del huerto que cultivo.

Dicho esto, invitó a los extranjeros a entrar en su casa; sus dos hijas y dos hijos les ofrecieron diversas variedades de sorbetes que ellos mismos preparaban, kaimak adornado con cáscaras de cidra confitadas, naranjas, limones, limas, piñas, pistachos y café de Moka, sin mezcla con los malos cafés de Batavia y de las islas de América. Luego, las dos hijas del buen musulmán perfumaron las barbas de Cándido, Panglós y Martín con sahumerios.

—Sin duda, tenéis —dijo Cándido al turco— una vasta y magnífica posesión.

—Nada más que veinte fanegas de tierra —respondió el turco—, que cultivo con mis hijos. El trabajo nos libra de tres grandes males: el aburrimiento, el vicio y la necesidad.

Mientras regresaba a su cortijo, Cándido iba reflexionando profundamente sobre las palabras del anciano y dijo a Panglós y a Martín:

—Me parece que este buen viejo ha sabido procurarse una suerte mucho más feliz que la de los seis monarcas con quienes tuvimos la honra de cenar en Venecia.

—Las grandezas —dijo Panglós— son muy peligrosas, según opinan todos los filósofos. Eglón, rey de los moabitas, fue asesinado por Aod; Absalón, colgado de los cabellos y atravesado con tres flechas; el rey Nadab, hijo de Jeroboán, muerto por Baza; el rey Ela, por Zimri; Ocozías, por Jehú; Atalía, por Joyada; y los reyes Joaquín, Jeconías y Sedecías fueron esclavos. Es bien sabido de qué modo murieron Creso, Astiages, Darío, Dionisio de Siracusa, Pirro, Perseo, Aníbal, Yugurta, Ariovisto, César, Pompeyo, Nerón, Otón, Vitelio, Domiciano, Ricardo II de Inglaterra, Eduardo II, Enrique VI, Ricardo III, María Estuardo,

Carlos I, los tres Enriques de Francia, el emperador Enrique IV, el rey godo don Rodrigo, don Álvaro de Luna; y nadie ignora…

—Tampoco ignoro yo —interrumpió Cándido— que es necesario cultivar nuestra huerta.

—Razón tienes —dijo Panglós—, porque cuando el hombre fue colocado en el paraíso terrenal, fue para trabajarlo, ut operaretur eum, lo cual prueba que no nació para el descanso.

—Trabajemos, pues, sin discutir —dijo Martín—, que es el único medio de hacer la vida tolerable.

Toda la compañía aprobó tan sabia resolución; cada uno comenzó a ejercer su oficio y el cortijo rindió en abundancia.

Cunegunda, aunque era muy fea, hacía excelentes pasteles; Paquita bordaba, y la vieja cuidaba de la ropa blanca. Hasta fray Hilarión se mostró útil, pues aprendió con gran destreza el oficio de carpintero y terminó convirtiéndose en un hombre de bien.

Panglós decía a veces a Cándido:

—Todos los acontecimientos están encadenados en el mejor de los mundos posibles. Porque si no te hubieran dado de puntapiés en el trasero en una magnífica quinta por amor a Cunegunda, si no te hubieran metido en la Inquisición, si no hubieras andado a pie por las soledades de América, si no hubieras atravesado con una estocada al barón, y si no hubieras perdido todos tus carneros en el país del Dorado, no estarías ahora aquí comiendo cidras en dulce y pistachos.

—Bien dices —respondió Cándido—, pero es necesario cultivar nuestra huerta.

II PARTE: EL HOMBRE DE LOS CUARENTA ESCUDOS Y OTROS CUENTOS

LA TORTURA

Extraña manera de interrogar a los hombres. Debe su origen al salteador de caminos. Los conquistadores, que fueron los sucesores de tales ladrones, comprendieron que ese método era útil para sus intereses y lo siguieron empleando cuando sospechaban que se fraguaban contra ellos malévolas intenciones, como, por ejemplo, el deseo de ser libres; aspiración que, a sus ojos, era un crimen de lesa majestad divina y humana.

La Providencia nos tortura algunas veces con el cálculo renal, la gota, el escorbuto, la lepra, la sífilis, la epilepsia y otros verdugos ejecutores de sus venganzas. Y como los primeros déspotas eran, según creían sus cortesanos, imágenes de la divinidad, la imitaron en todo lo que pudieron.

El grave magistrado que adquirió con dinero el derecho a realizar estos experimentos en sus semejantes se va a comer con su santa esposa y le cuenta, mientras cena, lo que ha presenciado por la mañana. La primera vez que oye ese relato, su sensible esposa se enfurece; la segunda vez, ya desea conocer los detalles, por aquello de que las mujeres son curiosas, y cuando se acostumbra a las nobles funciones de su marido, al verlo entrar en casa, pregunta:

—¡Oh, querido! ¿Has puesto hoy a alguien en el potro?

UNA AVENTURA INDIA

Pitágoras, estando en la India, aprendió, como saben todos, en la escuela de los gimnosofistas, la lengua de los animales y la de las plantas. Paseándose un día por un prado cerca de la orilla del mar, oyó estas palabras:

—¡Qué desdicha la mía haber nacido hierba! Apenas alcanzo dos pulgadas de altura, cuando un monstruo voraz, un animal horroroso, me aplasta bajo sus vastos pies. Su boca está armada con una fila de tajantes hoces con las que me siega, me hace añicos y me devora. Los hombres llaman carnero a este monstruo, y no creo que haya en el universo criatura más abominable.

Pitágoras dio algunos pasos más y encontró una ostra abierta sobre una piedra. Aún no había abrazado la admirable ley que prohíbe comer a los animales, nuestros semejantes. Iba a tragarse la ostra, cuando ella exclamó con lastimosas palabras:

—¡Oh, naturaleza! ¡Qué feliz es la hierba, que, como yo, es obra tuya! Cuando la cortan, renace y es inmortal. En cambio, nosotras, las desventuradas ostras, en vano nos defendemos con nuestra doble coraza, pues unos malvados nos engullen por docenas en el desayuno y ahí se acaba todo para nosotras. ¡Qué suerte tan horrenda la de una ostra! ¡Qué inhumanos son los hombres!

Estremecido, Pitágoras comprendió la enormidad del crimen que estaba a punto de cometer. Llorando, pidió perdón a la ostra y la dejó suavemente sobre la piedra.

Mientras meditaba profundamente en este suceso, vio, al regresar al pueblo, arañas que devoraban moscas, golondrinas que devoraban arañas y gavilanes que devoraban golondrinas.

—¡Toda esta gente —dijo— no son filósofos!

Al entrar en el pueblo, fue empujado, estrujado y arrojado al suelo por una multitud de harapientos que corrían y gritaban:

—¡Muy bien hecho! ¡Bien merecido lo tienen!

—¿Quién? ¿Qué? —preguntó Pitágoras al incorporarse.

Pero la multitud seguía corriendo sin cesar, gritando:

—¡Ah, qué placer será verlos arder!

Pitágoras pensó que hablaban de asar membrillos o alguna otra fruta; pero no era así. Se trataba de dos pobres indios.

—Sin duda —dijo Pitágoras— son dos grandes filósofos aburridos de la vida y que desean renacer bajo otra forma. Siempre es placentero cambiar de morada, ya que ningún alojamiento es bueno del todo. Pero sobre gustos no se discute.

Siguió a la multitud hasta la plaza pública, donde vio una gran hoguera encendida y, frente a ella, un tribunal. En el tribunal estaban sentados varios jueces, cada uno con una cola de vaca en la mano y un bonete en la cabeza que se asemejaba perfectamente a las orejas del animal que montaba Isleño cuando vino en otro tiempo al país con Baco, tras atravesar el mar Eritreo a pie enjuto y detener el Sol y la Luna, según cuentan los verídicos órficos.

Entre los jueces se encontraba un hombre de bien, conocido de Pitágoras, quien le explicó de qué trataba la fiesta que se preparaba para el pueblo indio.

—Los dos indios —le dijo— no tienen el menor deseo de ser quemados, pero mis ilustres colegas los han condenado a la hoguera: al primero, porque afirmó que la sustancia de Jaca es distinta de la de Brama; y al segundo, porque insinuó que era posible agradar al Ser Supremo siendo virtuoso sin necesidad de agarrar la cola de una vaca en la hora de la muerte. Según él, la virtud puede practicarse en cualquier momento, pero no siempre se encuentra una vaca a mano. Las devotas del pueblo se indignaron tanto al oír estas proposiciones heréticas, que acosaron sin descanso a los jueces hasta que decretaron el suplicio de estos infelices.

Pitágoras comprendió que, desde la hierba hasta el hombre, todo en este mundo estaba lleno de aflicción. No obstante, logró hacer entrar en razón a los jueces y, aún más sorprendente, a las devotas, algo que solo ocurrió aquella vez en la historia.

Después, partió hacia Crotona para predicar la tolerancia. Pero un intolerante incendió su casa y él pereció en las llamas, tras haber salvado a dos indios del fuego.

¡Que escape quien pueda!

EL HOMBRE DE LOS CUARENTA ESCUDOS

Un apacible anciano, que siempre se queja del tiempo presente y alaba el pasado, me decía en una ocasión:

—Amigo, Francia no es tan rica como lo era en tiempos de Enrique IV. ¿Y por qué? Porque los campos no están bien cultivados, porque faltan manos para la labranza y porque, al encarecerse los jornales, muchos campesinos abandonan sus tierras sin trabajar.

—¿De dónde proviene esa escasez de labriegos?

—De que todo aquel que tiene inteligencia prefiere hacerse bordador, grabador, relojero, tejedor de seda, procurador o teólogo. De que la revocación del Edicto de Nantes ha dejado un enorme vacío en el reino. De que se han multiplicado las monjas y los mendigos. Y, en fin, de que cada cual evita en lo posible las duras faenas del campo, para las que Dios nos creó y que ahora consideramos indignas, de tan lógicos que somos.

Otra causa de nuestra pobreza es la multitud de nuevas necesidades: pagamos a nuestros vecinos quince millones por este artículo, veinte o treinta por aquel otro. Metemos en nuestras narices un polvo hediondo que viene de América y nos gastamos más de doscientos millones de reales al año en café, té, chocolate, grana, añil y especias. Nada de esto era conocido en tiempos de Enrique IV, salvo las especias, que se consumían en menor cantidad.

Gastamos cien veces más en cera, y más de la mitad la importamos del extranjero porque no nos preocupamos de aumentar nuestras colmenas. Las mujeres de París y de otras grandes ciudades llevan hoy en el cuello, en las manos y en las orejas más diamantes que todas las damas del palacio en tiempos de Enrique IV, incluida la reina. Casi todas estas superfluidades deben pagarse en dinero contante.

Pagamos más de sesenta millones en intereses a los extranjeros. Cuando Enrique IV subió al trono, encontró una deuda de dos millones, que en gran parte liquidó para aliviar al Estado de esa carga.

Nuestras guerras civiles trajeron a Francia los tesoros de México, cuando don Felipe el Prudente quiso comprar el reino; pero, después, las guerras en el extranjero nos han despojado de la mitad de nuestro dinero.

Estas son, en parte, las razones de nuestra pobreza, que disimulamos bajo lujosos artesonados y con el refinamiento de nuestras modas. Aunque tenemos buen gusto, somos pobres. Hay arrendadores, empresarios y comerciantes riquísimos, y sus hijos y yernos también lo son, pero la nación, en general, es pobre.

Los argumentos, buenos o malos, de este anciano me causaron una gran impresión, porque el cura de mi parroquia, que siempre me tuvo afecto, me enseñó algo de historia y geometría, y sé razonar, cosa muy rara en mi tierra. No sé decir si tenía razón, pero como soy muy pobre, no me fue difícil creer que había muchos como yo.

I. Desgracias del hombre de los cuarenta escudos

Quiero que todo el mundo sepa que tengo una propiedad que valdría cuarenta escudos, si no fuera por los tributos que debo pagar.

Según el preámbulo de ciertos decretos promulgados por quienes gobiernan el Estado, los poderes legislativo y ejecutivo son, por derecho divino, copropietarios de mi tierra y debo entregarles, al menos, la mitad de lo que produzco. No puedo evitar persignarme al pensar en la voracidad de esos poderes.

¿Qué ocurriría si estos poderes, que presiden el orden esencial de las sociedades, decidieran quedarse con toda mi tierra? Sería algo aún más "divino".

Su Excelencia, el ministro de Hacienda, sabe bien que antes pagaba en total cuarenta y cuatro reales, lo cual ya era una carga muy pesada para mí, y que no habría podido sobrellevar si Dios no me hubiera concedido la habilidad de fabricar cestos de mimbre, con lo que lograba aliviar mi pobreza. ¿Cómo, entonces, voy a entregar de repente al rey veinte escudos?

En su preámbulo, los ministros también afirmaban que el campo es el único que debe pagar, porque todo, incluso la lluvia, proviene de la tierra y, por lo tanto, de sus frutos deben salir los impuestos.

Durante la última guerra, un alguacil llegó a mi casa y me exigió, como contribución, tres fanegas de trigo y un costal de habas, con un valor total de veinte escudos, para continuar la guerra que se estaba librando, aunque yo no sabía por qué, ni entendía cómo podía beneficiarnos. De hecho, decían que Francia no tenía nada que ganar con esa guerra y, en cambio, arriesgaba perder mucho. Como en ese momento no tenía ni trigo, ni habas, ni un ochavo, el poder legislativo y el ejecutivo me metieron en la cárcel, y la guerra continuó como Dios quiso.

Al salir de prisión, con solo la piel y los huesos, me crucé con un hombre gordo y colorado que viajaba en un coche de seis caballos, seguido por seis lacayos, cada uno de los cuales recibía un salario dos veces mayor que lo que yo poseía. Su mayordomo, tan saludable como él, ganaba dos mil francos al año y robaba veinte mil.

La amante del hombre gordo y colorado no le costaba menos de cuarenta mil escudos cada medio año. Cuando lo conocí en otra época, era más pobre que yo. Para consolarme, me dijo que tenía una renta de cuatrocientos mil libras.

—Según eso —le dije—, usted paga doscientos mil al Estado para sostener la ventajosa guerra que estamos librando; porque yo, que no tengo más que cuarenta escudos de renta, pago la mitad.

—¿Contribuir yo a las cargas del Estado? —respondió—. ¡Se burla, amigo mío! Heredé a un tío que había ganado ocho millones en Cádiz y en Surat. No poseo ni un celemín de tierra. Toda mi fortuna está en créditos sólidos y buenas letras de cambio. Así que no debo nada al Estado. Usted, que posee tierras, sí debe pagar la mitad de lo que tiene. Todo proviene de la tierra; la moneda y los libramientos no son más que instrumentos de intercambio.

—En lugar de jugarme en una partida de faraón cien sacos de trigo, cien vacas, mil carneros y doscientas fanegas de cebada, pongo un montón de oro que representa todos esos bienes. Además, si después de que el propietario haya pagado su impuesto correspondiente me exigieran más dinero, sería un abuso. Sería pagar dos veces por lo mismo.

—Mi tío vendió en Cádiz por dos millones trigo de Francia y otros dos millones en tejidos de lana fabricados aquí. En ambas transacciones ganó más del cien por ciento. Como ve, esta ganancia provino de tierras que ya habían pagado su impuesto. Lo que mi tío compró aquí por dos, lo vendió en México por doscientos. Después de descontar todos los gastos, obtuvo ocho millones de beneficio. Habría sido una injusticia enorme que se le cobrara un solo franco de los dos que pagó por el trigo.

—Si veinte sobrinos como yo, cuyos tíos en México, Buenos Aires, Lima, Surat o Pondicherry hubiesen ganado ocho millones cada uno, prestaran al Estado doscientos mil francos en un momento de necesidad, ese empréstito ascendería a cuatro millones. ¡Qué horror! Así que pague usted, amigo mío, ya que disfruta tranquilamente de una renta de cuarenta escudos libres de polvo y paja. Sirva con celo a la patria y, cuando pueda, venga a comer con mis criados.

Tan plausible razonamiento me dio mucho en qué pensar, pero no logró consolarme.

II. Conversación con un geómetra

Muchas veces sucede que uno no sabe qué responder ante un argumento que, aunque lógico, no convence. Un cierto escrúpulo, cierta resistencia, impide creer lo que aparentemente está demostrado. Un geómetra nos explica que entre un círculo y una tangente pueden pasar infinitas líneas curvas, pero que es imposible que pase una recta. Nuestros ojos y la razón nos dicen lo contrario, pero el geómetra insiste en que se trata de un infinito de segundo orden. Uno se queda en silencio, sorprendido, sin entender nada y sin saber qué replicar. Luego consulta con otro geómetra, menos dogmático, y le oye decir:

—Suponemos, aunque no existe en la naturaleza, líneas con longitud pero sin grosor. Físicamente hablando, es imposible que una línea real corte a otra; ni curva ni recta, ninguna línea real puede pasar entre otras dos en su punto de contacto. Creer lo contrario es una fantasía, un mero juego de la inteligencia; la verdadera geometría es el arte de medir lo que existe.

Al oír esta confesión de boca de un matemático, en medio de mi desventura, no pude evitar reírme al comprobar que incluso en las ciencias exactas hay mixtificación y engaño.

Mi geómetra era un ciudadano filósofo que, en algunas ocasiones, había tenido la bondad de discutir conmigo en mi humilde vivienda. Le dije:

—Caballero, usted ilustra a los ignorantes de París sobre lo que más importa a los hombres: la duración de la vida humana. Gracias a usted, el gobierno sabe cuánto debe pagar de renta a cada uno de los beneficiarios de su deuda según su edad. También ha propuesto un proyecto para llevar agua a cada casa de París y librarnos, al fin, del vergonzoso pregón de "¿quién compra agua?" y de la fatiga de quienes suben cubos hasta un cuarto piso. Ahora bien, dígame, por favor, ¿cuántos bípedos humanos hay en Francia?

El geómetra:

—Dicen que unos veinte millones, y acepto el cálculo porque es muy probable, aunque no se haya verificado, algo que sería muy fácil de hacer pero que aún no se ha hecho, porque nunca se piensa en todo.

El hombre de los cuarenta escudos:

—¿Cuántas fanegas de tierra tiene Francia?

El geómetra:

—Ciento sesenta millones; cerca de la mitad ocupadas por bosques, villas, ciudades, páramos, pantanos, arenales, terrenos estériles, conventos inútiles y jardines de recreo, que son más agradables que útiles. Hay muchas tierras sin cultivar y otras de baja calidad y peor trabajadas. Los campos fértiles pueden reducirse a cien millones de fanegas, pero digamos ciento cinco, para que no nos acusen de ser mezquinos con nuestra patria.

El hombre de los cuarenta escudos:

—¿Cuánto cree usted que produce, en promedio, cada fanega al año, considerando el trigo, las semillas, el vino, la leña, los metales, los animales, la fruta, la lana, la seda, la leche, el aceite, etc., descontando los gastos y sin contar el impuesto?

El geómetra:

—Si cada fanega produce cien reales, sería mucho. Pero para no desalentar a nuestros compatriotas, contemos diez escudos. Hay tierras que rinden hasta cien escudos por fanega y otras que apenas dan uno. La media proporcional entre uno y cien es diez, pues bien sabe usted que uno es a diez como diez es a cien. Claro que si hubiera muchas fanegas que dieran diez y muy pocas que dieran cien, el cálculo cambiaría; pero no me detendré en detalles.

El hombre de los cuarenta escudos:

—¿Y cuánto produce en dinero el total de las 105 millones de fanegas de tierra?

El geómetra:

—La cuenta es clara: 1.050.000.000 de escudos, valor actual de la plata.

El hombre de los cuarenta escudos:

—He leído, no sé dónde, que el rey Salomón poseía cien mil millones de reales en efectivo. En Francia no hay más de nueve mil novecientos millones en circulación. Sin embargo, me han dicho que Francia es un reino mucho mayor y más rico que el de Salomón.

El geómetra:

—Eso es incierto. Acaso el dinero en circulación no llegue a cuatro mil millones; pero como pasa de mano en mano para pagar mercancías y servicios, un mismo escudo puede ir y volver mil veces, desde el bolsillo del labrador al del tabernero y de este al del recaudador de impuestos.

El hombre de los cuarenta escudos:

—Ya entiendo. Pero usted me ha dicho que somos veinte millones de habitantes, entre hombres, mujeres, niños y ancianos. ¿Cuánto corresponde a cada uno?

El geómetra:

—Cuarenta escudos, poco más o menos.

El hombre de los cuarenta escudos:

—Esa es precisamente mi renta. Tengo cinco fanegas de tierra que, considerando los años de barbecho y los de producción, me rinden quinientos cincuenta reales al año, lo que es una cantidad insignificante. Así pues, si cada ciudadano poseyera una cantidad igual de tierra, ¿no obtendría apenas veintisiete escudos y medio al año?

El geómetra:

Nada más, según mi cálculo, que tal vez he exagerado un poco. La vida y el dinero son bienes sumamente limitados. En París, la esperanza de vida es, en promedio, de veintidós a veintitrés años, y cada francés dispone de cuarenta escudos anuales para sus gastos. Esa cantidad representa lo que se destina a la alimentación, el vestido, los muebles, el alquiler de la casa, etc.

El hombre de los cuarenta escudos:

—¿Qué mal le he hecho a usted para que me prive así de mi vida y de mi dinero? ¿Conque no tengo más que veintitrés años de existencia, a menos que robe parte de la de mis prójimos?

El geómetra:

—Así ocurre en la buena ciudad de París; pero de esos veintitrés años hay que descontar, al menos, diez de la infancia, pues los niños no disfrutan plenamente de la vida, sino que solo se preparan para vivirla. La niñez es el vestíbulo de la existencia, el árbol que aún no da fruto, el amanecer del día.

—Si ahora restamos de los trece años que quedan al menos la mitad, debido al sueño y al tedio, nos quedan seis años y medio, que se consumen entre preocupaciones, enfermedades, placeres fugaces y esperanzas vanas.

El hombre de los cuarenta escudos:

—¡Dios mío! Según esa cuenta, apenas me quedan tres años de existencia tolerable.

El geómetra:

—No es culpa mía. La naturaleza se preocupa muy poco por los individuos. Hay insectos que no viven más de veinticuatro horas, pero su especie perdura. La naturaleza se asemeja a esos príncipes ilustres que no vacilan en perder cuatrocientos mil hombres en una batalla, con tal de satisfacer sus ambiciosos designios.

El hombre de los cuarenta escudos:

—¡Cuarenta escudos y tres años de vida! ¿Y qué remedio encuentra usted para estos dos males?

El geómetra:

—Para alargar la vida sería necesario purificar el aire de París, que la gente fuera menos viciosa, que hiciera más ejercicio, que las madres amamantaran a sus hijos, que no temieran la inoculación. Todo esto ya lo he dicho en alguna ocasión.

—En cuanto a lo demás, lo más acertado es casarse y tener hijos.

El hombre de los cuarenta escudos:

—¿Entonces el medio de vivir bien es juntar mi pobreza con la miseria ajena?

El geómetra:

—Cinco o seis miserias juntas pueden hacer un bienestar moderado. Con una esposa trabajadora, dos hijos y dos hijas, usted reúne trescientos escudos para el hogar, suponiendo que la distribución sea equitativa y que cada individuo cuente con una renta de cuarenta escudos. Los hijos, en la primera infancia, apenas generan gastos, y cuando crecen, contribuyen al sustento familiar. Su ayuda le ahorra casi todos los costos y le permite vivir feliz como un filósofo, a menos que quienes gobiernan el Estado cometan el abuso de imponer a cada uno de ustedes una contribución de veinticinco escudos anuales. Por desgracia, no vivimos en la Edad de Oro, cuando todos eran iguales y participaban equitativamente en los generosos beneficios de una tierra que producía sin ser cultivada. Hoy estamos muy lejos de que cada ser humano, con dos pies y dos manos, sea dueño de una tierra que le rinda cuarenta escudos al año.

El hombre de los cuarenta escudos:

—¡Usted nos quita el pan de la boca! Hace poco me decía que en un país con 100.000.000 de fanegas de buena tierra y 20.000.000 de habitantes, a cada uno le correspondían 40 escudos de renta, y ahora nos los arrebata.

El geómetra:

—Sí, pero entonces calculaba según los libros de cuentas del siglo de oro, y ahora debemos ajustarnos a los del siglo de hierro. Hay muchos individuos que carecen de lo que equivale a 25 escudos de renta; otros apenas alcanzan los cuatro o cinco, y más de seis millones no poseen absolutamente nada.

El hombre de los cuarenta escudos:

—Pero, ¿entonces morirán de hambre en tres días?

El geómetra:

—No precisamente. Quienes poseen riquezas les dan trabajo y así se sostienen el teólogo, el confitero, el boticario, el predicador, el comediante, el procurador y el cochero. Usted se cree digno de compasión porque solo tiene 450 reales al año, reducidos ahora a 400. Pues mire a los soldados, que vierten su sangre por la patria y, con una paga de seis cuartos al día, no llegan a percibir más de 257 reales con 22 céntimos al año, y aun así viven satisfechos y comparten sus ranchos.

El hombre de los cuarenta escudos:

—Entonces, un ex jesuita recibe una pensión más de cinco veces superior a la paga de un soldado, aunque los soldados hayan servido más al Estado, luchando a la vista del rey en Fontenoy, en Lawfeldt y en el sitio de Friburgo, que cuantos servicios pudiera alegar el reverendo padre La Valette.

El geómetra:

—Eso es muy cierto, al igual que lo es el hecho de que cada jesuita secularizado recibe más de lo que le costaba a su convento, y muchos de ellos han ganado dinero escribiendo panfletos contra los parlamentos, como el reverendo padre Patouillet y el reverendo padre Nonotte. En este mundo, cada cual se las ingenia como puede: uno dirige una fábrica de tejidos, otro una de loza, aquel es empresario de la Ópera, este compone la Gaceta Eclesiástica, aquel otro escribe una tragicomedia o una novela al estilo inglés. Y gracias a ellos, el papelero, el fabricante de tinta, el librero y el encuadernador tienen trabajo, pues de lo contrario estarían pidiendo limosna. En definitiva, la redistribución de los 40 escudos a los que nada tienen permite que el Estado se mantenga y prospere.

El hombre de los cuarenta escudos:

—¡Vaya modo de prosperar!

El geómetra:

—Pues no hay otro. En todo país, el rico permite que el pobre sobreviva, y esa es la razón de ser de la industria. Cuanto más industriosa es una nación, más ganancias obtiene del comercio exterior. Si lográsemos obtener de los países extranjeros 40.000.000 de reales al año mediante el intercambio comercial, en veinte años el Estado dispondría de 800.000.000 más, lo que significaría 40 reales adicionales por persona. Es decir, los comerciantes harían ganar a cada pobre 40 reales más con la esperanza de obtener beneficios aún mayores. Pero el comercio tiene sus límites, al igual que la fertilidad de la tierra; de lo contrario, crecería hasta el infinito. Además, la balanza comercial no siempre nos es favorable; hay épocas en que perdemos.

El hombre de los cuarenta escudos:

—He oído hablar muchas veces del crecimiento de la población. Si nos propusiéramos duplicar la cantidad de niños que traemos al mundo, si nuestra patria tuviera el doble de habitantes, es decir, 40.000.000 en lugar de 20.000.000, ¿qué sucedería?

El geómetra:

—Que a cada uno le corresponderían 25 escudos menos, a menos que la tierra produjera el doble de lo que produce. O bien habría el doble de pobres, o sería necesario duplicar la industria y obtener el doble de beneficios en el comercio exterior. Otra opción sería enviar a la mitad de la población a América. Y, en el peor de los casos, la mitad de la nación tendría que devorar a la otra.

El hombre de los cuarenta escudos:

—Pues contentémonos con nuestros 20.000.000 de habitantes y nuestros 40 escudos por cabeza, repartidos como Dios quiera. Pero esta situación es demasiado triste, y el siglo de hierro demasiado duro.

El geómetra:

—No hay nación más rica, y muchas hay que son más pobres. ¿Cree usted que los países del Norte podrían repartir el equivalente a 40 escudos por individuo? Si los hunos, los godos, los alanos, los vándalos y los francos hubieran tenido ese ingreso, no habrían abandonado su patria para establecerse en otras tierras, arrasándolo todo a sangre y fuego.

El hombre de los cuarenta escudos:

—Si le creyera, pensaría que soy un hombre feliz con mis 40 escudos.

El geómetra:

—Si usted cree que lo es, sin duda lo será.

El hombre de los cuarenta escudos:

—Nadie puede imaginarse feliz si no lo es, a menos que esté loco.

El geómetra:

—Ya le dije que para vivir con más holgura y felicidad es preciso que se case; pero añado que su esposa debe tener 40 escudos de renta, como usted, es decir, cuatro fanegas de tierra a 10 escudos la fanega. Los antiguos romanos no poseían tanto. Si sus hijos son laboriosos, podrán ganar otro tanto trabajando para los demás.

El hombre de los cuarenta escudos:

—De modo que ellos han de ganar dinero para que otros lo pierdan.

El geómetra:

—Esa es la ley de todas las naciones, y a ese precio vivimos todos.

El hombre de los cuarenta escudos:

—¿Y es inevitable que mi esposa y yo entreguemos la mitad de nuestra cosecha al Estado, y que el gobierno se lleve la mitad de lo que ganemos con nuestro trabajo y el de nuestros hijos, antes siquiera de que estos puedan bastarse por sí mismos? ¿Cuánto dinero recauda el gobierno en impuestos?

El geómetra:

—Usted paga 25 escudos por cinco fanegas de tierra que rinden 50; el rico que posee 500 fanegas pagará 2.500 escudos. Si consideramos 100.000.000 de fanegas, el rey recibiría 500.000.000 de escudos al año, es decir, 5.500.000.000 de reales.

El hombre de los cuarenta escudos:

—No lo creo posible.

El geómetra:

—Tiene razón; y esa imposibilidad demuestra matemáticamente que los cálculos de nuestros ministros contienen un error fundamental.

El hombre de los cuarenta escudos:

—Dígame, ¿no es monstruoso que me quiten la mitad de mi trigo, mi cáñamo, la lana de mis carneros, etc., mientras que aquellos que obtienen 40, 80 o 100.000 reales con mi cáñamo, tejiendo lienzos, con mi lana, fabricando paños, y con mi trigo, vendiéndolo más caro de lo que lo compraron, no paguen tributo alguno?

El geómetra:

—Tan evidente es la injusticia de semejante administración como erróneos sus cálculos. Se debe fomentar la industria, pero también los grandes beneficios de la industria deben tributar al Estado. Está demostrado que los intermediarios le han arrebatado parte de sus cuarenta escudos, apropiándose de su valor al venderle camisas y vestidos veinte veces más caros de lo que le habrían costado si los hubiera confeccionado usted mismo. Confieso que el fabricante que se ha enriquecido a su costa ha dado empleo a muchos obreros que no poseían nada propio. Pero él ha retenido una cantidad anual para sí que, con el tiempo, le ha proporcionado una renta de 10.000 escudos. Este capital lo ha ganado a su costa, mientras usted nunca podrá venderle sus productos lo suficientemente caros como para compensar lo que ha perdido en lo que él le compró. Y si usted tratara de aumentar su precio de venta, él importaría el mismo producto del extranjero a un costo menor. —La prueba de que esto es así es que la renta del intermediario crece cada año, mientras que sus 40 escudos permanecen estancados o incluso disminuyen. Por lo tanto, sería justo y equitativo que el comerciante pagara más impuestos que el labrador. El mismo principio se aplica a los intendentes de hacienda. Antes de que nuestros grandes ministros le quitaran a usted 20 escudos, pagaba 4, de los cuales el intendente retenía para sí 2 reales. Así que, si en su provincia hay quinientas mil personas, el intendente habrá ganado un millón de reales al año. Y suponiendo que gaste 200.000, en diez años habrá acumulado un capital de 8.000.000 de reales. Sería justo que él también pagara un impuesto sobre sus ganancias.

El hombre de los cuarenta escudos:

—Le agradezco que con su teoría también haga tributar al intendente. Eso alivia mi imaginación. Pero si él sabe aumentar sus ganancias, ¿no habrá un medio para que yo también aumente mi modesto peculio?

El geómetra:

—Ya se lo he dicho: cásese, trabaje y procure sacar de la tierra algunas espigas más de las que antes producía.

El hombre de los cuarenta escudos:

—Supongamos que trabajo mucho, que todo el país hace lo mismo y que el Estado cobra más impuestos. ¿Qué beneficio obtendrá la nación al cabo del año?

El geómetra:

—Ni un solo ochavo, a menos que mantenga un comercio exterior favorable. Pero el individuo habrá vivido mejor, habrá tenido más vestidos, más camisas y más muebles que antes, y la circulación del dinero será mayor. Esto generará un aumento de jornales, casi en proporción al número de sacos de trigo, vellones de carnero, pieles de bueyes, venados y cabras trabajadas, y racimos de uva llevados al lagar. El rey tendrá más dinero en sus arcas, pero no habrá un solo escudo sobrante en todo el reino.

El hombre de los cuarenta escudos:

—Entonces, ¿qué remanente le queda al Estado?

El geómetra:

—Ninguno. Y es bueno que así sea. El Estado habrá cubierto sus necesidades y lo mismo habrán hecho los ciudadanos, cada uno conforme a sus medios. No hay acumulación de dinero en las arcas. Si el Estado acumula, priva a la circulación de todo el dinero que guarda y genera tantos miserables como montones de 50 escudos retiene en su tesoro.

El hombre de los cuarenta escudos:

—Según eso, nuestro gran Enrique IV era un avaro y un explotador del pueblo, pues tenía en la Bastilla un depósito de 200.000.000 de reales.

El geómetra:

—Enrique IV fue un monarca tan prudente y bondadoso como valeroso. Previendo la necesidad de emprender una guerra justa, creó una reserva de 110.000.000 de reales, moneda de entonces, dejando más de otros 80 millones en circulación. Con ello, ahorró a su pueblo más de 400 millones que le habría costado si hubiera actuado de otro modo. Su triunfo sobre un enemigo desprevenido era seguro, según todos los cálculos de probabilidad.

El hombre de los cuarenta escudos:

—Con razón se ha dicho que, proporcionalmente, éramos más ricos bajo el gobierno del duque de Sully que bajo el de los nuevos ministros, autores de la contribución única, que me quitan 20 escudos de los 40 que poseo. Dígame, por favor, ¿existe alguna nación en el mundo que disfrute del exquisito beneficio de la contribución única?

El geómetra:

—Ninguna entre las grandes. Los ingleses, que no son muy propensos a la risa, se han burlado al enterarse de que en nuestro país se ha propuesto semejante idea, incluso por hombres de talento. Sin embargo, es cierto que los lapones y los samoyedos pagan una contribución única en pieles de marta, y que la República de San Marino solo paga el diezmo, con lo que sostiene el esplendor del Estado. En nuestra Europa existe una nación célebre por su culto a la justicia y el valor de sus hijos, donde prácticamente no hay impuestos: el pueblo helvético. Pero esto se debe a que recibe las antiguas rentas de los duques de Austria y Zeringen. Los pequeños cantones son democráticos y cada habitante paga una pequeña suma para las necesidades del Estado. En los cantones más ricos, se sostienen con los censos que cobraban los archiduques de Austria y los señores de villas y lugares. Los cantones protestantes son más prósperos que los católicos, porque el Estado posee los bienes que antes pertenecieron a los frailes. Así, quienes antes eran vasallos de los archiduques de Austria, de los duques de Zeringen y de los frailes, hoy son vasallos de la patria y pagan a la patria los mismos diezmos, los mismos derechos y el mismo laudemio que pagaban a sus antiguos señores. Además, como los suizos en general comercian poco, su comercio no está sujeto a impuestos, salvo derechos de escasa importancia. Sus ciudadanos negocian sus propias personas con potencias extranjeras y se venden por algunos años como soldados mercenarios, lo que proporciona al país ingresos significativos a costa ajena. Es un modelo sin parangón en las naciones civilizadas, al igual que la contribución única establecida por nuestros legisladores.

El hombre de los cuarenta escudos:

—Entonces, señor, ¿los suizos no son despojados por derecho divino de la mitad de sus bienes, ni se ven obligados a entregar dos vacas al Estado cuando solo poseen cuatro?

El geómetra:

—Ni por asomo. En un cantón donde se produzcan trece toneles de vino, dan uno y se beben doce; en otro, pagan la duodécima parte y se beben once.

El hombre de los cuarenta escudos:

—¡Ah! Me haré suizo. ¡Maldita sea la contribución única, tan injusta, que me llevará a la miseria! Pero, ¿acaso son más justos o más soportables los trescientos o cuatrocientos impuestos distintos, cuyos nombres ni siquiera puedo recordar? ¿No hay tributos por el peso del carbón, el aforo del vino, la molienda de la aceituna, la fabricación del jabón? Todo ello sirve para mantener ejércitos de burócratas más numerosos que el de Alejandro Magno, dirigidos por generales que saquean países, obtienen ilustres victorias, hacen prisioneros y hasta los ahorcan o degüellan, como hacían los antiguos escitas, según me ha contado el cura de mi parroquia. ¿Era mejor aquel sistema, contra el cual se alzaron tantas protestas y se derramaron tantas lágrimas, que el que ahora, de un solo golpe, me arrebata la mitad de mi existencia? Mucho me temo que, al examinarlo bien, el método antiguo no era peor, pues este nuevo no solo nos quita a pellizcos las tres cuartas partes de nuestra hacienda, sino que lo hace sin disimulo.

El geómetra:

—«Iliacos intra muros peccatur et extra...»

—«Est modus in rebus...»

—«Caveas ne quid nimis».

El hombre de los cuarenta escudos:

—Sé algo de historia y de geometría, pero no entiendo latín.

El geómetra:

—Mi latín significa: «se cometen errores tanto dentro como fuera de Troya»; «hay que guardar moderación en todas las cosas»; y «evita todo exceso».

El hombre de los cuarenta escudos:

—Nada en demasía... Sí, señor, pero yo me encuentro en el extremo opuesto: no tengo lo suficiente.

El geómetra:

—Convengo en que usted morirá de hambre, y yo también, y el Estado también, suponiendo que la nueva administración se mantenga dos años más. Esperemos que Dios tenga misericordia de nosotros.

El hombre de los cuarenta escudos:

—Esperando se pasa la vida y esperando se muere uno. Quédese usted con Dios; salgo instruido, pero desconsolado.

III. Aventuras con un fraile carmelita

Después de dar las más rendidas gracias al sabio de la Academia de Ciencias, volví a mi casa más mohíno que nunca, murmurando entre dientes tristes reflexiones: ¡Solo 40 escudos para vivir y apenas veinte años de vida! ¡Ah, pluguiera al cielo que nuestra existencia fuera aún más corta, pues está tan llena de desventuras!

Distraído con mis pensamientos, me encontré de pronto frente a un soberbio edificio. Me apretaba el hambre y no poseía ni siquiera la centésima parte de la cantidad que, por derecho, corresponde a cada individuo. Me dijeron que aquel palacio era la residencia de los reverendos padres carmelitas descalzos, y respiré aliviado, diciéndome: Puesto que estos santos varones son tan humildes que andan sin zapatos, serán también lo suficientemente caritativos para darme de comer.

Toqué la campanilla y apareció un carmelita.

—¿Qué desea, hijo mío?

—Reverendo padre, pan. Los nuevos decretos me lo han quitado de la boca.

—Hijo mío, nosotros pedimos limosna, pero no la damos.

—No lo entiendo. Son ustedes tan humildes que van descalzos, viven, sin embargo, en una mansión principesca, son caritativos y, sin embargo, no dan de comer.

—Hijo mío, es cierto que no llevamos medias ni zapatos, y eso menos tenemos que gastar; pero créame, no sentimos más frío en los pies que en las manos. Si nuestro santo instituto nos mandara ir con el trasero al aire, tampoco sentiríamos frío en él.

—En cuanto a nuestra magnífica casa, la hemos construido con facilidad, pues las que alquilamos en esta misma calle nos rentan 400.000 reales al año.

—¡Ah, ah! ¿Dejan ustedes que muera de hambre y tienen 400.000 reales de renta? Bien es verdad que pagarán 200.000 al gobierno.

—¡Dios nos libre de pagar un solo céntimo! Solo el fruto de la tierra cultivada por manos laboriosas, encallecidas y bañadas en lágrimas debe ser gravado con impuestos para el Estado. Con las limosnas recibidas edificamos estas casas; pero como esas limosnas provienen de los productos de la tierra, que ya han pagado su tributo, no vamos a pagarlo otra vez. En cambio, bendecimos a los fieles que se han empobrecido para enriquecernos. Pedimos limosna y damos ocasión a los devotos del barrio de San Germán para bendecirnos más y más.

Dicho esto, el carmelita me cerró la puerta en las narices.

Marché luego al cuartel de carabineros, les conté lo que me había sucedido y me dieron bien de comer, además de medio escudo. Uno de los carabineros dijo que había que ir a prender fuego al convento; pero otro compañero, más sensato, le hizo ver que aún no era el momento y le exhortó a que esperara dos o tres años.

IV. Audiencia del ministro de Hacienda

Con mi medio escudo en el bolsillo, me dirigí a presentar un memorial al señor ministro de Hacienda, que aquel día daba audiencia. La antecámara estaba repleta de toda clase de gentes, y noté que abundaban los semblantes rubicundos, las barrigas obesas y los rostros altivos. No me atrevía a acercarme a estos personajes; los veía, pero ellos no me veían a mí.

Un fraile, encargado de cobrar los diezmos, extorsionaba a unos ciudadanos que él mismo calificaba de vasallos suyos. Recibía más dinero del que poseían la mitad de sus feligreses juntos y, sin embargo, se consideraba su señor. Pretendía que, dado que estos habían convertido en viñedos unos terrenos incultos tras rudas faenas, le debían la décima parte del vino producido. Pero, teniendo en cuenta el costo del trabajo, los rodrigones, las cubas y las atarazanas, su demanda ascendía a más de la cuarta parte del valor de la cosecha.

—Pero como los diezmos son de derecho divino —decía el fraile—, solicito, en nombre de Dios, la cuarta parte del fruto del trabajo de mis vasallos.

El ministro le respondió:

—Veo que es usted un hombre caritativo…

Entonces, intervino un asentista general, hombre muy versado en materia de rentas provinciales:

—Excelentísimo señor, los vasallos de este fraile no pueden darle nada, pues habiéndoles yo impuesto, el año pasado, 32 tributos sobre el vino que produjeron, han quedado completamente arruinados. Para cobrarles, les he embargado sus animales de labranza y sus herramientas, y aun así no han podido saldar su deuda conmigo. Me opongo, pues, a la solicitud del reverendo.

El ministro replicó:

—Evidentemente, es usted un digno competidor suyo. Ambos demuestran igual amor al prójimo, y me conmueve profundamente su proceder.

Un tercer personaje, también fraile y señor de vasallos, esperaba la resolución de un Consejo Real que debía adjudicarle los bienes de un pobre parisino. Este infeliz había vivido un año y un día en una casa situada dentro de los dominios eclesiásticos y, al fallecer, el fraile, basándose en el derecho divino, reclamaba toda su herencia.

El ministro consideró que este fraile tenía un corazón tan piadoso y noble como los dos anteriores.

El cuarto hombre en la fila era un contador de bienes de la Corona. Presentó un informe justificando cómo había arruinado a veinte familias. Cuando estas heredaron bienes de sus tíos, tías, hermanos o primos, acudieron a pagar los derechos correspondientes. Sin embargo, el contador, con tono magnánimo, les explicó que no habían valorado sus bienes correctamente y que, en realidad, eran mucho más ricos de lo que creían.

Por tanto, les impuso una multa equivalente al triple del impuesto, además de condenarlos a pagar costas legales. Muchos de aquellos padres de familia, al no poder afrontar el pago, fueron encarcelados y terminaron vendiendo su patrimonio. Así fue como el contador adquirió grandes posesiones sin que le costaran un solo ochavo.

El ministro, esta vez con tono despectivo, le dijo al contador:

—Euge, bone et fidelis; quia super pauca fuisti fidelis, intendentem de provincia te constituam.

Y volviéndose a uno de sus empleados que estaba junto a él, murmuró entre dientes:

—Hay que hacer que todas estas sanguijuelas, tanto sagradas como profanas, vomiten la sangre que han chupado. Ya es tiempo de dar algún alivio al pueblo. Si no fuera por nuestro espíritu de justicia y nuestros desvelos, el pueblo no tendría con qué vivir, salvo en el otro mundo.

Luego se presentaron varios arbitristas. Uno de ellos había ideado crear un tributo sobre el ingenio.

—Todo el mundo —decía— se apresurará a pagarlo, porque nadie quiere pasar por tonto.

—Usted estaría exento de pagar esa contribución —le dijo el ministro.

Otro ciudadano, digno y discreto, prometía proporcionar al rey tres veces más rentas de las que recibía y, al mismo tiempo, reducir los tributos de la nación a la tercera parte. El ministro lo envió a la escuela para que aprendiera a contar.

Otro más quería demostrar su adhesión al monarca aumentando los ingresos por impuestos de 300.000.000 de reales a 900.000.000.

—Nos hará usted un gran favor —replicó el ministro—, pero antes tendremos que pagar las deudas del Estado.

Finalmente, apareció el agente de aquel tratadista que proponía convertir al Estado en copropietario de todas las tierras por derecho divino, con el fin de que ingresaran en las arcas reales 4.400.000.000 de reales al año.

Reconocí en él al hombre que me había metido en la cárcel por no haber pagado mis escudos, y me arrojé a los pies del ministro para pedirle justicia. Su Excelencia soltó una gran carcajada y me dijo que todo aquello no era más que una broma. Ordenó que se me entregaran cien escudos en compensación por los daños sufridos y me eximió del pago de impuestos por el resto de mi vida.

—Dios se lo pague a Su Excelencia —le dije, y me despedí de él.

V. Carta al hombre de los cuarenta escudos

Muy señor mío:

Aunque soy tres veces más rico que usted, es decir, poseo 120 escudos de renta, le escribo como si fuéramos iguales, sin envanecerme por mi fortuna superior.

He leído su historia con todas sus desgracias y la justicia que le ha hecho el señor ministro de Hacienda. Le felicito sinceramente por ello.

Pero, por mi desdicha, acabo de leer El financiero ciudadano, a pesar de la repulsión que me inspiraba su título, que a muchas personas les parece contradictorio.

Ese ciudadano financiero le quita a usted 10 escudos de renta y me quita 30 a mí, basándose en un cálculo de solo 40 escudos por individuo. Es cierto que otro autor, no menos ilustre, calcula 60 escudos. Su geómetra adopta un término medio, lo que indica que no pertenece a ese grupo de ilustres señores que adjudican a París 1.000.000 de habitantes y al reino 6.000.000.000 de reales en dinero físico, sin considerar todo lo que hemos perdido en las guerras pasadas.

Como sé que le gusta leer, le prestaré El financiero ciudadano, pero no crea todo lo que dice. Cita el testamento del gran ministro Colbert sin saber que es una falsificación burda de un tal Gatien de Courtilz; menciona El diezmo real del mariscal de Vauban, sin advertir que es obra de un tal Bousguilbert; cita el testamento del cardenal Richelieu, sin conocer que fue escrito por el abate de Bourzeis.

Afirma también que el cardenal dijo: Cuando la carne se encarece, se da más ración a los soldados, lo cual es falso. Durante el gobierno de Richelieu, la carne subió de precio, pero no por ello se aumentó la paga a la tropa. Ese texto de Richelieu fue declarado apócrifo cuando se publicó. En realidad, no es más obra suya que lo son los testamentos atribuidos al mariscal de Belle-Isle o al cardenal Alberoni.

Desconfíe siempre de los testamentos políticos y de los sistemas. Yo he sido víctima de estos lo mismo que usted, y si los Solones y Licurgos modernos se burlaron de usted, a mí me engañaron los Triptolemos. De no haber sido por una pequeña herencia que recibí, me habría muerto de hambre.

Poseo ciento cincuenta fanegas de tierra de labor en el país más agradable de la Tierra, pero en el terreno más ingrato. Cada fanega, una vez pagados los gastos, solo me rinde un escudo.

Un día leí en los periódicos que un prestigioso agrónomo había inventado un método de siembra por el cual, sembrando menos grano, se obtenía mayor cosecha. Tomé dinero prestado a usura y puse en práctica su método. Perdí mi tiempo, mi dinero y mi trabajo, lo mismo que el renombrado agrónomo, quien hoy siembra como todo el mundo.

Mi mala suerte no terminó ahí. Luego leí en el Diario económico, que se vende en la librería de Boudet en París, sobre un experimento realizado por un parisino. Este, para entretenerse, labró quince veces la tierra de su jardín, sembró trigo en lugar de tulipanes y obtuvo una cosecha excelente.

Tomé más dinero a préstamo y labré mi tierra treinta veces, diciéndome: De este modo, obtendré el doble de frutos que ese ingenioso parisino, que seguramente aprendió agricultura en la ópera y la comedia, y me haré rico gracias a su ejemplo y lecciones.

Pero en mi país no se puede labrar la tierra ni siquiera cuatro veces, pues el clima es demasiado riguroso y las estaciones cambian abruptamente. Además, mi anterior fracaso me obligó a vender mi yunta.

Pagué para que araran mis 150 fanegas todas las yuntas disponibles en cuatro leguas a la redonda. Tres labores por fanega cuestan cinco ducados; por treinta pagué 50 ducados por fanega, lo que sumó un total de 7.500 ducados.

La cosecha, que en los años promedio en mi miserable país no supera las 300 fanegas, apenas alcanzó 330. A siete ducados por fanega, obtuve un total de 2.310 ducados. Perdí, pues, 5.190 ducados o 57.090 reales, contando la paja como ganancia.

Quedé arruinado, y mi ruina hubiera sido completa de no ser por una tía anciana, a quien un célebre médico envió al otro mundo discurriendo sobre medicina con tanto acierto como yo sobre agricultura.

¿Puede usted creer que todavía fui lo suficientemente necio para dejarme engañar otra vez por el Diario de Boudet?

Leí en sus páginas que, invirtiendo 1.000 ducados en el cultivo de alcachofas, se podían obtener esos mismos 1.000 en renta.

—¡Vaya por Dios! —dije—. Boudet me restituirá en alcachofas lo que en trigo me ha hecho perder.

Me gasté 1.000 ducados y los ratones se comieron mis alcachofas. Todos mis vecinos se burlaron de mí.

Escribí una carta fulminante a Boudet, pero el muy bribón respondió con mil burlas en su diario y hasta negó que los caribes fueran de piel roja.

En resumen, perdí toda la herencia de mi tía por confiar en nuevos sistemas.

Le insisto en que tenga cuidado con los embaucadores.

Quedo muy suyo, etc.

VI.– Nuevos quebrantos procedentes de los nuevos sistemas
(Fragmentos extraídos del manuscrito de un viejo solitario).

Así como hay sujetos que se entretienen en buscar sustitutos para los reyes con el fin de gobernar los Estados, y otros que se creen a sí mismos Césares y Triptolemos, existen aún otros más soberbios que colocan a Dios en segundo término y crean el universo con su pluma, como al principio lo creó Dios con su palabra.

Uno de estos últimos, el primero que conocí, presunto descendiente de Tales y llamado Telliamed, me dijo que las montañas y los hombres habían nacido de las aguas del mar; que el hombre era un animal marino que, con el tiempo, se volvió anfibio, hasta que su hermosa cola de pez se transformó en muslos y piernas. Como yo tenía la cabeza llena de las Metamorfosis de Ovidio y de un libro que afirmaba que el linaje humano procedía de los babuinos, tanto me daba descender de un pescado como de un simio.

Con el tiempo, empecé a dudar de esta genealogía, así como de la formación de las montañas.

—Pues, ¿no sabe usted —me dijo Telliamed— que las corrientes marinas desplazan la arena de un lado a otro, formando montoncitos que, con el paso de infinitos siglos, se convierten en montañas de 20.000 pies de altura, en las que, curiosamente, no hay arena? Sepa usted que el mar ha cubierto todo el globo terráqueo, y la prueba es que se han encontrado anclas de navío en la montaña de San Bernardo, depositadas allí muchos siglos antes de que los hombres tuvieran barcos. La Tierra es como un globo de vidrio que estuvo cubierto de agua durante largos siglos.

Cuanto más me explicaba su doctrina, mayor era mi incredulidad.

—¿No ha visto usted —insistió— las capas de conchas en la Turena, a 36 leguas del mar? Son restos de ostras fosilizadas, y los labradores las usan como abono. A lo largo de los siglos, el mar depositó allí una mina entera de conchas, a 36 leguas del océano.

Le respondí:

—Señor Telliamed, no puedo creer que mi jardín sea de vidrio, y en cuanto a su capa de conchas, dudo mucho que sean de origen marino. Podrían ser fragmentos de piedra caliza que, por su forma, se asemejan a conchas, del mismo modo que hay piedras que tienen forma de lengua sin ser lenguas, de estrellas sin ser astros, de culebras enroscadas sin ser serpientes, y hasta de partes femeninas sin ser restos de mujeres. También encontramos rocas que semejan árboles y casas, sin que hayan sido nunca encinas ni edificios.

Si el mar hubiera depositado tantas capas de conchas en la Turena, ¿por qué no hizo lo mismo en Bretaña, Normandía, Picardía y otras regiones costeras? Decir que ese filón de conchas proviene del mar es tan válido como decir que los hombres proceden de los peces. Pero, aun si aceptáramos que el mar penetró 36 leguas tierra adentro, eso no prueba que haya avanzado 300 o 3.000 leguas ni que todas las montañas hayan emergido de las aguas. Tanto valdría decir que el Cáucaso fue formado por el mar como afirmar que el mar fue formado por el Cáucaso.

—¿Y qué me dirá usted, señor incrédulo, sobre las ostras petrificadas encontradas en las cumbres de los Alpes?

—Le responderé, señor creador, que también se han encontrado anclas de navíos en lo alto del San Bernardo, lo que prueba tanto como las conchas en los Alpes. Le diré lo que ya se ha dicho antes: que, efectivamente, se han hallado conchas fosilizadas lejos del mar, del mismo modo que se han descubierto medallas romanas a cien leguas de Roma. Siempre creeré que los peregrinos que iban a Santiago perdieron algunas de las conchas que llevaban como emblema, antes que suponer que el monte San Bernardo fue formado por el mar. Se encuentran conchas en todas partes, pero eso no demuestra que procedan del océano; bien podrían ser caparazones de crustáceos de los lagos.

—Señor incrédulo, le ridiculizaré en el mundo que me propongo crear. Señor creador, haga lo que guste; cada uno es dueño de sus acciones en este mundo. Pero nunca me convencerá de que la Tierra sea de vidrio ni de que el hallazgo de unas conchas pruebe que los Alpes y el monte Tauro surgieron del mar. En las montañas de América no hay conchas; así que habrá que pensar que usted no es el creador del otro hemisferio y que se ha contentado con formar solo el viejo mundo. Eso ya es bastante.

—Señor mío, si aún no se han descubierto conchas en las montañas de América, ya se descubrirán.

—Señor mío, eso es hablar como creador, alguien que sabe tanto lo que hay como lo que ha de ser. Si usted quiere, le concedo su mina de conchas, con tal de que me deje mis montañas; con eso, seré el más obediente y fiel servidor de su Providencia.

Mientras me instruía Telliamed, un jesuita irlandés, excelente investigador y dueño de un buen microscopio, aseguraba haber creado anguilas a partir de harina de trigo.

De inmediato se aceptó como un hecho que con la harina del pan candeal podrían crearse seres humanos, ya que pronto se obtendrían moléculas orgánicas. ¿Por qué no? Si el célebre geómetra Fatio resucitaba muertos en Londres, nada impedía que en París se fabricaran hombres vivos a partir de partículas orgánicas.

Pero la desgracia dispuso que las nuevas anguilas de Needham desaparecieran, y con ellas los sabios que fueron a refugiarse en el país de las mónadas, ese mundo etéreo lleno de materia sutil, globulosa y estriada.

No quiero decir que estos inventores de sistemas no hayan servido para el progreso de la física. Dios me libre de disminuir el mérito de sus investigaciones. Podrían compararse con los alquimistas, que, aunque nunca lograron fabricar oro, sí descubrieron remedios útiles y cosas muy curiosas.

Es posible que alguien tenga un entendimiento prodigioso y, sin embargo, no comprenda ni la formación de los animales ni la estructura del planeta.

Sin embargo, ni los peces transformados en hombres ni las aguas convertidas en montañas me habrían causado nunca los perjuicios que me ocasionó el señor Boudet. Y eso que yo no hacía más que expresar mis dudas sin ofender a nadie.

Poco después conocí a un filósofo lapón que me ofreció ayuda. Era un hombre que no toleraba la contradicción.

Lo primero que hizo fue predecir el futuro, lo que me causó tal ansiedad que caí enfermo. Sin embargo, me curó untándome de pies a cabeza con trementina.

Apenas pude volver a caminar, me propuso viajar a las tierras australes para disecar cabezas de gigantes y así averiguar la verdadera naturaleza del alma.

Como los viajes por mar me enferman, decidimos viajar por tierra, atravesando el globo terráqueo mediante un túnel que nos llevaría hasta los Patagones. Pero al intentar entrar en el túnel, me rompí una pierna y costó mucho trabajo sanarla.

Finalmente, se formó en la fractura un callo que me alivió.

Mi filósofo lapón se llamaba señor de Maupertuis, y en sus obras dejará para la posteridad todos los descubrimientos que acabo de relatar.

VII.– Matrimonio del hombre de los cuarenta escudos

Ya bastante instruido y convertido en un pequeño capitalista, el hombre de los cuarenta escudos se casó con una bonita muchacha que tenía una renta de cien escudos. En poco tiempo, su esposa quedó embarazada, por lo que acudió a su geómetra para preguntarle si el futuro hijo sería niño o niña.

El geómetra le respondió que eso solían saberlo mejor las comadronas y las criadas, y que los astrónomos que predicen los eclipses no estaban tan adelantados como ellas en ese asunto.

Luego, el hombre de los cuarenta escudos le preguntó si su hijo o hija ya tenía alma, a lo que el geómetra respondió que no entendía de eso y que mejor lo consultara con un teólogo.

Como ya era un hombre de 140 escudos, el recién casado quiso también saber en qué lugar se encontraba su hijo en ese momento. "En una bolsita —le dijo el geómetra—, entre la vejiga y el intestino recto".

—¡Jesús me valga! —exclamó—. ¿Así que el alma inmortal de mi hijo ha nacido y vive entre la orina y otra cosa peor?

—Sí, querido vecino, y el alma de un cardenal tampoco tuvo un alojamiento más aseado. A pesar de ello, luego se las dan de personajes superiores a todos.

—¿Me puede decir, señor mío, cómo se forman las criaturas?

—No con certeza, pero puedo explicarle lo que piensan los filósofos. El reverendo padre Sánchez, en su excelente libro De Matrimonio, concuerda totalmente con Hipócrates y cree, como un artículo de fe, que los fluidos del hombre y la mujer se atraen y se unen, y que de esta unión surge al instante la criatura. Tan seguro está el doctor católico de su explicación física, trasladada a la teología, que en el capítulo 21 de su libro plantea la cuestión: Utrum virgo Maria semen emiserit in copulatione cum Spiritu Sancto.

—Ya le he dicho que no entiendo el latín. Tradúzcame ese oráculo del padre Sánchez al lenguaje común.

El geómetra se lo tradujo, y ambos se estremecieron de horror. Sin embargo, aunque el padre Sánchez le pareció ridículo al recién casado, quedó bastante satisfecho con Hipócrates y con la halagüeña idea de que su esposa había cumplido con todos los placenteros requisitos que menciona este doctor para concebir un hijo.

—Sin embargo —le dijo el geómetra—, hay muchas mujeres que no emiten ningún fluido, que reciben con repugnancia las caricias de sus maridos y, aun así, tienen hijos. Este solo hecho desvirtúa lo que afirman Hipócrates y Sánchez. También parece lógico que la naturaleza siempre actúe con los mismos principios en los mismos casos. Ahora bien, muchas especies de animales engendran sin necesidad de coito: por ejemplo, los peces de escamas, las ostras y los pulgones. A pesar de esto, los médicos insisten en establecer un mecanismo de generación que se aplique a todos los animales. El célebre Harvey, quien descubrió la circulación de la sangre y habría merecido descubrir el secreto de la generación, creyó haber encontrado la clave en las gallinas al observar que ponían huevos. Así, pues, imaginó que también las mujeres ponían huevos.

El hombre de los cuarenta escudos exclamó:

—Pero si usted dice que la naturaleza siempre se comporta de manera uniforme y que en los mismos casos actúa según los mismos principios, ¿cómo es que las mujeres, las burras, las yeguas y las anguilas no ponen huevos? Me está tomando el pelo.

El geómetra respondió:

—No los ponen fuera, pero los ponen dentro. Las mujeres tienen ovarios y sus óvulos se desarrollan en la matriz. Todos los peces de escamas y las ranas ponen huevos que luego fecunda el macho. Las ballenas y los demás cetáceos salen del huevo dentro de la matriz. Las arañas, las polillas y la mayoría de los insectos visibles nacen de un huevo. Todo proviene de un huevo, y nuestro globo terráqueo no es más que un huevo inmenso que contiene a todos los demás.

El hombre de los cuarenta escudos reflexionó y dijo:

—Creo que esa hipótesis tiene muchas probabilidades de ser cierta. Es sencilla, clara y evidente en la mayoría de los animales, y me convence. No quiero aceptar otra. Los huevos de mi esposa son para mí una verdad indiscutible.

El geómetra añadió:

—Pero, al final, los sabios se han cansado de esta teoría y ahora sostienen que los niños se forman de otra manera.

El hombre de los cuarenta escudos:

—¿Y por qué, si esta es tan natural? —preguntó el hombre de los cuarenta escudos.

El geómetra:

—Porque algunos prefieren pensar que las mujeres no tienen ovarios, sino unas glándulas —replicó el geómetra.

El hombre de los cuarenta escudos, desconfiado, respondió:

—Seguramente eso lo dicen algunos teóricos que solo quieren imponer sus doctrinas y desacreditar la teoría de los huevos.

El geómetra, con una sonrisa, le dijo:

—Es posible. Dos holandeses, al examinar al microscopio el líquido seminal del hombre y de otros animales, observaron minúsculos seres ya formados que se movían con increíble rapidez. Descubrieron estos diminutos organismos incluso en el líquido seminal del gallo. A partir de esto, concluyeron que en la procreación todo lo hace el macho y que la hembra no tiene más función que la de ser el recipiente donde el varón deposita su semilla.

El hombre de los cuarenta escudos:

—Cosa muy rara es esa. Dudo mucho que todos esos animalillos minúsculos se muevan con tanta agilidad en un líquido y luego permanezcan completamente inmóviles en los huevos de los pájaros o durante nueve meses en el vientre de una mujer. No me parece posible ni acorde con los procedimientos de la naturaleza. Dígame usted, ¿cómo son esos diminutos seres que nadan con tanta destreza en el licor del que me habla?

El geómetra:

—Son como gusanos. Un médico llamado Andry creía que todo se reducía a los gusanos; era enemigo de Harvey y sus doctrinas, y de buena gana habría suprimido la circulación de la sangre, simplemente porque la había descubierto otro. Este Andry, junto con los otros dos holandeses, después de cometer el pecado de Onán y observar el resultado con el microscopio, redujo al ser humano al estado de una oruga. Primero somos gusanos, como ellas nos envolvemos en un capullo y permanecemos en él durante nueve meses como crisálidas, y finalmente, tal como la oruga se convierte en mariposa, nosotros nos transformamos en hombres. Esa es nuestra metamorfosis.

El hombre de los cuarenta escudos:

—¿Y ahí termina todo, o ha habido otra moda nueva?

El geómetra:

—Se aburrieron de tanta oruga. Un filósofo bastante ingenioso, llamado Maupertuis, descubrió que los niños se forman por atracción. Vea usted cómo: en cuanto el esperma cae en la matriz, el ojo derecho atrae al izquierdo, que, por ser ojo, intenta unirse a él; pero en su camino encuentra la nariz, que lo obliga a mantenerse en su sitio. Lo mismo ocurre con los brazos, los muslos y las piernas, que se pegan a los muslos. Según esta hipótesis, no es fácil explicar la ubicación de los pechos y las nalgas. Este gran filósofo no admite otro plan en el Supremo Creador y no cree que el corazón haya sido diseñado para recibir y bombear la sangre, ni que el estómago haya sido hecho para digerir, ni los ojos para ver, ni los oídos para oír. Todo esto le parece vulgar; para él, la única función existente es la atracción.

El hombre de los cuarenta escudos:

—Pero ese hombre es un loco rematado, y nadie en su sano juicio puede aceptar ideas tan extravagantes.

El geómetra:

—Dieron mucho de qué reír, pero el loco, al igual que los teólogos que persiguen a quienes se burlan de sus dogmas, no dejó en paz a sus opositores. Otros filósofos sostuvieron diversas teorías, pero no lograron hacer adeptos. Ya no se trata de que el brazo corra tras el brazo ni el muslo tras el muslo; ahora son moléculas orgánicas, partículas de brazos y piernas las que juegan entre sí. Al final, volveremos a la teoría del huevo, después de haber perdido mucho tiempo en estas controversias.

El hombre de los cuarenta escudos:

—Creo que eso es lo más sensato. ¿Y en qué han terminado todas estas disputas?

El geómetra:

—En seguir dudando. Si la cuestión hubiera sido debatida por teólogos, habría habido excomuniones y derramamientos de sangre; pero los físicos hacen las paces rápidamente. Cada uno se acuesta con su esposa sin preocuparse de sus ovarios ni de sus trompas de Falopio; y las mujeres quedan embarazadas sin siquiera intentar entender el misterio, del mismo modo que el labrador siembra el trigo sin preocuparse de cómo germina en la tierra.

El hombre de los cuarenta escudos:

—¡Oh! Eso ya me lo enseñaron hace tiempo. Germina porque se pudre. Aunque, debo confesar, que a veces me da risa esa explicación.

El geómetra:

—Esa reacción demuestra que usted es un hombre sensato. Le aconsejo que dude de todo, excepto de que los tres ángulos de un triángulo son iguales a dos rectos, de que los triángulos con la misma base y la misma altura son iguales, y de otras verdades matemáticas indiscutibles, como que tres más dos son cinco.

El hombre de los cuarenta escudos:

—Sí, señor, entiendo que dudar es propio de sabios, pero desde que tengo algo de dinero y no trabajo tanto, siento una gran curiosidad. Cuando mi voluntad mueve mi brazo o mi pierna, quisiera saber qué mecanismo los pone en acción, porque es evidente que debe haber algún resorte. A veces me asombra que pueda subir y bajar los ojos, pero no pueda mover las orejas. Yo pienso, y me gustaría saber qué es exactamente lo que sucede en mi mente… tocar con la mano mi pensamiento. Quisiera saber si pienso por mí mismo, si Dios me da las ideas, cómo llegó mi alma a mi cuerpo cuando tenía seis semanas o cuando apenas era un día de vida; cómo está alojada en mi cerebro. Me rompo la cabeza intentando comprender cómo un cuerpo influye en otro. También me maravillan mis propias sensaciones, y en ellas hay algo divino, especialmente en el placer. A veces intento imaginar cómo sería un nuevo sentido, pero jamás logro concebirlo. Los geómetras deben saber todas estas cosas. Por favor, explíquemelas.

El geómetra:

—¡Ah! Tan ignorantes de ellas somos como usted. Acuda a los teólogos de la Sorbona.

VIII.– El hombre de los cuarenta escudos tiene un hijo y reflexiona sobre los frailes

Cuando se vio padre de un niño, el hombre de los cuarenta escudos creyó que eso tenía alguna importancia para la nación y se propuso darle al rey al menos diez nuevos vasallos. Sabía tejer canastos y su esposa era una excelente costurera. Ella había nacido en un pequeño pueblo cercano a una abadía que generaba una renta de 50.000 escudos. Un día, el hombre preguntó al geómetra por qué razón, siendo tan pocos estos señores, disfrutaban de tantas riquezas, es decir, se apropiaban de tantas porciones de 50 escudos.

—¿Son acaso más útiles que yo para la patria?

—No, querido vecino.

—¿Contribuyen como yo al aumento de la población del reino?

—No, al menos no de forma evidente.

—¿Labran la tierra? ¿Defienden al Estado en tiempos de guerra?

—No; pero ruegan a Dios por usted.

—Perfecto, pues yo rogaré a Dios por ellos y quedaremos en paz.

—¿Cuántos individuos útiles de uno y otro sexo cree usted que hay en los conventos?

—El siglo pasado había cerca de 90.000.

—Entonces, a razón de 40 escudos por cada uno, no deberían tener más de 4.500.000 escudos.

—¿Y cuánto tienen realmente?

—Cerca de 200.000.000, contando las misas y los ingresos de los frailes mendicantes, que reciben del pueblo una contribución enorme. Un fraile de cierto convento en París declaró públicamente que obtenía de limosna 1.000 onzas de oro al año.

—200.000.000 de escudos, repartidos entre 90.000 frailes y monjas, darían un promedio de 2.222 escudos por persona.

—Es una suma considerable, y más aún para una comunidad en la que los gastos se reducen considerablemente. Diez personas que viven juntas gastan mucho menos que si cada una mantuviera su propia casa y mesa.

—Entonces, los ex jesuitas, a quienes se les asignó una pensión de 1.600 reales, ¿han salido perdiendo?

—Creo que no, porque casi todos se han retirado con parientes que los ayudan; muchos cobran por decir misa, algo que antes no hacían; otros trabajan como preceptores; algunos son mantenidos por devotas. Todos han encontrado la manera de arreglárselas. De hecho, pocos habrá que, después de haber disfrutado del mundo y de la libertad, quieran volver a sus antiguas cadenas. Se diga lo que se diga, la vida monástica no tiene nada de envidiable; y como afirma el dicho popular, los frailes son hombres que se reúnen sin conocerse, viven sin quererse y mueren sin llorarse.

—¿Cree usted que se les haría un favor desfrailizándolos a todos?

—Sin duda, y todavía más al Estado. Se restituirían a la patria ciudadanos y ciudadanas que han hecho el temerario sacrificio de su libertad en una edad en la que ni siquiera las leyes les permiten disponer de un peculio propio. Sería como sacar cadáveres de la sepultura, una verdadera resurrección. Los conventos podrían convertirse en hospitales, escuelas públicas o fábricas; crecería la población y se desarrollarían las artes. Al menos disminuiría el número de estas víctimas voluntarias y la patria tendría más servidores útiles y menos desdichados. Es esa la opinión de la gente ilustrada? —Es el sentir unánime del pueblo desde que las personas han adquirido mayor educación. Prueba evidente de la necesidad de esta reforma es el ejemplo de Inglaterra y de muchas otras naciones. ¿Qué haría hoy la Gran Bretaña con 40.000 frailes en lugar de 40.000 marinos? Cuanto más se desarrollan las artes, más se necesitan hombres laboriosos. Es seguro que en los claustros hay enterrados muchos hombres de talento que el país pierde. Para que una nación prospere, necesita el menor número posible de eclesiásticos y el mayor número de artesanos. En lugar de hacer lo que en su ignorancia hicieron nuestros antepasados, debemos procurar lo que ellos habrían hecho si hubieran vivido en nuestro tiempo y tenido nuestros conocimientos. No es necesario suprimir los frailes por odio hacia ellos, sino por compasión y por amor a la patria.

—Estoy completamente de acuerdo. Me dolería tanto que un hijo mío se hiciera fraile, que si creyera que los estoy criando para el claustro, nunca más me acostaría con mi mujer.

—Y con razón. ¿Qué buen padre de familia no se lamenta al ver a su hijo o a su hija perdidos para la sociedad? Algunos dicen que así se evita el peligro del pecado, pero ¿no se castiga al soldado que huye del combate? Todos somos soldados de la patria, todos nos debemos a la sociedad y cuando la abandonamos, nos convertimos en desertores. ¿Quiere decir que los frailes son peores que los desertores? Digo más aún: los frailes son parricidas que destruyen generaciones enteras. Si 90.000 eclesiásticos, que balbucean o recitan en latín, pudieran darle al Estado dos hijos cada uno, serían 180.000 hombres que hoy se pierden en germen. Y al cabo de cien años, la pérdida sería inmensa. Esta es una verdad indiscutible.

—¿Pues cómo ha podido subsistir el monaquismo?

—Porque desde Constantino los gobiernos han sido, en su mayoría, absurdos y detestables; porque, después de convertirse al cristianismo los caudillos de las naciones bárbaras, para consolidar su poder, ejercieron la más espantosa tiranía, y la gente huía en masa hacia los claustros para escapar de la furia de estos bandidos; aceptaban una esclavitud para evitar otra aún más dura. Porque, al multiplicarse las órdenes religiosas, el Papa tenía más súbditos dentro de los estados católicos. Porque el labriego, en su ignorancia, prefiere que le llamen "reverendo padre" y dar bendiciones, en lugar de manejar el arado, sin darse cuenta de que el arado es mucho más digno que el hábito monacal. Y porque cree que es más cómodo vivir a expensas de los tontos que trabajan honradamente. Además, porque no advierte que la vida en el claustro es miserable, llena de pesares y de un inacabable aburrimiento.

—En definitiva, señor, menos frailes, por su bien y por el nuestro. Un caballero de mi pueblo, padre de cuatro hijos y tres hijas, decía que no sabía qué hacer con tanta familia si no metía a las chicas en un convento.

—Ese argumento, tantas veces repetido, es inhumano, antipatriótico y antisocial. Cualquier estado o situación de la que pueda decirse que, si la adoptara toda la humanidad, esta desaparecería, debe ser condenada. Y quien la adopta, causa a su especie el mayor daño posible. Es evidente que si todos los jóvenes y doncellas se recluyeran en los conventos, la humanidad desaparecería; luego, el monaquismo, por su propia condición y naturaleza, es enemigo de la humanidad.

—¿Y no se podría decir lo mismo de los soldados?

—No, en absoluto; porque si cada ciudadano tomara las armas en su momento, como antiguamente hacían todas las repúblicas y, en especial, la de Roma, el soldado acabaría convirtiéndose en un excelente labrador. El soldado, una vez retirado, vuelve a ser ciudadano, se casa, forma una familia y trabaja por su mujer y por sus hijos. ¡Ojalá todos los labriegos hubieran sido soldados en su juventud! Pero un fraile, en cuanto fraile, solo es útil para vivir a costa de sus compatriotas. Esto es evidente.

—Sin embargo, ¿qué pueden hacer las hijas de los hidalgos pobres que no pueden casarse?

—Lo mismo que hacen en Inglaterra, Escocia, Irlanda, Suiza, Holanda, la mitad de Alemania, Suecia, Noruega, Dinamarca, Tartaria, Turquía, África y casi todo el resto del mundo. No es necesario tener una dote para ser una buena madre de familia. En Alemania, los hombres se casan con mujeres sin dote. Una mujer ahorrativa y trabajadora aporta mucho más a un hogar que la hija de un millonario, que gasta en lujos más de lo que su marido recibió como dote. En cuanto a los asilos, es justo que existan instituciones que brinden albergue a los ancianos, a los enfermos y a las personas con discapacidades. Pero, por un abuso detestable, los conventos no admiten a nadie salvo a los jóvenes y a las personas saludables. Lo primero que hacen con los novicios de ambos sexos es desnudarlos completamente, lo que va en contra de toda ley de decencia, y examinarlos meticulosamente de pies a cabeza. Si una anciana jorobada se presenta para tomar el hábito, la rechazan sin miramientos, a menos que pague una cuantiosa dote. ¿Qué digo? Toda monja debe pagar su dote si no quiere terminar como criada del convento. Nunca ha existido un abuso más intolerable.

—Eso es muy cierto. Le aseguro que jamás permitiré que mis hijas sean religiosas. En su lugar, aprenderán a hilar, a coser, a tejer, a bordar; en definitiva, a ser útiles. Dígame, ¿cómo es posible que un amigo mío —sin duda por llevar la contraria a todo el mundo— sostenga que los frailes son sumamente útiles para el Estado, basándose solo en que sus conventos están muy limpios y bien conservados, más que las casas señoriales, y que sus huertos son perfectamente cultivados?

—¿Quién es ese amigo suyo que sostiene semejante disparate?

—El "Amigo de los Hombres", o, mejor dicho, de los frailes.

—Pues se burla, sin duda. Porque no puede ignorar que diez familias que poseen cada una dos mil escudos de renta en tierras, son 100 veces y 1.000 veces más útiles que un monasterio que disfruta de 20,000 escudos, además de poseer su tesoro secreto. El que los frailes edifiquen espléndidos conventos, es precisamente lo que más irrita al pueblo y de lo que se protesta en toda Europa. El voto de pobreza es incompatible con vivir en palacios, como lo es la soberbia con la humildad, y como el hecho de no propagar la especie es contrario a la ley natural.

—Veo que lo mejor es fiarse poco de los libros.

—Hay que saberlos escoger, leerlos y desde luego no creer más que en la evidencia.

—Hace un mes —dijo el geómetra— que me vino a ver el hombre de los cuarenta escudos. Entró riendo a carcajadas y reía con tantas ganas, que sin saber por qué, yo también me eché a reír. Así de imitador ha nacido el hombre, tanto nos domina el instinto y tan contagiosos son los grandes movimientos del ánimo.

Ríen con el que ríe los humanos; con el que llora, lloran.

Cuando hubo reído a su gusto, me contó que acababa de encontrarse con un hombre que se decía protonotario de la Santa Sede y que este enviaba una gran cantidad de dinero a un italiano que residía a seiscientas leguas de París, en nombre de un francés a quien el rey había concedido un pequeño feudo. Sin embargo, el tal francés nunca podría disfrutar de su propiedad si no le entregaba al italiano el primer año de renta.

—Es muy cierto —le dije—, pero no es cosa de risa. Francia paga más de un millón y medio de escudos al año en derechos de esta especie y, en los dos siglos y medio que lleva vigente esta costumbre, hemos entregado a Italia más de trescientos sesenta y cinco millones de escudos.

—¡Dios de mi alma! —exclamó—. ¡Cuántas veces cuarenta escudos! ¿De modo que ese italiano nos sojuzgó hace dos siglos y medio y nos impuso ese tributo?

—Exacto —le respondí—. Y antes nos imponía otros aún más gravosos, porque el de ahora es una bagatela en comparación con lo que, durante siglos, sacó de nuestra pobre nación y de las otras naciones pobres de Europa.

Entonces le conté de qué modo se habían establecido estas santas usurpaciones y, como él sabe algo de historia y tiene buen juicio, vio con claridad que habíamos sido galeotes y que aún arrastrábamos parte de nuestra cadena. Habló con energía y largamente contra estos abusos. ¡Pero qué respeto profesaba a la religión! ¡Qué reverencia a los obispos! ¡Cómo deseaba que tuvieran miles de escudos para gastarlos en sus diócesis en obras de caridad! También quería que todos los curas de pueblo ganaran cuarenta escudos, para que pudieran vivir con holgura.

—Es lamentable —afirmaba— que un cura se vea obligado a pleitear con un feligrés por medio celemín de trigo y que el Estado no le pague lo suficiente. Siempre están litigando con los municipios. Estas disputas constantes, por derechos imaginarios y por los diezmos, socavan el respeto que se les debe. El infeliz labrador, que ya ha pagado al rey el diezmo, las primicias y el rescate por alojamiento de tropa, sin que eso lo exima de alojar soldados, se desespera cuando ve que el cura viene después a llevarse el diezmo de lo poco que le queda. Ya no lo ve como un pastor, sino como un carnicero que le arranca la última tira de pellejo. Si cosechar diez celemines le costó el valor de nueve, y el "derecho divino" le arrebata el valor del décimo, ¿qué le queda para sí y para su familia? Hambre, desesperación y una muerte segura de fatiga y miseria. Si el Estado pagara bien al cura, este consolaría al labrador y nadie vería en él a un enemigo público.

El buen hombre se emocionaba al decir estas cosas porque amaba a su patria y ansiaba verla bien gobernada.

—¡Qué gran nación sería Francia, si quisiera! —repetía con frecuencia.

Fuimos a ver a su hijo, a quien su madre estaba amamantando. Su pecho, blanco y firme, daba una imagen de plenitud y ternura. La criatura era preciosa.

—¡Ah! —murmuró su padre—. ¡No vivirá más que veintitrés años, ni tendrá más capital que cuarenta escudos!

IX.– De las proporciones

El producto de los extremos es igual al producto de los medios, pero dos costales de trigo robados no equivalen, para el ladrón, a la pérdida de su vida en comparación con el perjuicio del dueño del trigo.

El prior de… descubrió que dos de los trabajadores de su huerto le habían robado dos fanegas de trigo y los hizo ahorcar. La ejecución le costó más de lo que valía toda su cosecha y, desde entonces, no ha conseguido que ningún jornalero quiera trabajar en el convento.

Si las leyes hubieran ordenado que los ladrones de trigo debían labrar el campo de su amo toda su vida, con un grillete en el pie y una campanilla al cuello atada a una argolla, el prior habría salido ganando mucho más. Sin duda, es necesario escarmentar al delincuente, pero más que la horca, lo intimidan el trabajo forzado y la vergüenza permanente.

Hace algunos meses, un criminal fue condenado en Londres a trabajar en América con los esclavos negros en los ingenios de azúcar.

En Inglaterra, como en muchos otros países, los condenados tienen derecho a presentar un memorial al rey solicitando el perdón absoluto o la conmutación de su pena. Este delincuente presentó un memorial pidiendo que lo ahorcaran, porque odiaba el trabajo y prefería morir en un minuto antes que pasarse la vida cortando caña de azúcar.

No todos piensan igual; cada quien tiene sus propios gustos. Pero ya se ha dicho y nunca se repetirá lo suficiente: un ahorcado no sirve para nada, y las penas deben servir de ejemplo.

Hace algunos años, en Tartaria, dos jóvenes fueron condenados a ser empalados por haber llevado el bonete puesto mientras pasaba una procesión de lamas. El emperador de China, un hombre de gran talento, dijo que él los habría condenado, en su lugar, a ir delante de las procesiones con la cabeza descubierta por el lapso de tres meses.

"Proporcionad las penas a los delitos" —dice el marqués de Beccaria.

Pero los que hicieron las leyes no eran geómetras.

Si escribe unos libelos miserables el abate Guyon o Cegé, o cualquier otro exjesuita o clericón, ¿habremos de ahorcarlo como hizo el prior de… con sus dos gañanes, considerando que los calumniadores son más delincuentes que los ladrones? ¿Hemos de exponer a la vergüenza pública al señor Larcher, porque es un escritor indigesto que acumula error tras error, nunca supo graduar los valores, y afirma que en una gran y antigua ciudad, famosa por su civilización y por los celos de los maridos, las princesas acudían al templo a conceder públicamente sus favores a los extranjeros? A este escritor se le podría enviar a esa ciudad a ver si era tan agasajado. Debemos procurar ser ecuánimes y proporcionar las penas a los delitos.

Las leyes de Dracón, que castigaban por igual los crímenes y las leves faltas, la perversidad y la locura, me parecen odiosas. No trataremos al jesuita Nonotte, que no ha cometido más delito que escribir calumnias y disparates, como trataron a los jesuitas Malagrida, Oldecorne, Garnet, Guignard, Gueret y como debieron haber tratado al jesuita Le Tellier, que engañó a su rey y sumió a Francia en el duelo y la confusión. En todo pleito, en toda contienda, en toda disputa, distingamos al agresor del agraviado y al opresor del oprimido. La guerra ofensiva es infame, pero la defensiva es justa.

Sumido me hallaba yo —dice el geómetra— en estas reflexiones, cuando vino a verme, deshecho en llanto, el hombre de los cuarenta escudos. Le pregunté, muy alterado, si su hijo había muerto, aquel que debía vivir veintitrés años.

—No —me dijo—, mi hijo está bien, lo mismo que mi mujer; pero me llamaron a declarar contra un molinero al que han sometido a la prueba del tormento, y que es inocénte. Lo he visto desmayarse bajo las horribles torturas, he oído crujir sus huesos y todavía resuenan en mis oídos sus aullidos y sus gritos. ¡No lo puedo olvidar, lloro de lástima y tiemblo de horror!

Yo, que soy de un natural compasivo, no pude menos que echarme también a llorar y estremecerme.

Entonces acudió a mi memoria la espantosa aventura de los Calas: una virtuosa madre encarcelada, sus hijas fugitivas y presas de la mayor desesperación, la casa saqueada, un honorable padre de familia enloquecido por la tortura, agonizando en una rueda y expirando en la hoguera; su hijo cargado de cadenas, arrastrado ante los jueces, y uno de estos diciéndole: «Hemos destrozado a tu padre y a ti también te destrozaremos». Recordé a la familia de Sirven, que un amigo mío encontró en plena montaña, cubiertos de nieve, huyendo de la persecución de un juez tan inicuo como ignorante.

—Este juez —dijo mi amigo— ha condenado a morir en el cadalso a toda esta familia inocente, suponiendo, sin la más leve apariencia de prueba, que el padre y la madre, con ayuda de sus dos hijas, habían ahogado a la tercera para evitar que asistiera a misa. La conducta de semejante juez me mostró hasta dónde pueden llegar la estupidez, la injusticia y el salvajismo humanos.

El hombre de los cuarenta escudos y yo nos dolíamos de tales crímenes. Llevaba yo en el bolsillo el discurso de un fiscal del Delfinado, que en parte trataba de esta clase de asuntos; lo saqué y leí los siguientes párrafos:

«Los gobiernos deben estar formados por hombres que, por hacer felices a los pueblos y a los individuos, acepten como único premio la ingratitud, y que, por querer proporcionar el sosiego a sus gobernados, renuncien al suyo propio. Han de colocarse entre la Providencia y los humanos para llevar a estos una ventura que aquella parece negarles...»

«Cuando un juez se encuentra solo en su gabinete, ¿no se estremece de horror y lástima al pasar la vista por los legajos que lo rodean, monumentos del crimen y de la inocencia? ¿No le parece que oye salir gemidos de estos escritos fatales que le recuerdan lo que fue de un ciudadano, un esposo, un padre, una familia? ¿Qué juez, si no es un desalmado, puede pasar por una cárcel sin ponerse pálido? "Soy yo" —se dice a sí mismo— "quien encierra en este horrible lugar a mis semejantes, acaso a mi igual, a ciudadanos, a hombres, en fin. Yo los encadeno y los sepulto aquí". Muchos desesperados me maldecirán, pidiendo al Juez Supremo mi castigo, a esa Providencia que ha de juzgarnos a todos…»

«Horroroso espectáculo el que tengo que contemplar. El reo no quiere confesar sus culpas. El juez, ya fatigado de inútiles requerimientos y acaso irritado por ello, recurre al suplicio. Aparecen cadenas y palancas, teas encendidas y todos los instrumentos inventados para atormentar. El verdugo acude a cumplir su oficio para arrancar por la violencia las declaraciones que voluntariamente no fueron hechas. ¡Oh tú, dulce filosofía!, tú que solo con paciencia y reflexión indagas la verdad, ¿concibes que en tu siglo se utilicen, para descubrirla, instrumentos semejantes? ¿Es cierto que nuestras leyes aprueban métodos tan incomprensibles y que las costumbres los consagran…?»

«Tan viles son los suplicios de la justicia como los crímenes del delincuente, y no son menos crueles los actos de sus sentencias que los de sus pasiones. ¿Cuál es el motivo de esta situación? El desequilibrio entre nuestras viejas supersticiones y nuestro moderno sentido moral; la escasa confianza en las ideas y el mucho apego a la rutina. En realidad, preferimos no detenernos a reflexionar sobre las cosas, y más si ello perturba nuestra tranquilidad y la comodidad de nuestras costumbres, que si no son buenas, son al menos gratas. Somos cultos, pero poco humanos».

Estos fragmentos, dictados por la bondad y la razón, fueron un gran lenitivo para el ánimo de mi amigo. Estaba maravillado y conmovido.

—¡Por lo visto, también en provincias se escriben cosas buenas! —decía absorto—. Me habían dicho que no había más que un París en el mundo.

—No hay más que un París —repliqué— donde se hagan óperas cómicas. Pero, ¿por qué no ha de haber en provincias personas honorables, magistrados íntegros? Antiguamente, los oráculos de la justicia y los de la moral eran igualmente ridículos; el doctor Balonar era farsante en el foro y grotesco en el púlpito. El buen sentido recomienda que no se hable en público más que cuando se tiene algo útil y nuevo que decir.

—¿Y si no tenemos nada que decir? —preguntan los charlatanes.

—Entonces, guardad silencio —aconseja la razón—. La palabrería inútil es como las hogueras de la noche de San Juan: superflua, porque no hace frío.

Lea Francia libros buenos. En realidad, leemos muy poco, y la mayor parte de los que se quieren instruir leen muy mal. Hay mucha gente que, aunque honrada y con pretensiones de sensatez, pregunta severamente para qué sirven los libros. Habría que decirles que con libros se gobierna. No otra cosa son las ordenanzas civiles, los códigos y el Evangelio. La lectura fortalece el alma, tanto como la conversación la dispersa y el juego la enerva.

—Yo tengo muy poco dinero —me respondió el hombre de los cuarenta escudos—, pero cuando lo consiga, compraré muchos libros en casa de Marc Michel Rey, de Ámsterdam.

X. Del gálico y las bubas

Vivía el hombre de los cuarenta escudos en un pueblo pequeño donde, desde hacía ciento cincuenta años, no habían entrado militares, por lo que las costumbres eran tan puras como el aire que respiraban. Nadie sabía que se podía envenenar el amor en sus fuentes mismas, corromperse en su germen las generaciones, negarse a sí misma la naturaleza, convertirse el afecto en odio y el deleite en suplicio. Pero entraron unas tropas en el pueblo y todo cambió.

Dos tenientes, el capellán del regimiento, un cabo y un recluta, que acababa de salir del seminario conciliar, bastaron para envenenar ese pueblo y otros doce en menos de tres meses. Dos primas del hombre de los cuarenta escudos se llenaron de costras de pies a cabeza; se les cayeron sus largos y rubios cabellos; se les enronqueció la voz; sus ojos se hincharon y apenas podían mover brazos y piernas, atenazadas por el dolor; los huesos comenzaban a ser roídos por una secreta carcoma, como los del árabe Job, aunque nunca padeció Job semejante achaque.

El cirujano mayor del regimiento, hombre de consumada experiencia, se vio obligado a pedir a la Corte que enviara muchos médicos para curar a todas las mujeres del país, y como el ministro de la Guerra era protector declarado del bello sexo, envió una leva de practicantes que, con una mano, echaban a perder lo que con la otra curaban.

Estaba entonces el hombre de los cuarenta escudos leyendo la Historia filosófica de Cándido, del doctor Ralph, traducida del alemán, en la cual se prueba que todo ocurre para bien de todos y que el mundo en que vivimos es el mejor de los mundos posibles. Así pues, las bubas, la peste, la estrangurria, los lamparones y la Santa Inquisición son encantos del universo, creado únicamente para el hombre, rey de los animales a imagen y semejanza de Dios.

En la verídica historia de Cándido, leyó que, debido a la enfermedad, el doctor Pangloss había perdido un ojo y una oreja.

—¡Ah! ¡Pobres primas mías! —clamaba el hombre de los cuarenta escudos—. Se van a quedar tuertas y desorejadas.

—No, señor —le dijo el mayor, consolándole—. Los alemanes son otra cosa. Nosotros sabemos curar y curaremos a esas muchachas pronto, sin grandes molestias y para siempre.

Efectivamente, sus dos lindas primas no sintieron más molestias que la cabeza hinchada como una tinaja durante seis semanas, escupir la mitad de los dientes y muelas con un palmo de lengua fuera y morirse tísicas al cabo de seis meses. Mientras se trataba de curar a las muchachas, tuvieron el cirujano y el primo la siguiente conversación:

El hombre de los cuarenta escudos:

—¿Es posible, señor, que la naturaleza rodee de tales tormentos un placer tan necesario, que de tantos duelos surjan tan suaves glorias, y que sea más peligroso hacer un chiquillo que matar a un hombre? ¿Es cierto, al menos, para nuestro consuelo, que esta plaga disminuye en la tierra y cada día es menos peligrosa?

El cirujano mayor:

—Todo lo contrario. Cada día cunde más en toda la Europa cristiana y ya se extiende hasta Siberia. Más de 50 personas he conocido que han muerto por ella, entre otras, un bizarro general y un sagaz hombre de Estado. Las personas débiles no resisten la enfermedad ni el remedio. Las bubas y las viruelas se han conjurado, todavía más que los frailes, para acabar con el género humano.

El hombre de los cuarenta escudos:

—He aquí otro motivo para acabar con los frailes o para que, volviendo a su condición de hombres, reparen en algo el daño que causan esas dos enfermedades. Le ruego que me diga, ¿tienen bubas los animales?

El cirujano:

—Ni bubas, ni viruelas, ni frailes.

El hombre de los cuarenta escudos:

—Pues confesemos que son más felices y más cuerdos que nosotros en este inmejorable mundo.

El cirujano:

—Nunca lo he dudado. Adolecen de menos achaques que nosotros; su instinto es menos falible que nuestra razón, y nunca los atormenta ni el tiempo pasado ni el venidero.

Mientras estaba el señor André en París, se suscitó una polémica muy importante. Se trataba de saber si Marco Antonio era un hombre de bien y si estaba en el infierno, en el purgatorio o en el limbo, mientras llega el día de la resurrección. Todas las personas distinguidas defendían a Marco Antonio; decían que fue siempre sobrio, justo, casto y benéfico. Verdad es que no ocupa un lugar tan alto en el cielo como el bendito San Junípero, porque en todo hay categorías; pero el alma de Marco Antonio no debe estar quemándose en las calderas de Pedro Botero y, si se halla en el purgatorio, no hay más que sacarla de ahí a fuerza de misas: ahí están los jesuitas, que nada tienen que hacer. Ellos pueden decir tres mil misas por el descanso del alma de Marco Antonio, que a tres reales la pieza valdrían 9.000. Marco Antonio no puede estar en el infierno porque a un monarca no se le mete en el infierno así como así.

Los adversarios de estos argumentos decían que no se podía dar cuartel a Marco Antonio; que era un hereje; que había muerto sin confesión; que era necesario hacer un escarmiento; que convenía enviarlo al infierno para que supieran a qué atenerse los emperadores de China y del Japón, los de Persia, Turquía y Marruecos, los reyes de Inglaterra, Suecia, Dinamarca y Prusia, el estatúder de Holanda y la aristocracia de Berna, los cuales se confiesan como el emperador Marco Antonio; finalmente, que es una satisfacción inefable fulminar decretos contra los soberanos muertos, cuando no se pueden lanzar contra los vivos, por miedo a que les corten las orejas.

Tan seria llegó a ser la polémica como antiguamente la de las monjas de Santa Úrsula con las del convento de la Anunciación, acerca de quién de las dos órdenes llevaría más tiempo, entre las nalgas, huevos pasados por agua sin cascarlos. Se temió un cisma, cosa horrible, porque cisma quiere decir diferencia de opinión, y hasta este fatal momento, todos los humanos habían pensado de un mismo modo.

El señor André, excelente ciudadano, invitó a cenar a los directores de ambos partidos. Era un hombre jovial, alegre sin bullicio, con el corazón en la mano, sin afectar nunca aquella especie de ingenio que no deja lucir el de los demás. Sabía hacerse simpático y conciliar en él la autoridad y la confianza. Era un hombre que hubiese logrado que cenaran en paz un genovés y un corso, un muflón y un arzobispo.

En la cena, el señor André mostró gran habilidad, conduciendo la conversación de modo que no hubiese lugar a la discusión entre los adversarios, a quienes hizo reír con sus frases ingeniosas. Después, cuando el vino comenzó a hacer efecto, logró que convinieran en que el alma del emperador Marco Antonio permanecía in statu quo, esto es, entre el cielo y la tierra como los duendes, hasta el día del Juicio Final.

Volvieron luego a sus limbos respectivos los espíritus de los doctores apenas terminada la cena. Esta reconciliación proporcionó tanto prestigio al hombre de los cuarenta escudos que, más tarde, cuando surgía alguna disputa entre literatos o no, las personas neutrales aconsejaban a los contendientes que fuesen a cenar a casa del señor André.

De dos facciones sé yo, muy encarnizadas, que por no haber cenado en casa del señor André se han causado mutuamente daños inmensos.

XI.– Pícaro echado a la calle

La reputación de que gozaba el señor André, de reconciliar a los enemigos dándoles bien de cenar, le trajo cierto día una visita muy extraña. Un hombre vestido de negro, de muy mal aspecto, encorvado de espaldas, la cabeza torcida hacia el hombro izquierdo, los ojos aviesos y las manos sucias, fue a suplicarle que lo invitara a cenar en unión de sus enemigos.

—¿Pero quiénes son sus enemigos y quién es usted? —le preguntó el señor André.

—¡Ay! —respondió—. Confieso a usted, señor, que se me tiene por uno de esos bellacos que escriben libelos a cambio de un pedazo de pan, y van gritando por ahí: «¡Dios, Dios! ¡Religión, religión!», con lo que suelen conseguir alguna prebenda o beneficio simple. Me acusan de haber calumniado a muchos hombres de bien, sinceramente religiosos. Es cierto que, en el fuego de la inspiración, a los escritores se nos escapan palabras imprudentes, afirmaciones inexactas o apasionadas, que luego califican los demás de injurias y cínicas mentiras. Los autores de mi cuerda solemos pasar por pícaros, y en tanto nos aplauden las viejas beatas, somos objeto del desprecio de cuantos hombres de bien saben leer. Mis enemigos son gentes que pertenecen a las principales academias de Europa, escritores ilustres y ciudadanos honestos. Ahora he publicado una obra titulada Antifilosofía. Está hecha con la más sana intención, pero nadie ha querido comprar mi libro, y aquellos a quienes se lo he regalado lo han tirado al fuego, diciéndome que no solamente era antifilosófico, sino antidecente y anticristiano.

—Perfectamente —le dijo el señor André—, pues haga usted lo mismo que esos a quienes ha regalado su obra: tírela al fuego y no se hable más de ello. Celebro su arrepentimiento, pero no lo puedo invitar a cenar con personas inteligentes, quienes, por otra parte, nunca han leído ni leerán sus escritos.

—¿No podría usted, por lo menos —insistió el libelista—, ponerme a bien con la familia del difunto presidente Montesquieu, cuya memoria agravié para glorificar al reverendo padre Routh? Como usted sabe, el padre Routh amargó los últimos instantes del moribundo y fue arrojado de la casa a puntapiés.

—Sí, lo recuerdo —respondió el señor André—. Ya hace mucho tiempo que murió también el reverendo padre Routh; váyase a cenar con él.

El señor André era hombre que no toleraba a esta clase de granujas tontos; de sobra sabía que lo que quería el visitante era que lo presentara a escritores y filósofos conocidos para espiarlos, hacerles hablar y luego disparar sobre ellos injurias y calumnias. Así que prefirió echarlo de su casa, ni más ni menos que a Routh lo habían arrojado de la del presidente Montesquieu.

No era fácil engañar al señor André. Todo cuanto tenía de ingenuo y sencillo cuando era el hombre de los cuarenta escudos, lo tuvo después de avisado y despierto, que no en balde conocía ya el mundo.

¡Cuánto se ha fortalecido la sana razón del señor André desde que tiene una biblioteca! Vive con los libros como con los hombres; los elige y nunca se deja alucinar por los nombres. ¡Qué satisfacción tan grande le produce saber y ampliar los horizontes del espíritu sin salir de su casa!

Se felicita por haber nacido en el siglo en que empieza a adquirir todo su valor la razón humana. «¡Qué desgracia hubiera sido la mía —exclamaba— si hubiera nacido en el siglo del jesuita Garasse, del jesuita Guignard, del doctor Boucher, del doctor Aubri, del doctor Guincestre, o en aquel en que condenaban a galeras a los que escribían contra las categorías de Aristóteles!»

La miseria había aflojado los ánimos del señor André, y la riqueza le devolvió su entusiasmo. Muchos hay por el mundo como él, a quienes una vuelta de la rueda de la fortuna bastó para transformarse en hombres de gran mérito. El señor André está al tanto de todos los asuntos políticos de Europa, pero especialmente se interesa por los progresos del entendimiento humano.

Hace poco decía:

—Me parece que la razón viaja a jornadas cortas, del Norte al Mediodía, con sus dos amigas íntimas, la experiencia y la tolerancia, y en compañía de la agricultura y el comercio. Se presentó en Italia, pero la ha repelido la Congregación del Index, y no ha podido conseguir otra cosa que despachar allá algunos de sus agentes secretos, lo que no deja de ser útil. Dentro de pocos años, el país de los Escipiones no será el de los polichinelas con sayal. De cuando en cuando se suscitan contra ella enemigos encarnizados en Francia, pero tiene tantos amigos que al fin llegará a ocupar la jefatura del gobierno en este país. Cuando llegó a Baviera y Austria se encontró con dos o tres sujetos de gran peluca que la miraron entontecidos con ojos de asombro: «Señora, aquí nunca hemos oído hablar de usted —le dijeron— ni sabemos quién es». «Señores —les respondió—, con el tiempo ustedes me conocerán y sabrán amarme. En Berlín, en Moscú, en Copenhague, en Estocolmo, soy muy bien vista, y hace muchos años que Locke, Gordon, Trenchard, milord de Shaftesbury y otros, me establecieron en Inglaterra. Yo soy la hija del tiempo y todo lo espero de mi padre». Cuando pasé por la frontera de España y Portugal, di gracias a Dios al ver que no se encendían con tanta frecuencia las hogueras de la Inquisición y concebí lisonjeras esperanzas cuando vi echar de ambos reinos a los jesuitas.

Si la razón entra de nuevo en Italia, comenzará seguramente por establecerse en Venecia y luego en el reino de Nápoles, pues posee un secreto infalible para desprender los cordones de una corona que se halla enredada, sin saber cómo, en los de una tiara, y para impedir que los caballos se sometan a las mulas.

La conversación del señor André me agrada mucho, y cuanto más lo trato, más lo estimo.

La cena de aquella noche en casa del señor André costó tanto como treinta de las de Ático, y las señoras dudaron mucho de que fuesen más divertidas las de Roma que las de París. Fue muy amena la conversación, aunque algo científica, y no se trató ni de las últimas modas, ni de las ridiculeces del prójimo, ni de los sucesos escandalosos más recientes.

Sin embargo, se habló sobre el lujo. Se preguntó si la caída del Imperio Romano se debió al lujo, y se probó que ambos imperios, el de Oriente y el de Occidente, fueron destruidos por la teología y los monjes. Efectivamente, cuando Alarico se apoderó de Roma, no encontró más que disputas teológicas, y cuando Mahomet II atacó Constantinopla, los frailes defendían con más energía la eternidad de la luz del Tabor, que aseguraban ver en su ombligo, que la propia ciudad de los turcos. Uno de los comensales hizo notar que, mientras ambos imperios habían perecido, todavía subsisten los escritos de Horacio, Virgilio y Ovidio.

Del siglo de Augusto pasaron de inmediato al de Luis XIV. Una señora preguntó por qué los autores del día, aun teniendo mucho talento, no producían obras de tanto valor. Respondió el señor André que era porque ya las habían producido los de siglos pasados. Esta idea audaz, pero exacta, dio mucho en qué pensar a los presentes, quienes luego se burlaron cruelmente de un escocés que se ha metido a regulador del buen gusto y a crítico de Racine, sin saber una palabra de francés. Con más rigor aún fue tratado un italiano llamado Denina, quien censuró El espíritu de las leyes sin entender la obra, atacando precisamente lo mejor que tiene. Esto trajo a la memoria de todos el afectado desdén con que Boileau miraba a Tasso.

Alguien manifestó que, con todos sus defectos, Tasso era tan superior a Homero, como con todos los suyos, todavía mayores, lo es Montesquieu al aburrido Grocio. Se censuraron los prejuicios entre nación y nación y se trató al señor Denina como merecía, y como tratan las personas inteligentes a los pedantes.

También se hizo la sagaz observación de que las obras maestras del siglo pasado son las que más ocupan la atención de los literatos actuales. Nuestra tarea se reduce a examinar sus méritos. Parecemos hijos desheredados que hacen la cuenta del caudal de su padre. En lo que todos coincidieron fue en admitir que la filosofía había avanzado mucho, pero que el estilo y el idioma se empobrecían.

Norma es de toda conversación saltar de un tema a otro. En breve desaparecieron estos asuntos de amenidad, ciencia y gusto, para centrarse en el magnífico espectáculo que estaban dando al mundo la emperatriz de Rusia y el rey de Polonia, quienes acababan de enaltecer a la humanidad abatida, estableciendo la libertad de conciencia en territorios mucho más extensos que nunca lo fue el Imperio Romano. Se celebró, como era debido, tan grande servicio hecho al mundo y tan admirable ejemplo dado a gobiernos que se tienen por ilustrados. Se brindó a la salud de la emperatriz, del rey filósofo y de quienes los imitaran. Hasta el doctor de la Sorbona les colmó de elogios, porque ha de saberse que en ese gremio se encuentran a veces sujetos razonables, como se hallaban hombres de talento en la Beocia.

El secretario ruso dejó a todos maravillados al hablar de los progresos que se hacían en Rusia. Nadie supo decir por qué gustaba más la historia de Carlos XII, que se pasó la vida destruyendo, que la de Pedro el Grande, quien pasó la suya creando. Supusimos que la razón de esta preferencia era nuestra frivolidad y falta de juicio, y coincidimos en que Carlos XII fue el Don Quijote y Pedro el Solón del Norte; que los entendimientos superficiales prefieren el extravagante heroísmo del soldado a los grandes planes del legislador, y que les agrada menos la narración circunstanciada de la fundación de una ciudad que la temeridad de un capitán que, con unos cuantos hombres, se enfrenta a diez mil turcos. Ciertamente, la mayoría de los lectores sólo buscan el entretenimiento, no la instrucción. Por eso, de cada cien mujeres, noventa y nueve leen ridículas novelas y sólo una un capítulo de Condillac.

¡De cuántas cosas se habló en esta cena que no olvidaré en mucho tiempo! Al fin, fue inevitable tocar el tema de los cómicos y las cómicas, eterno asunto de sobremesa en Versalles y en París. Nadie negó que tan raro era encontrar un buen autor como un buen poeta, y se concluyó la cena cantando algunas coplas que un comensal había escrito dedicadas a las damas.

Confieso, por mi parte, que no me hubiera parecido más grato el banquete de Platón que el del señor y la señora André.

GUERRA

Un genealogista prueba que un príncipe desciende en línea directa de un conde cuyos padres habían hecho un pacto de familia hace 300 o 400 años con una casa cuyo recuerdo ni siquiera subsiste. Esta casa tenía vagas pretensiones sobre una provincia, cuyo último poseedor murió de apoplejía. El príncipe y su consejo concluyen que esta provincia le pertenece por derecho divino.

Esta provincia, situada a varios cientos de leguas, protesta que le desconoce, que no tiene ningún deseo de ser gobernada por él y que, para dictar leyes a un pueblo, al menos es necesario contar con su consentimiento. Estos discursos ni siquiera son escuchados por el príncipe, cuyo derecho es irrefutable. Al instante, encuentra un gran número de hombres que no tienen nada que hacer ni que perder. Los viste con un grueso paño azul, les pone un ribete en sus sombreros con un grueso hilo blanco, los hace girar a derecha e izquierda y marcha hacia la gloria.

Los demás príncipes, al escuchar que esos hombres están en armas, toman parte en la empresa, cada uno según su poder.

Pueblos lejanos oyen decir que va a haber lucha y que se ganan cinco o seis monedas al día si se participa en ella. Acuden entonces a vender sus servicios a quien quiera comprarlos.

Esas multitudes se encarnizan unas contra otras, no solo sin tener ningún interés en el conflicto, sino incluso sin saber de qué se trata.

Se encuentran, a la vez, cinco o seis potencias beligerantes: unas veces tres contra tres, otras dos contra cuatro o una contra cinco, todas detestándose por igual, matándose y atacándose una y otra vez, de acuerdo solo en un punto: hacer el mayor daño posible. Cada jefe de asesinos hace que se bendigan sus banderas e invoca solemnemente a Dios antes de ir a exterminar a su prójimo.

Cuando cerca de diez mil hombres han sido exterminados a hierro y fuego y una ciudad cualquiera ha sido destruida hasta sus cimientos, entonces se entona un cántico bastante largo, dividido en cuatro partes, compuesto en una lengua desconocida para todos los que han combatido y, además, llena de barbarismos. El mismo cántico sirve para casamientos, nacimientos y homicidios.

EL BLANCO Y EL NEGRO

Todo el mundo en la provincia de Candahar conoce la aventura del joven Rustán. Era hijo único de un mirza de la región; como quien dice un marqués en Francia o un barón en Alemania. Su padre, el mirza, tenía una fortuna considerable. El joven Rustán debía casarse con una doncella o mirzesa de su condición. Ambas familias lo deseaban apasionadamente. Él debía ser el consuelo de sus padres, hacer feliz a su esposa y serlo con ella.

Pero, por desgracia, había visto a la princesa de Cachemira en la feria de Kabul, que es la más importante del mundo e incomparablemente más concurrida que las de Basora y Astracán. Y he aquí por qué el anciano príncipe de Cachemira había ido a la feria en compañía de su hija.

Había perdido las dos piezas más raras de su tesoro: una era un diamante del tamaño de un dedo pulgar, en el cual se había grabado el retrato de su hija gracias a un arte que entonces dominaban los indios y que posteriormente se perdió; la otra era un venablo que se dirigía por sí mismo adonde uno deseaba. Esto no es nada extraordinario en nuestra época, pero sí lo era en Cachemira.

Un faquir de Su Alteza le robó esas dos joyas y se las llevó a la princesa.

—Guarden cuidadosamente estos dos objetos —le dijo—; su destino depende de ellos.

Luego partió y nunca más se supo de él. El duque de Cachemira, sumido en la desesperación, decidió ir a la feria de Kabul para ver si entre los mercaderes que llegaban de las cuatro partes del mundo, alguno tenía su diamante y su arma. En todos sus viajes se hacía acompañar por su hija. Ella llevaba el diamante bien oculto en el cinturón y, en cuanto al venablo, que no podía esconder tan fácilmente, lo había dejado cuidadosamente guardado en Cachemira, en su gran cofre de China.

Rustán y ella se vieron en Kabul; se amaron con toda la sinceridad de su edad y todo el fuego de sus tierras. La princesa, en prenda de su amor, le dio su diamante, y Rustán, antes de separarse, le prometió que iría a verla en secreto a Cachemira.

El joven mirza tenía dos favoritos que le servían de secretarios, escuderos, mayordomos y ayudantes de cámara. Uno se llamaba Topacio: era apuesto, bien formado, blanco como una circasiana, dócil y servicial como un armenio, juicioso como un guebro. El otro se llamaba

Ebano: era un negro bastante bien parecido, más rápido y más ingenioso que Topacio, y a quien ninguna empresa parecía difícil. Les comunicó el proyecto de su viaje.

Topacio trató de disuadirlo con el celo prudente de un servidor que no quiere contrariar a su amo; le hizo ver todo lo que arriesgaba. ¿Cómo dejar a dos familias en la desesperación? ¿Cómo clavar un puñal en el corazón de sus padres? Rustán vaciló, pero Ebano lo reafirmó en su idea y disipó todos sus escrúpulos.

El joven carecía de dinero para emprender un viaje tan largo. El prudente Topacio le aconsejaba que no lo pidiera prestado; Ebano se encargó de ello. Sustrajo hábilmente el diamante a su amo, mandó hacer una imitación idéntica a la joya verdadera, que devolvió a su lugar, y empeñó el diamante con un armenio por varios millares de rupias.

Cuando el marqués tuvo sus rupias, todo estuvo listo para la partida. Su equipaje fue cargado a lomos de un elefante; ellos iban a caballo. Topacio dijo a su amo:

—Me tomé la libertad de hacer objeciones a su empresa, pero después de exponerlas, hay que obedecer. Soy suyo, lo aprecio, lo seguiré hasta el fin del mundo; pero consultemos por el camino al oráculo que está a dos parasangas de aquí.

Rustán aceptó. El oráculo respondió: "Si vas hacia Oriente, estarás en Occidente." Rustán no comprendió nada de esta respuesta. Topacio afirmó que no presagiaba nada bueno. Ebano, siempre complaciente, lo convenció de que era muy favorable.

Había otro oráculo en Kabul, y allá fueron. El oráculo de Kabul respondió con estas palabras: "Si posees, no poseerás; si vences, no vencerás; si eres Rustán, no lo serás." Este oráculo pareció aún más ininteligible que el otro.

—Tengan mucho cuidado —dijo Topacio.

—No se preocupen —dijo Ebano.

Y este último, como era de esperarse, siempre tenía razón ante su amo, cuya pasión y esperanza alentaba.

Al salir de Kabul, atravesaron un gran bosque, se sentaron sobre la hierba para comer y dejaron que los caballos pastaran. Cuando se dispusieron a descargar al elefante que llevaba la comida y los enseres, notaron que Topacio y Ebano habían desaparecido de la pequeña caravana. Los llamaron; en el bosque resonaron los nombres de Ebano y Topacio. Los criados los buscaron por todas partes y llenaron el bosque con sus gritos; regresaron sin haber encontrado nada, sin que nadie hubiera respondido.

—Lo único que hallamos —dijeron a Rustán— fue un buitre que luchaba con un águila y le arrancaba todas las plumas.

La descripción de este combate despertó la curiosidad de Rustán. Se dirigió a pie hacia el lugar, pero no vio ni buitre ni águila. En cambio, encontró a su elefante, aún completamente cargado con su equipaje, siendo atacado por un enorme rinoceronte. Uno embestía con el cuerno, el otro golpeaba con la trompa. El rinoceronte, al ver a Rustán, abandonó la lucha. Los criados se hicieron cargo del elefante, pero les fue imposible encontrar los caballos.

—¡Qué cosas tan extrañas suceden en los bosques cuando se viaja! —exclamó Rustán.

Los criados estaban consternados, y su amo desesperado por haber perdido al mismo tiempo a sus caballos, a su querido Ebano y al juicioso Topacio, por quien seguía sintiendo un gran afecto, a pesar de que nunca estuvieran de acuerdo.

La esperanza de estar muy pronto a los pies de la bella princesa de Cachemira lo consolaba, cuando se topó con un gran asno rayado, al que un rústico, vigoroso y brutal, le daba cien bastonazos. No había nada más hermoso, ni más raro, ni más veloz que los asnos de aquella especie. Aquel respondía a la lluvia de golpes del campesino con coces tan fuertes que podrían arrancar un roble de raíz. El joven mirza tomó, como era justo, partido por el asno, que era un animal encantador. El rústico huyó diciendo al animal:

—Me las pagarás.

El asno agradeció a su libertador en su propio lenguaje, se acercó, se dejó acariciar y devolvió las caricias. Rustán, después de haber comido, montó en él y tomó el camino de Cachemira con sus criados, que lo seguían, unos a pie y otros sobre el elefante.

Apenas se vio sobre el asno, cuando este animal se dirigió hacia Kabul en vez de seguir el camino de Cachemira. Aunque su amo tiró de la brida, lo sacudió, apretó las rodillas, clavó las espuelas, arrojó la brida, tiró hacia sí y lo azotó a derecha e izquierda, el terco animal siguió corriendo en dirección a Kabul.

Rustán sudaba, se agitaba, se desesperaba, cuando encontró a un mercader de camellos que le dijo:

—Señor, montáis un asno muy astuto que los lleva adonde no quieren ir. Si desean cedérmelo, yo les daré a cambio cuatro de mis camellos, que podrán elegir ustedes mismos.

Rustán dio gracias a la Providencia por haberle proporcionado un trato tan ventajoso.

—Topacio estaba completamente equivocado —dijo— cuando me advertía que mi viaje sería desastroso.

Montó en el más hermoso de los camellos y los otros tres le siguieron. Volvió a reunirse con su caravana, viéndose ya en el camino hacia su felicidad.

Apenas habían avanzado cuatro parasangas cuando un torrente profundo, ancho e impetuoso, que arrastraba enormes rocas cubiertas de espuma, les cortó el paso. Las dos orillas eran precipicios aterradores que deslumbraban la vista y helaban el corazón. No había forma de cruzar, ni camino hacia la derecha ni hacia la izquierda.

—Empiezo a temer —dijo Rustán— que Topacio tenía razón al desaconsejarme este viaje y que cometí un gran error al emprenderlo. Si al menos estuviera aquí, podría darme algún buen consejo. Si Ebano estuviera conmigo, me consolaría y encontraría una solución; pero ahora me falta todo.

La consternación de sus criados aumentaba su turbación. La noche cayó por completo y pasaron las horas lamentándose. Finalmente, la fatiga y el abatimiento cerraron los ojos del viajero enamorado. Al amanecer despertó y vio un majestuoso puente de mármol que cruzaba el torrente, uniendo ambas orillas.

Solo se oían exclamaciones, gritos de sorpresa y júbilo.

—¿Es posible? ¿Estamos soñando? ¡Qué prodigio! ¡Qué encantamiento! ¿Nos atreveremos a cruzarlo?

Toda la expedición cayó de rodillas, se levantó, avanzó hacia el puente, besó el suelo, miró al cielo, extendió las manos, apoyó un pie tembloroso en el puente, iba y venía en éxtasis. Y Rustán exclamó:

—Por ahora el Cielo me favorece. Topacio no sabía lo que decía. Los oráculos me eran favorables. Ebano tenía razón. Pero ¿por qué no está a mi lado?

Apenas todos los hombres hubieron cruzado a la otra orilla, cuando el puente se desplomó en el agua con un estruendoso estrépito.

—¡Mucho mejor, mucho mejor! —exclamó Rustán—. ¡Dios sea loado! ¡El Cielo sea bendito! No quiere que regrese a mi tierra, donde no habría sido más que un simple caballero. Quiere que me case con mi amada. Seré príncipe de Cachemira y, al poseerla, perderé mi pequeño marquesado de Candahar. Seré Rustán y no lo seré, pues me convertiré en un gran príncipe. Ahora se ha aclarado una gran parte del oráculo en mi favor. El resto se explicará de la misma manera. Soy supremamente feliz. Pero ¿por qué Ebano no está aquí? Lo extraño mil veces más que a Topacio.

Siguió avanzando varias parasangas con la mayor alegría. Pero al caer la tarde, una cadena de montañas, más empinadas que una muralla y más altas de lo que habría sido la torre de Babel si se hubiera terminado, cerró por completo el paso a la caravana, que quedó dominada por el temor.

Todo el mundo exclamó:

—¡Dios quiere que perezcamos aquí! Si hizo que el puente se derrumbara, fue solo para arrebatarnos toda esperanza de regresar; si elevó la montaña, fue únicamente para impedirnos seguir adelante. ¡Oh, desventurado marqués! Nunca llegaremos a ver Cachemira, nunca volveremos a la tierra de Candahar.

El más intenso dolor y el mayor abatimiento invadieron el alma de Rustán, reemplazando el júbilo desbordante y las esperanzas con las que se había embriagado. Ahora estaba muy lejos de interpretar las profecías a su favor.

—¡Oh, Cielo! ¡Oh, Dios misericordioso! ¿Por qué habré perdido a mi amigo Topacio?

Mientras pronunciaba estas palabras entre profundos suspiros y lágrimas, rodeado de sus desesperados servidores, vio cómo la base de la montaña se abría y, ante sus asombrados ojos, apareció una larga galería abovedada, iluminada por cien mil antorchas. Rustán lanzó un grito de asombro, mientras sus criados caían de rodillas o se desplomaban de espaldas por la sorpresa, gritando:

—¡Milagro!

Y decían:

—Rustán es el favorito de Visnú, el bienamado de Brahma; será el dueño del mundo.

El propio Rustán lo creyó; estaba fuera de sí, como enajenado.

—¡Ah, Ebano, mi querido Ebano! ¿Dónde estás? ¡Cuánto me duele que no seas testigo de todas estas maravillas! ¿Por qué te habré perdido? Bella princesa de Cachemira, ¿cuándo volveré a contemplar tus encantos?

Se adelantó con sus criados, su elefante y sus camellos bajo la bóveda de la montaña. Al final de esta surgía una pradera adornada de flores y atravesada por pequeños arroyos; al otro extremo de la pradera comenzaban avenidas de árboles que se perdían en la distancia y, más allá, un río bordeado por innumerables villas de recreo con jardines exquisitos. Por todas partes se escuchaban conciertos de voces e instrumentos y se veían danzas. Apresuró el paso, cruzó uno de los puentes del río y preguntó al primer hombre que encontró qué país era aquel.

El hombre respondió:

—Están en la provincia de Cachemira. Sus habitantes celebran con júbilo y alegría las bodas de nuestra hermosa princesa, que está a punto de casarse con el señor Barbarú, a quien su padre la ha prometido. ¡Que Dios bendiga su felicidad!

Al oír estas palabras, Rustán cayó desvanecido. El hombre cachemiro creyó que sufría un ataque de epilepsia y mandó llevarlo a su casa, donde permaneció largo rato sin conocimiento. Llamaron a los dos médicos más reputados de la comarca. Estos le tomaron el pulso y, cuando Rustán recobró la conciencia, sollozaba, ponía los ojos en blanco y exclamaba a cada momento:

—¡Topacio, Topacio, cuánta razón tenías!

Uno de los médicos dijo al cachemiro:

—Por su acento, veo que es un joven de Candahar y el aire de esta tierra no le sienta bien. Debemos devolverlo a su patria. Por su mirada, veo que ha perdido la razón. Déjenmelo y lo curaré.

El otro médico, en cambio, aseguró que solo sufría de pena y que lo mejor sería llevarlo a la boda de la princesa y hacer que bailara. Mientras discutían, el enfermo recuperó las fuerzas, los médicos fueron despedidos y Rustán se quedó a solas con su anfitrión.

—Señor —le dijo—, le pido disculpas por haberme desmayado frente a usted, sé que no ha sido muy cortés. Le ruego que acepte mi elefante como muestra de gratitud por la hospitalidad que me ha brindado.

Luego le contó todas sus aventuras, cuidándose mucho de revelar el verdadero motivo de su viaje.

—Pero, en nombre de Visnú y de Brahma —prosiguió—, dígame, ¿quién es este afortunado Barbarú que se casa con la princesa de Cachemira? ¿Por qué su padre lo ha elegido como yerno y por qué la princesa lo ha aceptado como esposo?

—Señor —dijo el cachemiro—, la princesa está lejos de haber aceptado a Barbarú; por el contrario, llora desconsoladamente mientras toda la provincia celebra con júbilo sus bodas. Se ha encerrado en la torre de su palacio y se niega a presenciar las festividades en su honor.

Al escuchar estas palabras, Rustán sintió renacer su esperanza. El color, que el dolor había apagado en su rostro, volvió a brillar con intensidad.

—Le ruego —continuó—, dígame, ¿por qué el príncipe de Cachemira insiste en entregar a su hija a un Barbarú que ella rechaza?

—Le contaré lo que ha ocurrido —respondió el cachemiro—. ¿Sabe que nuestro príncipe había perdido un gran diamante y un venablo a los que tenía un gran aprecio?

—¡Ah! Claro que lo sé —dijo Rustán.

—Pues bien —dijo su anfitrión—, desesperado por no recibir noticias de sus joyas, tras buscarlas durante mucho tiempo por toda la tierra, prometió la mano de su hija a quien le devolviera una de ellas. Entonces apareció un tal señor Barbarú con el diamante, y mañana se casará con la princesa.

Rustán palideció, murmuró unas palabras de cortesía, se despidió de su anfitrión y, tras montar en su dromedario, se apresuró a dirigirse a la capital, donde debía celebrarse la ceremonia.

Llegó al palacio del príncipe y pidió hablar con él. Le respondieron que estaba ocupado con los preparativos de la boda.

—Precisamente es de eso de lo que quiero hablarle —insistió.

Tanto insistió que finalmente le permitieron pasar.

—Excelencia —dijo—, ¡que Dios colme sus días de gloria y magnificencia! Su futuro yerno es un impostor.

—¿Un impostor? ¿Cómo se atreve a hablarme así del hombre que he elegido como esposo para mi hija?

—Sí, un impostor —repitió Rustán—, y para demostrarlo, aquí tiene su diamante, que yo le traigo.

El duque, sorprendido, comparó los dos diamantes. Pero como no entendía mucho en la materia, fue incapaz de distinguir cuál era el verdadero.

—Ahora tengo dos diamantes —dijo el príncipe—, pero solo tengo una hija. ¡Qué situación tan extraña y embarazosa!

Mandó llamar a Barbarú y le preguntó si no había mentido. Barbarú juró que había comprado su diamante a un armenio; el otro pretendiente no dijo de dónde había sacado el suyo, pero propuso una solución: rogó al príncipe que le permitiera combatir de inmediato con su rival.

—No basta con que su yerno entregue un diamante —dijo—; también debe demostrar su valentía. ¿No le parece justo que el que derrote al otro se case con la princesa?

—Me parece una gran idea —respondió el príncipe—. Será un espectáculo magnífico para la corte. Peleen ahora mismo; el vencedor tomará las armas del vencido, como es costumbre en Cachemira, y se casará con mi hija.

Los dos pretendientes bajaron enseguida al patio. En la escalera había una urraca y un cuervo. El cuervo gritaba: «¡Peleen, peleen!», mientras la urraca decía: «¡No peleen!». Esto hizo reír al príncipe, pero los rivales apenas le prestaron atención. Comenzó el combate y todos los cortesanos formaron un círculo a su alrededor. La princesa, que seguía encerrada voluntariamente en su torre, se negó a presenciar aquel espectáculo. No sospechaba que su amado estaba en Cachemira y sentía tal aversión por Barbarú que no quería verlo.

La lucha se desarrolló con rapidez: Barbarú cayó muerto casi al instante, lo que alegró al pueblo, pues era feo y Rustán, en cambio, era apuesto. Casi siempre esto inclina el favor del público.

El vencedor se puso la cota de malla, la banda y el casco del derrotado y, seguido por toda la corte al son de las trompetas, se dirigió hasta las ventanas de su amada. Todos gritaban:

—¡Bella princesa, asómese a ver a su apuesto esposo, que ha vencido a su feo rival!

Sus doncellas repitieron estas palabras y, por desgracia, la princesa se asomó. Al ver la armadura de un hombre al que detestaba, corrió desesperada hasta su cofre de China, sacó el venablo fatal y lo lanzó, atravesando a su querido Rustán, que no llevaba la coraza. Él lanzó un grito desgarrador y, por su voz, la princesa creyó reconocer a su desventurado amante.

Bajó desmelenada, con el horror y la angustia reflejados en su rostro. Rustán, ensangrentado, yacía en los brazos de su padre. Cuando ella lo vio, ¡qué momento!, ¡qué visión!, ¡qué reconocimiento!, imposible describir el dolor, el amor y el espanto que sintió. Se arrojó sobre él, besándolo.

—Ahora recibes —le dijo— los primeros y últimos besos de tu amada y de tu asesina.

Sacó el venablo de la herida, se lo clavó en el corazón y murió sobre el hombre que adoraba.

El padre, horrorizado y fuera de sí, intentó en vano devolverle la vida; la joven ya no existía. Entonces, el príncipe maldijo aquel venablo fatal, lo rompió en pedazos y arrojó lejos los dos diamantes malditos. Mientras preparaban el funeral de su hija en lugar de su boda, ordenó que llevaran a su palacio a Rustán, quien aún respiraba débilmente.

Lo acostaron en una cama y lo primero que vio a ambos lados del lecho fue a Topacio y a Ebano. Su sorpresa le devolvió un poco de fuerzas.

—¡Ah, crueles! —dijo—. ¿Por qué me abandonaron? Tal vez la princesa seguiría viva si hubieran permanecido junto a este desdichado.

—Yo no los abandoné ni un solo instante —dijo Topacio.

—Yo siempre estuve con usted —dijo Ebano.

—¿Qué están diciendo? —respondió Rustán con voz desfalleciente—. ¿Por qué insultan mis últimos momentos?

—Créame —dijo Topacio—. Usted sabe que siempre estuve en contra de este fatídico viaje y preví sus terribles consecuencias. Yo era el águila que luchó contra el buitre y fue desplumada por él; yo era el elefante que llevaba su equipaje para obligarlo a volver a su patria; yo era el asno rayado que intentó regresarlo a casa contra su voluntad; fui yo quien hizo desaparecer sus caballos; yo formé el torrente que le cortó el paso; yo elevé la montaña que le impidió continuar con este destino fatal; yo era el médico que le aconsejaba respirar el aire de su tierra; yo era la urraca que le advertía que no peleara.

—Y yo —dijo Ebano— era el buitre que desplumó al águila; el rinoceronte que atacó al elefante; el rústico que golpeaba al asno rayado; el mercader que le proporcionó camellos para llevarlo a su ruina; yo construí el puente por el que pasó; yo cavé la caverna que atravesó; yo era el médico que lo alentaba a seguir; el cuervo que le gritaba que combatiera.

—¡Dios mío! Recuerda los oráculos —dijo Topacio—: «Si vas hacia Oriente, estarás en Occidente».

—Sí —dijo Ebano—, aquí sepultan a los muertos con el rostro hacia Occidente. El oráculo era claro, ¿cómo no lo entendiste? «Has poseído y no poseerás», porque tenías el diamante, pero era falso y no lo sabías. «Vences y mueres; eres Rustán y dejas de serlo». Todo se ha cumplido.

Mientras hablaba, cuatro alas blancas cubrieron el cuerpo de Topacio y cuatro alas negras el de Ebano.

—¿Qué es lo que veo? —exclamó Rustán.

Topacio y Ebano respondieron al mismo tiempo:

—Ves a tus dos genios.

—Pero, díganme, ¿por qué tuvieron que involucrarse en todo esto? ¿Por qué dos genios para un solo hombre?

—Es la ley —dijo Topacio—. Cada hombre tiene sus dos genios. Platón fue el primero en decirlo y muchos otros lo han repetido. Como ves, es la pura verdad. Yo soy tu genio bueno y mi deber era velar por ti hasta el último momento de tu vida. He cumplido mi misión.

—Si tu misión era protegerme, entonces mi naturaleza es superior a la tuya —respondió el moribundo—. ¿Cómo puedes llamarte mi genio bueno cuando has permitido que me engañe en todo y ahora me dejas morir junto con mi amada?

—¡Ay! Tal era tu destino —dijo Topacio.

—Si el destino lo decide todo —dijo Rustán—, ¿para qué sirve un genio? ¿Y tú, Ebano, con tus alas negras, te proclamas mi genio malo?

—Usted lo ha dicho —respondió Ebano.

—Entonces, ¿también eras el genio malo de mi princesa?

—No, ella tenía el suyo propio y yo simplemente lo ayudé.

—¡Maldito seas, Ebano! Si eres tan perverso, no puedes pertenecer al mismo ser que Topacio. ¿Acaso fueron creados por dos principios opuestos, uno bueno y otro malo por naturaleza?

—De una cosa no se deduce la otra —respondió Ebano—. Es un gran dilema.

—No puedo creer que un ser benevolente haya creado un genio tan funesto —dijo Rustán.

—Posible o no posible —dijo Ebano—, así son las cosas.

—¡Pobre amigo! —dijo Topacio—. ¿No ves que este malvado solo quiere hacerte discutir para alterarte y acelerar tu muerte?

—Pues no estoy más contento contigo que con él —respondió Rustán—. Al menos él admite que me ha perjudicado, mientras tú, que decías protegerme, no me has servido de nada.

—Lo lamento mucho —dijo Topacio.

—Y yo también —susurró Rustán—. Hay algo en todo esto que no comprendo.

—Yo tampoco —dijo el buen genio.

—Dentro de un momento lo sabré —dijo Rustán.

Entonces todo desapareció. Rustán se encontró en la casa de su padre, de la que nunca había salido, y en su cama, en la que solo había dormido una hora.

Se despertó sobresaltado, bañado en sudor y asustado. Se palpó el cuerpo, llamó, gritó y agitó la campanilla. Su ayuda de cámara, Topacio, acudió bostezando, con su gorro de dormir puesto.

—¿Estoy muerto o vivo? —exclamó Rustán—. ¿Se salvará la bella princesa de Cachemira?

—¿Ha tenido una pesadilla, señor? —respondió fríamente Topacio.

—¡Ah! —exclamó Rustán—. ¿Qué fue de ese maldito Ebano con sus cuatro alas negras? Él es quien me ha condenado a esta muerte tan cruel.

—Señor, lo dejé arriba, está roncando. ¿Quiere que lo haga bajar?

—¡El miserable! Me ha estado persiguiendo durante seis meses. Él me llevó a aquella feria fatal de Kabul, él me robó el diamante que me había dado la princesa. Es el único responsable de mi viaje, de la muerte de la princesa y de la herida de venablo que me hace morir en la flor de la vida.

—Tranquilícese, señor —dijo Topacio—. Usted nunca ha estado en Kabul. En Cachemira no hay ninguna princesa. Su gobernante solo ha tenido dos hijos varones, que actualmente estudian en el colegio. Usted nunca ha tenido un diamante. La princesa no puede haber muerto, porque jamás ha existido. Además, usted está en perfecto estado de salud.

—Pero, ¿cómo? ¿No es cierto que me acompañaste en mis últimos momentos, en la cama del príncipe de Cachemira? ¿No confesaste que, para protegerme de tantas desgracias, fuiste un águila, un elefante, un asno rayado, un médico y una urraca?

—Señor, debió haber soñado todo eso. Cuando dormimos, nuestras ideas ya no dependen de nosotros como cuando estamos despiertos. Quizás Dios quiso que todo esto pasara por su mente para darle una enseñanza valiosa.

—Te estás burlando de mí —respondió Rustán—. ¿Cuánto tiempo he estado dormido?

—Señor, ha dormido menos de una hora.

—Entonces, ¿cómo explicas que en solo una hora haya ido a la feria de Kabul hacc scis meses, haya regresado, viajado a Cachemira, y que Barbarú, la princesa y yo estemos muertos?

—Señor, eso es muy fácil y bastante común. De hecho, podría haber recorrido el mundo entero y vivido muchas más aventuras en mucho menos tiempo. ¿No es cierto que puede leer en una hora un compendio de la historia de los persas escrito por Zoroastro? Y, sin embargo, ese compendio abarca ochocientos mil años. Todos esos acontecimientos desfilan ante sus ojos en una sola hora. Ahora bien, tendrá que admitir que, si Brahma puede hacer que todos esos hechos ocurran en la mente en ese lapso de tiempo, también podría extenderlos a lo largo de ochocientos mil años. Es exactamente lo mismo. Imagine que el tiempo gira sobre una rueda cuyo diámetro es infinito. Debajo de esa rueda inmensa hay muchas otras ruedas más pequeñas, girando a diferentes velocidades. La del centro es imperceptible y da un número infinito de vueltas en el mismo tiempo que la rueda grande da una sola. Así, todos los acontecimientos, desde el inicio del mundo hasta su fin, pueden ocurrir en una fracción de segundo. Y, de hecho, es exactamente lo que sucede.

—No entiendo nada —dijo Rustán.

—Si me lo permite —dijo Topacio—, tengo un loro que puede explicárselo de forma sencilla. Nació poco antes del diluvio y estuvo en el arca de Noé. Ha visto muchas cosas, pero solo tiene un año y medio. Su historia es muy interesante.

—Ve a buscar a tu loro de inmediato —dijo Rustán—. Me entretendrá hasta que pueda volver a dormir.

—Lo tiene mi hermana, que es religiosa —dijo Topacio—. Voy a buscarlo. Estoy seguro de que le gustará. Tiene una memoria impecable, cuenta las cosas con sencillez y sin pretender lucirse con frases rebuscadas.

—Eso suena perfecto —dijo Rustán—. Así es como me gustan los cuentos.

Le trajeron el loro, y este comenzó a hablar de la siguiente manera:

N. B. La señorita Catherine Vadé aún no ha podido encontrar la historia del loro en los manuscritos de su difunto primo Antoine Vadé, autor de este cuento. Es una verdadera lástima, dada la antigüedad del loro y todo lo que habría podido contar.

¿Me puedes ayudar con este textos? Corrige los errores de ortografía y actualiza palabras en desuso, manteniendo la narrativa original y la longitud del texto, por favor.

ZADIG O EL DESTINO

Embeleso de las niñas de los ojos, tormento del corazón, luz del ánimo, no beso yo el polvo de tus pies, porque o no andas a pie, o si andas, pisas o rosas o tapetes de Irán. Te ofrezco la versión de un libro de un sabio de la antigüedad, que siendo tan feliz que nada tenía que hacer, gozó la dicha mayor de divertirse escribiendo la historia de Zadig, un libro que dice más de lo que parece. Te ruego que lo leas y lo aprecies en lo que valga; pues aunque tu vida todavía está en su primavera, aunque te asalten de improviso todos los pasatiempos, aunque eres hermosa y tu talento realza aún más tu belleza, aunque te elogian de día y de noche, motivos que serían más que suficientes para que no tuvieras pizca de sentido común, a pesar de ello posees agudeza, discreción y un gusto refinado. Te he oído discurrir con más tino que ciertos derviches viejos de luenga barba y gorra piramidal. Eres prudente sin ser desconfiada, piadosa sin flaqueza, benéfica con acierto, amiga de tus amigos sin generar enemigos. Nunca basas en la burla el ingenio de tus agudezas, ni hablas mal de nadie ni dañas a nadie, aunque fácil te sería hacerlo. Tu alma siempre me ha parecido tan perfecta como tu hermosura. Además, posees cierto caudal de filosofía, que me ha persuadido de que te agradaría este escrito de un sabio más que a cualquier otra persona.

Fue escrito primero en el antiguo caldeo, que ni tú ni yo conocemos, y fue traducido al árabe para recreación del renombrado sultán Ulugbeg, en los tiempos en que árabes y persas se dedicaban a escribir Las mil y una noches, Los mil y un días, etc. Ulug prefería leer Zadig, pero las sultanas se divertían más con Los mil y uno. El sabio Ulug les decía que cómo podían soportar cuentos sin pies ni cabeza que nada querían decir. "Por eso mismo nos gustan", respondían las sultanas.

Espero que tú no te parezcas a ellas y que seas un verdadero Ulug. No dudo que cuando te halles fatigada de conversaciones tan instructivas como Los mil y uno, aunque mucho menos recreativas, podré yo tener el honor de que ocupes algunos minutos en escucharme decir cosas con razón.

Si en tiempo de Scander, hijo de Filipo, hubieras sido Talestris, o la reina de Saba en tiempo de Salomón, estos reyes habrían peregrinado para verte. Ruego a las virtudes celestiales que tus deleites no lleven amargura, que tu hermosura sea duradera y tu dicha perpetua.

SADI

I. El tuerto

Reinando el rey Moabdar, vivía en Babilonia un joven llamado Zadig, de buena índole, que con la educación se había perfeccionado. Sabía dominar sus pasiones, aunque era joven y rico; no fingía ni se empeñaba en que siempre le dieran la razón, y respetaba la debilidad humana. Todos se asombraban de que, a pesar de su agudeza, nunca se burlaba de los chismes mal hilvanados, de las murmuraciones sin fundamento, de los juicios disparatados, de las bromas de juglares que los babilonios llamaban "conversación". En el primer libro de Zoroastro había leído que el amor propio es como una pelota llena de aire, de la que salen tormentas en cuanto se la pincha. Zadig no presumía de menospreciar a las mujeres ni de dominarlas. Era generoso, sin temor de hacer bien a ingratos, cumpliendo con el gran mandamiento de Zoroastro: "Da de comer a los perros cuando tú comas, aunque después te muerdan". Era tan sabio como puede serlo un hombre, pues procuraba vivir en compañía de sabios. Había aprendido las ciencias de los caldeos y conocía todo lo que en su tiempo se sabía sobre los principios físicos de la naturaleza. De metafísica sabía tanto como ha sabido el ser humano en cualquier época, es decir, muy poco. Creía firmemente que un año tiene trescientos sesenta y cinco días y un cuarto, en contra de lo que enseñaba la filosofía moderna de su tiempo, y que el sol está en el centro del mundo. Cuando los principales magos le decían, con tono de reproche y mirándolo de reojo, que sostenía principios "sapientes haeresim" y que solo un enemigo de Dios y del Estado podía afirmar que el sol gira sobre su eje y que el año tiene doce meses, Zadig guardaba silencio, sin fruncir el ceño ni encogerse de hombros.

Opulento y, por tanto, rodeado de amigos, disfrutando de buena salud, siendo apuesto, prudente y moderado, con un espíritu sincero y un ánimo elevado, creyó que podía aspirar a ser feliz. Estaba comprometido con Semira, quien, por su belleza, dote y linaje, representaba el mejor casamiento de Babilonia. Zadig le profesaba un amor sincero y virtuoso, y Semira le amaba con pasión. Ya se acercaba el venturoso día de su boda cuando, paseándose ambos fuera de las puertas de Babilonia, bajo unas palmeras que daban sombra a las riberas del Éufrates, vieron acercarse unos hombres armados con alfanjes y flechas. Eran sicarios del joven Orcan, sobrino de un ministro, a quien los aduladores de su tío habían convencido de que podía hacer cuanto le viniera en gana. Orcan carecía de todas las cualidades y virtudes de Zadig, pero, convencido de que le superaba en todo, estaba desesperado por no haber sido el elegido. Sus celos, nacidos de su vanidad, le hicieron creer que estaba enamorado de Semira y quiso raptarla. Los secuaces la cogieron y, en el arrebato de su violencia, la hirieron, vertiendo la sangre de una mujer cuya sola presencia habría amansado a los tigres del monte Imao. Semira elevaba sus lamentos al cielo, gritando: "¡Querido esposo, me llevan lejos de aquel a quien adoro!" No pensaba en su propio peligro, sino solo en su amado Zadig. Este la defendió con el valor del amor y la valentía, y, con la ayuda de solo dos esclavos, logró ahuyentar a los atacantes, trayéndose a Semira, ensangrentada y desmayada. Cuando ella abrió los ojos y reconoció a su libertador, le dijo: "¡Oh, Zadig! Te amaba como a mi esposo, y ahora te amo como a quien debo la vida y el honor".

Nunca rebosó un pecho en más tiernos afectos que el de Semira, nunca tan linda boca pronunció con tanta viveza aquellas inflamadas expresiones, hijas de la gratitud por el más alto beneficio y de los más tiernos arrebatos del cariño más legítimo. Su herida era leve, y sanó en breve. Zadig, en cambio, estaba herido de mayor gravedad, pues una flecha le había hecho una honda llaga junto al ojo. Semira imploraba a los dioses por la cura de su amante: día y noche, con los ojos bañados en llanto, aguardaba con impaciencia el instante en que los de Zadig pudieran gozar de su mirada; pero una apostema que se formó en el ojo herido aumentó el temor.

Mandaron llamar a Menfis al célebre médico Hermes, quien llegó con una numerosa comitiva. Tras examinar al enfermo, declaró que irremediablemente perdería el ojo, incluso pronosticando con exactitud el día y la hora en que ocurriría tan fatal suceso. "Si hubiera sido el ojo derecho —dijo—, lo curaría; pero las heridas del izquierdo no tienen remedio". Toda Babilonia se dolió de la suerte de Zadig, al tiempo que quedó asombrada por la profunda ciencia de Hermes. Sin embargo, dos días después la apostema reventó naturalmente y Zadig sanó. Hermes escribió un libro demostrando que tal recuperación era imposible, pero Zadig no lo leyó.

Apenas pudo salir, fue a ver a aquella en quien cifraba su felicidad y por quien únicamente deseaba tener ojos. Semira se hallaba en su quinta desde hacía tres días, y en el camino Zadig supo que, tras declarar resueltamente que sentía una invencible antipatía por los tuertos, la hermosa dama se había casado con Orcan aquella misma noche. Al escuchar la noticia, Zadig desfalleció y estuvo a punto de ser conducido al sepulcro por su dolor. Pero, tras una larga enfermedad, la razón prevaleció sobre el sentimiento, y halló cierto consuelo en la atrocidad del agravio. "Puesto que he sido víctima del cruel antojo de una mujer criada en palacio —dijo—, me casaré con la hija de un honrado vecino".

Escogió, pues, por esposa a Azora, doncella juiciosa y de la mejor índole, en quien no notó más defecto que cierta frivolidad y una notable inclinación a creer que los mozos más apuestos eran siempre los más cuerdos y virtuosos.

II.– Las narices

Un día, tras regresar del paseo, Azora llegó completamente alterada y haciendo ademanes descompuestos.

—¿Qué tienes, querida? —le preguntó Zadig—. ¿Qué es lo que te ha puesto tan fuera de ti?

—¡Ay! —respondió Azora—. Tú habrías hecho lo mismo si hubieras presenciado la escena que acabo de ver. Había ido a consolar a Cosrúa, la viuda joven que hace dos días erigió un mausoleo en honor de su difunto esposo, junto al arroyo que baña esta pradera. Juró ante los dioses, en su dolor, que no se apartaría de las inmediaciones del sepulcro mientras el arroyo no mudara su curso.

—Bien está —dijo Zadig—. Eso es señal de que es una mujer honrada y que amaba sinceramente a su esposo.

—¡Ah! —replicó Azora—. Si supieras en qué estaba ocupada cuando entré a verla…

—¿Y qué hacía, hermosa Azora?

—Daba otro cauce al arroyo.

Azora profirió entonces tantas invectivas y acusaciones contra la viuda que su exagerada virtud disgustó a Zadig.

Un amigo suyo, llamado Cador, era uno de los jóvenes que Azora consideraba de mayor mérito y probidad. Zadig le confió su secreto y, para garantizar su fidelidad, le hizo generosas dádivas.

Azora pasó dos días en la quinta de una amiga y, al tercer día, regresó a casa. Allí, los criados la recibieron con lágrimas en los ojos y le anunciaron que su esposo había fallecido repentinamente la noche anterior. Temerosos de darle tan mala noticia, lo habían enterrado en el sepulcro de sus padres, al final del jardín.

Azora rompió en llanto, se mesó los cabellos y juró que no quería seguir viviendo. Aquella noche, Cador pidió licencia para hablar con ella y juntos lloraron largamente. Al día siguiente, lloraron menos y comieron juntos. Cador le confió que su amigo le había dejado la mayor parte de su fortuna y le insinuó que su mayor felicidad sería compartirla con ella.

Al escuchar esto, la dama lloró, se enojó y luego se calmó. Durante la cena, que fue más prolongada que el almuerzo, hablaron con mayor confianza. Azora elogió a su difunto esposo, aunque admitió que tenía ciertos defectillos que en Cador no se hallaban.

A media cena, Cador se quejó de un fuerte dolor en el bazo. La dama, inquieta y asustada, ordenó traer todas las esencias con las que se sahumaba, para probar si alguna podía aliviarlo. Lamentó que el sapientísimo Hermes ya se hubiera marchado de Babilonia y, en su afán por ayudar, se dignó incluso a tocar el costado donde Cador sentía tan fuertes dolores.

—¿Suele darte este dolor tan cruel? —le preguntó con compasión.

—Me pone a dos dedos de la sepultura —respondió Cador—, y solo hay un remedio para aliviarme: aplicar en mi costado las narices de un hombre que haya muerto el día anterior.

—¡Vaya remedio tan extraño! —exclamó Azora.

—No es más extraño —replicó Cador— que los cuernos de ciervo que ponen a los niños para prevenir el mal de ojo.

Esta última razón, junto con el gran atractivo de Cador, terminaron por convencer a la dama.

—En fin —dijo—, si las narices de mi esposo son un poco más cortas en la segunda vida que en la primera, eso no impedirá que el ángel Asrael le permita atravesar el puente Sebinavar y transitar del mundo de ayer al de mañana.

Diciendo esto, tomó una navaja, se dirigió al sepulcro de su esposo, lo bañó en lágrimas y se inclinó para cortarle las narices. Pero Zadig, que estaba tendido en el sepulcro, sujetó sus propias narices con una mano y desvió la navaja con la otra. Se incorporó de repente y exclamó:

—La próxima vez, no critiques tanto a Cosrúa, pues la idea de cortarme las narices bien puede compararse con la de desviar el curso de un arroyo.

III.– El perro y el caballo

En breve experimentó Zadig que, como dice el libro de Zenda-Vesta, si el primer mes de matrimonio es la luna de miel, el segundo es el de acíbar. Se vio muy pronto obligado a repudiar a Azora, que se había vuelto inaguantable, y procuró ser feliz estudiando la naturaleza. "No hay ser más venturoso", decía, "que el filósofo que estudia el gran libro abierto por Dios a los ojos de los hombres. Las verdades que descubre son propiedad suya: sustentan y enaltecen su ánimo, y vive con sosiego, sin temor de los demás, y sin que venga su tierna esposa a cortarle la nariz".

Empapado en estas ideas, se retiró a una finca a orillas del Éufrates, donde no se ocupaba en calcular cuántas pulgadas de agua pasan cada segundo bajo los arcos de un puente, ni si en el mes del ratón llueve una línea cúbica de agua más que en el del carnero; tampoco ideaba hacer seda con telarañas o porcelana con botellas rotas. Estudiaba, sí, las propiedades de los animales y las plantas, y en poco tiempo adquirió una sagacidad que le permitía notar miles de diferencias donde los demás solo veían uniformidad.

Paseando un día junto a un bosquecillo, vio venir corriendo un eunuco de la reina, acompañado de varios empleados de palacio: todos parecían llenos de zozobra y corrían a todas partes como locos buscando algo muy preciado que habían perdido.

—Joven —le dijo el principal eunuco—, ¿has visto al perro de la reina?

Zadig respondió con modestia:

—Es perra, no perro.

—Tienes razón —replicó el eunuco—.

—Es una perra fina, muy pequeña —continuó Zadig—, que ha parido hace poco, coja de la pata izquierda delantera y con las orejas muy largas.

—¡Entonces la has visto! —exclamó el eunuco fuera de sí.

—No, en absoluto —respondió Zadig—. Ni la he visto ni sabía que la reina tuviera una perra.

Por un capricho del destino, al mismo tiempo se había escapado el mejor caballo de las caballerizas reales, y corría por la llanura de Babilonia. El caballerizo mayor y todos sus subalternos lo buscaban con la misma desesperación con la que el eunuco buscaba a la perra. Al ver a Zadig, el caballerizo le preguntó si había visto el caballo del rey.

—Ese es un caballo —dijo Zadig— que tiene el mejor galope, mide dos varas de alto, tiene las pezuñas muy pequeñas, la cola de una vara y un cuarto de largo, el bocado del freno es de oro de veintitrés quilates y las herraduras son de plata de once dineros.

—¿Por dónde ha ido? ¿Dónde está? —preguntó el caballerizo mayor.

—No lo he visto —respondió Zadig—, ni he oído hablar de él.

Ni el caballerizo mayor ni el eunuco dudaron de que Zadig había robado el caballo del rey y la perra de la reina, así que lo llevaron ante la asamblea del gran Desterham, que lo condenó a doscientos azotes y seis años de prisión. Pero justo después de dictar la sentencia, aparecieron tanto el caballo como la perra, lo que obligó a los jueces a anular su fallo. Sin embargo, condenaron a Zadig a una multa de cuatrocientas onzas de oro por haber dicho que no había visto lo que, según ellos, claramente había visto.

Primero pagó la multa y luego se le permitió defenderse ante el consejo del gran Desterham, donde dijo:

—Astros de justicia, pozos de ciencia, espejos de la verdad, que con la gravedad del plomo unís la dureza del hierro, el brillo del diamante y no poca afinidad con el oro, si me es permitido hablar ante esta augusta asamblea, juro por Orosmades que nunca vi ni la respetable perra de la reina ni el sagrado caballo del rey de reyes. El suceso ha sido como voy a relatar.

»Caminando por el bosquecillo donde encontré al venerable eunuco y al ilustre caballerizo mayor, observé en la arena las huellas de un animal, y fácilmente deduje que era un perro pequeño. Unos surcos largos y ligeros, impresos en montículos de arena entre las huellas de las patas, me indicaron que era una perra y que le colgaban las tetas, lo que me llevó a concluir que había parido hacía pocos días. Otras marcas en otra dirección, que se dejaban ver siempre al ras de la arena al lado de las patas delanteras, me mostraron que tenía las orejas largas; y como las huellas de una pata eran menos profundas que las de las otras tres, deduje que era, si me atrevo a decirlo, algo coja la perra de nuestra augusta reina.

»En cuanto al caballo del rey de reyes, la verdad es que, paseando por las veredas del bosque, noté las marcas de las herraduras de un caballo, que estaban todas a igual distancia. "Este caballo", pensé, "tiene un galope perfecto". En un sendero estrecho de dos varas y media de ancho, observé que el polvo estaba barrido a derecha e izquierda en algunos lugares. "El caballo", deduje, "tiene una cola de una vara y un cuarto, que con sus movimientos ha barrido el polvo". Bajo los árboles que formaban una enramada de dos varas de alto, vi hojas recién caídas y comprendí que el caballo las había tocado con la cabeza. Su freno debía ser de oro de veintitrés quilates, porque había frotado el bocado contra una piedra de toque que encontré y con la que hice la prueba. Finalmente, las marcas dejadas por las herraduras en piedras de otra clase me indicaron que eran de plata de once dineros.

Los jueces quedaron asombrados por la profunda y sagaz observación de Zadig, y la noticia llegó al rey y a la reina. En antesalas, salones y gabinetes no se hablaba de otra cosa que de Zadig, y el rey ordenó devolverle las cuatrocientas onzas de oro que había pagado. Sin embargo, como era costumbre en Babilonia, los escribanos, alguaciles y procuradores que fueron a entregarle la suma retuvieron trescientas noventa y ocho onzas por "costos administrativos"; además, los escribientes pidieron una gratificación.

Viendo Zadig que era muy peligroso saber demasiado, hizo un firme propósito de no volver a decir en otra ocasión lo que hubiese visto. No tardó en presentarse la oportunidad de ponerlo en práctica. Un reo de estado se escapó y pasó bajo los balcones de Zadig. Lo llamaron a declarar, pero no dijo nada. Al probarse que se había asomado al balcón, por tan grave delito fue condenado a pagar quinientas onzas de oro y, según la costumbre babilónica, agradeció a los jueces su benignidad.

"¡Gran Dios!", pensaba Zadig. "¡Qué desgraciado es quien pasea por un bosque por donde ha pasado el caballo del rey o la perra de la reina! ¡Cuántos peligros corre quien se asoma a su balcón! ¡Qué difícil es ser feliz en esta vida!".

IV.– El envidioso

Zadig apeló a la amistad y a la filosofía para consolarse de los males que le había causado la fortuna. En un arrabal de Babilonia tenía una casa decorada con mucho gusto, donde reunía las artes y los placeres dignos de un hombre refinado. Por la mañana, su biblioteca estaba abierta para todos los sabios, y por la tarde, su mesa para personas de buena educación. Pero muy pronto notó que era peligroso tratar con sabios.

Se suscitó una fuerte disputa acerca de una ley de Zoroastro que prohibía comer grifo. "¿Cómo está prohibido el grifo? —decían unos—, si no existe tal animal." "Es necesario que exista —decían otros—, pues Zoroastro nos prohíbe comerlo". Zadig, intentando conciliarlos, les dijo: "Pues no comamos grifo, si es que existen; y si no existen, menos aún los comeremos. Así obedeceremos a Zoroastro."

Había un escritor erudito que había compuesto una obra en trece tomos en folio sobre las propiedades de los grifos. Era un gran teurgista, quien, indignado, corrió a presentarse ante el archimago Drastanés, el más necio y, en consecuencia, el más fanático de los caldeos de aquella época. Por la gloria del Sol, este habría mandado empalar a Zadig y luego rezado con mayor devoción el breviario de Zoroastro.

Su amigo Cador (que un amigo vale más que cien clérigos) fue a ver al viejo Drastanés y le dijo: "Gloria al Sol y a los grifos. Que nadie toque un cabello de Zadig, pues es un hombre santo y cría grifos en su corral sin comérselos. En cambio, su acusador es un hereje, pues ha sostenido que los conejos no son ni cuadrúpedos ni impuros."

"Bien, bien" —respondió Drastanés, meneando su temblorosa cabeza—, "a Zadig se le empalará por tener ideas erróneas sobre los grifos, y al otro por hablar sin miramientos de los conejos."

Cador logró calmar la situación gracias a una doncella de retrete del palacio con quien había tenido un hijo, y que tenía gran influencia en el colegio de los magos. Así se evitó el empalamiento de ambos, aunque muchos doctores murmuraron al respecto y predijeron la decadencia de Babilonia.

Zadig se lamentó: "¿En qué consiste la felicidad? Todo me persigue en la Tierra, hasta los seres imaginarios." Y maldiciendo a los sabios, decidió rodearse solo de gente de sociedad.

Reunía en su casa a las personas más distinguidas de Babilonia, incluyendo las damas más encantadoras. Se servían cenas exquisitas, precedidas la mayoría de las veces por discusiones académicas, animadas por conversaciones agradables, en las que nadie aspiraba a destacar con agudeza forzada, pues ese era el camino más seguro para parecer un necio y arruinar la más brillante tertulia. Sus amigos y los platos que servía no eran escogidos por la vanidad, sino que prefería siempre la sustancia antes que la apariencia. Gracias a esto, se granjeaba una estima sólida precisamente porque no la buscaba con ansias.

Frente a su casa vivía un tal Arimazo, un hombre cuya perversidad se reflejaba en su rostro. Estaba consumido por la envidia y rebosante de vanidad, además de ser un pedante insoportable. Como las personas de buen gusto se burlaban de él, se vengaba hablando mal de ellas. A pesar de ser rico, le costaba reunir aduladores. Le molestaba el ruido de los carruajes que llegaban por la noche a la casa de Zadig, pero lo que más le enfurecía eran los elogios que escuchaba sobre él. A veces acudía a su casa sin ser invitado, se sentaba a la mesa y, como las arpías que contaminan la comida que tocan, arruinaba la alegría de todos los presentes.

Un día quiso ofrecer un banquete a una dama, pero ella prefirió cenar en casa de Zadig. En otra ocasión, mientras ambos estaban en el palacio, un ministro invitó a Zadig a cenar sin decirle una sola palabra a Arimazo. Sobre estas frágiles bases suelen cimentarse los odios más encarnizados. Este hombre, al que en Babilonia llamaban "el envidioso", decidió arruinar a Zadig, a quien todos llamaban "el afortunado". Como dice

Zoroastro: "Cien veces al día se encuentra la ocasión de hacer daño, pero apenas una vez al año la de hacer el bien."

El envidioso fue a casa de Zadig, quien paseaba por sus jardines con dos amigos y una dama a quien recitaba algunos versos, sin otra intención que la de halagarla. Hablaban de una guerra que el rey acababa de concluir con éxito contra el príncipe de Hircania, su vasallo. Zadig, que había demostrado su valor en esta corta guerra, elogiaba al rey, pero más aún a la dama. Tomó su libreta de notas y escribió de improviso cuatro versos que le entregó a su hermosa huésped. Aunque sus amigos le pidieron que los leyera, por modestia —o tal vez por un ego muy prudente— se negó, pues sabía bien que los versos improvisados solo son buenos para quien están dirigidos. Entonces, rasgó la página en dos y arrojó los pedazos en una enramada de rosales, donde después fue imposible encontrarlos.

Comenzó a lloviznar y todos se retiraron al salón, excepto el envidioso, quien se quedó en el jardín registrando cada rincón hasta encontrar una mitad de la página. Esta estaba rasgada de tal manera que las mitades de cada verso formaban sentido, e incluso creaban un nuevo poema. Y lo más extraño era que, por un accidente aún más extraordinario, esos versos cortos parecían una feroz sátira contra el rey. Se podía leer:

Un monstruo detestable
Hoy rige la Caldea;
Su trono incontrastable
El poder mismo afea.

Por primera vez en su vida, el envidioso se sintió feliz al tener la oportunidad de destruir a un hombre bueno y apreciado. Ebrio de alegría, llevó el supuesto poema ante el rey, asegurando que era obra de Zadig. Como resultado, Zadig, junto con sus dos amigos y la dama, fue arrestado y encarcelado, sin que siquiera se dignaran a escucharlo.

El envidioso, satisfecho con su traición, se colocó en el camino por donde debía pasar Zadig rumbo al cadalso y, con una sonrisa cruel, le dijo que sus versos no eran muy buenos. Zadig no se preocupaba por su calidad poética, pero sí le dolía profundamente ser condenado por un crimen que no había cometido, y que además arrastrara a dos amigos y a una dama inocente a la cárcel.

No le permitieron defenderse, pues el "poema" era prueba suficiente y, además, en Babilonia era costumbre no escuchar al acusado. Así que fue conducido hacia la ejecución, atravesando inmensas filas de curiosos. Nadie se atrevía a compadecerlo, pero todos se agolpaban para observar su rostro y ver si moriría con valentía.

Solo sus parientes estaban verdaderamente afligidos, pero no tanto por él, sino porque no heredarían nada, ya que tres cuartas partes de su fortuna habían sido confiscadas en favor del tesoro real, y la parte restante se la quedaría el envidioso.

Mientras se disponía a morir, el loro del rey voló desde el balcón y fue a posarse en los rosales del jardín de Zadig. El viento había derribado un melocotón de un árbol cercano, que cayó sobre un fragmento de un cuaderno de notas escrito y quedó adherido a él. El loro agarró el melocotón con el papel adherido y lo llevó a las rodillas del rey. Curioso, este leyó unas palabras que no parecían tener sentido y que parecían finales de versos. Como era aficionado a la poesía y siempre se puede obtener algo de los príncipes que gustan de las coplas, la aventura del loro le hizo reflexionar. La reina, recordando lo que había en el fragmento del cuaderno de notas de Zadig, ordenó que lo trajeran y, al confrontar ambos trozos, se vio que coincidían. Los versos de Zadig, leídos como él los había escrito, eran los siguientes:

Un monstruo detestable es la sangrienta guerra;Hoy rige Caldea en paz el rey sin sustos:Su trono incontrastable amor tiene en la tierra;El poder mismo afea quien no goza sus gustos.

De inmediato, el rey ordenó que trajeran a Zadig a su presencia y liberaran de la cárcel a sus dos amigos y a la hermosa dama. Zadig se postró con el rostro en el suelo ante el rey y la reina, pidiéndoles humildemente perdón por los malos versos que había compuesto. Habló con tal gracia, prudencia y agudeza que los monarcas quisieron volver a verlo. Al regresar, les agradó aún más. Le otorgaron los bienes del envidioso que lo había acusado injustamente, pero Zadig los devolvió todos. El único sentimiento en el corazón de su acusador fue el alivio de no haber perdido lo que tenía. Día a día, aumentaba la estima del rey por Zadig: lo invitaba a todas sus recreaciones y lo consultaba en todos los asuntos. Desde entonces, la reina comenzó a mirarlo con una complacencia que podía acarrear graves peligros para ella, su augusto esposo, Zadig y todo el reino. Zadig empezó a creer que no era tan difícil ser feliz.

V. El generoso

Llegó la época de una solemne festividad que se celebraba cada cinco años, en la que se declaraba con solemnidad qué ciudadano había realizado la acción más generosa. Los jueces eran los grandes y los magos. El primer sátrapa encargado del gobierno de la ciudad exponía las acciones más ilustres realizadas durante su mandato; los jueces votaban y el rey pronunciaba la decisión. Desde los confines del mundo acudían espectadores a esta ceremonia. El vencedor recibía de manos del monarca una copa de oro adornada con piedras preciosas, mientras el rey pronunciaba estas palabras: "Recibid este premio a la generosidad, y ojalá los dioses me concedan muchos vasallos como vos."

Llegado el día memorable, el rey se dejó ver en su trono, rodeado de grandes, magos y representantes de todas las naciones, que acudían a unos juegos donde no se competía con la rapidez de los caballos ni con la fuerza del cuerpo, sino con la virtud. El sátrapa recitó en voz alta las acciones por las cuales sus autores podían merecer el inestimable premio, pero no mencionó siquiera la magnanimidad con la que Zadig había restituido todo su patrimonio al envidioso, pues no se consideraba una acción digna de disputar el galardón.

Primero se presentó a un juez que, debido a un error del que no era responsable, había fallado un pleito importante en contra de un ciudadano. Para remediarlo, le entregó toda su fortuna, equivalente a la pérdida sufrida por el litigante.

Luego se presentó a un joven que, enamorado de una doncella con quien iba a casarse, se la cedió a su amigo, quien estaba al borde de la muerte por amor a ella, y además le proporcionó una dote.

Después, se hizo comparecer a un soldado que, en la guerra de Hircania, había dado un ejemplo aún mayor de generosidad. Unos soldados enemigos estaban llevándose a su amada, y mientras la defendía, le informaron que otros hircanos se estaban llevando a su madre. Abandonó a su querida, llorando, para salvar a su madre. Cuando regresó a proteger a su amada, la encontró agonizando y quiso quitarse la vida. Sin embargo, su madre le suplicó que no lo hiciera, pues solo contaba con él. Encontró el valor para seguir viviendo.

Los jueces inclinaban su voto a favor de este soldado, pero el rey, tomando la palabra, dijo: "Su acción es noble, como las de los demás, pero no me asombra. Ayer Zadig realizó una que sí me dejó pasmado. Hace pocos días cayó en desgracia ante mí Coreb, mi ministro y favorito. Me quejaba de él con vehemencia, y todos los cortesanos afirmaban que yo era demasiado indulgente. Todos hablaban mal de Coreb. Consulté a Zadig y se atrevió a elogiarlo. En nuestras historias he leído ejemplos de quienes han pagado un error con su fortuna, cedido a su amada o antepuesto a su madre sobre el objeto de su amor. Pero nunca he leído que un cortesano haya hablado bien de un ministro caído en desgracia con su soberano. A cada uno de aquellos cuyas acciones se han mencionado le otorgo veinte mil monedas de oro; pero la copa se la doy a Zadig.”

“Señor”, replicó Zadig, “vuestra majestad es el único que la merece, pues ha realizado la acción más inaudita, ya que, siendo rey, no se ha indignado contra un súbdito que contradijo su pasión.” Todos celebraron, admirados, al rey y a Zadig. El juez que había entregado su fortuna, el amante que había cedido a su amada y el soldado que antepuso a su madre recibieron las dádivas del monarca; Zadig obtuvo la copa. El rey se ganó la reputación de buen príncipe, aunque no la conservó por mucho tiempo. El día fue consagrado con festividades que duraron más de lo establecido por la ley, y aún se recuerda en Asia. Zadig decía: “¡Al fin soy feliz!”. Pero se equivocaba.

VI. El ministro

Tras la muerte de su primer ministro, el rey eligió a Zadig para ocupar el cargo. Todas las damas de Babilonia celebraron la elección, pues nunca había habido un ministro tan joven desde la fundación del imperio. Los cortesanos la lamentaron; al envidioso le sobrevino un vómito de sangre y se le hincharon las narices de manera extraordinaria. Zadig agradeció al rey y a la reina, y luego al loro. “Precioso pájaro”, le dijo, “tú has sido quien me ha salvado la vida y me ha hecho primer ministro. La perra y el caballo de sus majestades me hicieron mucho daño, pero tú me has hecho mucho bien. ¡En qué cosas se basa la suerte de los humanos! Pero quizás mi dicha desaparezca en cualquier momento.” El loro respondió: “Antes”. Zadig quedó desconcertado con esta palabra, pero, como buen racionalista, no creía que los loros fueran profetas. Se tranquilizó y comenzó a desempeñar su cargo de la mejor manera posible.

Hizo que las leyes protegieran a todos por igual y que nadie sufriera por su propia dignidad. No limitó la libertad de expresión en el diván, y cada visir podía expresar su opinión sin temor. Cuando juzgaba un asunto, la ley decidía, no él; pero si la ley era demasiado severa, la suavizaba; y cuando faltaba, su equidad suplía lo que debía haber dictado la justicia. Fue quien estableció el principio de que es mejor absolver a un culpable que condenar a un inocente. Creía que las leyes debían ayudar a los ciudadanos, no solo castigarlos.

Su mayor habilidad consistía en desentrañar la verdad que todos procuraban ocultar. Se valió de esta destreza desde los primeros días de su administración. Había fallecido en las Indias un comerciante muy renombrado de Babilonia, quien, tras dotar a su hija, dejó su fortuna dividida en partes iguales entre sus dos hijos. Sin embargo, agregó un legado de treinta mil monedas de oro para aquel que demostrara haberlo amado más.

El hijo mayor le construyó un sepulcro, mientras que el menor cedió parte de su herencia a su hermana para incrementar su dote. La gente murmuraba: "El mayor amaba más a su padre, el menor ama más a su hermana; las treinta mil monedas deben ser para el mayor". Zadig llamó a ambos y le dijo al mayor: "Vuestro padre no ha muerto, ha sanado de su última enfermedad y regresa a Babilonia". "¡Alabado sea Dios!", respondió el joven, "pero su sepulcro me costó bastante caro". Luego, Zadig comunicó lo mismo al menor. "¡Alabado sea Dios!", exclamó él. "Voy a devolverle a mi padre todo cuanto poseo, pero desearía que permitiera a mi hermana conservar lo que le he dado". "No devolverás nada", sentenció Zadig, "y recibirás las treinta mil monedas, pues tú eres quien más amaba a su padre".

Una doncella muy rica había prometido matrimonio a dos magos y, tras recibir sus enseñanzas durante algunos meses, quedó embarazada. Ambos reclamaban ser su esposo. Ella declaró que se casaría con aquel que realmente hubiera hecho posible que el imperio tuviera un nuevo ciudadano. Uno decía: "He sido yo quien logró esta buena obra"; el otro replicaba: "No, he sido yo quien ha tenido tanta fortuna". "Está bien", dijo la joven, "reconozco como padre al que pueda ofrecer la mejor educación". Cuando nació el niño, ambos quisieron criarlo. Zadig llamó a los dos y preguntó al primero: "¿Qué le enseñarás?". "Le instruiré en las ocho partes de la oración, la dialéctica, la astrología, la demonología, la diferencia entre sustancia y accidente, lo abstracto y lo concreto, las mónadas y la armonía preestablecida", respondió el mago. "Yo", replicó el segundo, "me esforzaré en hacer de él un hombre justo y digno de tener amigos". Zadig dictaminó: "Seas o no su padre, tú te casarás con su madre".

A la corte llegaban continuas quejas sobre el Itimadulet de Media, llamado Irak, un gran potentado que, aunque no malvado, se había dejado corromper por la vanidad y el placer. Apenas permitía que se le hablara y nunca toleraba contradicciones. Ni los pavos reales eran tan vanidosos, ni las palomas más caprichosas, ni las tortugas más perezosas. Solo vivía para la ostentación y los placeres vacíos.

Zadig intentó corregirlo y, en nombre del rey, le envió un maestro de música con doce cantantes y veinticuatro violinistas, además de un mayordomo con seis cocineros y cuatro cortesanos que no lo dejaban solo en ningún momento. La orden real exigía que se cumpliera estrictamente el siguiente ceremonial.

El primer día, al despertar el hedonista Irak, el maestro de música, acompañado por los cantantes y violinistas, interpretó una cantata de dos horas, cuyo estribillo, repetido cada tres minutos, decía:

¡Cuánto mérito! ¡Qué gracia, qué nobleza!

¡Qué ufano y qué contento debe estar de sí mismo su excelencia!

Al concluir la cantata, un cortesano pronunció un discurso de tres cuartos de hora, alabándolo como el modelo perfecto de todas las virtudes que no poseía. Luego, lo condujeron a la mesa entre sonidos de instrumentos. La comida duró tres horas y, cada vez que intentaba hablar, un cortesano exclamaba: "Su Excelencia tiene razón". Apenas pronunciaba cuatro palabras, otro añadía: "Su Excelencia tiene razón". Los otros dos se reían en señal de aprobación de los comentarios que había hecho o, al menos, debía haber hecho. Al terminar los postres, se repitió la cantata.

El primer día le pareció encantador y creyó que el rey de reyes lo honraba justamente. El segundo le resultó menos placentero; el tercero, molesto; el cuarto, insoportable; el quinto fue un tormento. Finalmente, harto de escuchar la misma cantata, de que siempre le dieran la razón y de la repetición constante del discurso, escribió a la corte rogando al rey que retirara a sus cortesanos, músicos y mayordomo, prometiendo ser más aplicado y menos vanidoso. Desde entonces, evitó a los aduladores, redujo las fiestas y fue más feliz, porque, como dice el Sader, "placeres sin fin no son placeres".

VII.– Disputas y audiencias

Así demostraba Zadig su agudo ingenio y su bondad. Todos lo admiraban y lo querían. Era considerado el hombre más afortunado del reino; su nombre estaba en boca de todos; las mujeres le lanzaban miradas furtivas; los ciudadanos elogiaban su sentido de la justicia; los sabios lo veían como un oráculo, y hasta los magos reconocían que sabía más que el viejo archimago Siara, quien, en lugar de discutir sobre criaturas fantásticas, solo creía en lo que le parecía razonable.

Desde hacía mil quinientos años, una gran disputa dividía Babilonia en dos sectas irreconciliables: una sostenía que se debía entrar al templo de Mitra con el pie izquierdo por delante, mientras que la otra consideraba abominable tal costumbre y siempre avanzaba con el pie derecho. Todo el mundo esperaba con ansiedad el día de la gran festividad del fuego sagrado para saber cuál sería la postura de Zadig. Todos observaban con atención sus pies; la ciudad entera estaba en vilo. Zadig entró saltando con ambos pies y, en un elocuente discurso, explicó que el Dios del cielo y la tierra no favorece a nadie y le da la misma importancia al pie izquierdo que al derecho.

El envidioso y su esposa criticaron su discurso, afirmando que carecía de figuras retóricas, que no había montañas danzantes, estrellas cayendo ni un sol derretido como cera virgen. Decían que no era un estilo oriental adecuado. Pero Zadig solo aspiraba a hablar con razonamiento. La mayoría lo apoyó, no porque buscara la verdad ni porque fuera sabio y encantador, sino porque era el primer visir.

También resolvió con éxito otro pleito entre los magos blancos y los negros. Los blancos consideraban sacrílego orar en invierno mirando al oriente, mientras que los negros aseguraban que Dios rechazaba a quienes rezaban en verano orientados hacia el poniente. Zadig decretó que cada uno se dirigiera en la dirección que quisiera.

Por la mañana resolvía los asuntos de la corte y por la tarde embellecía Babilonia. Restableció el teatro, promoviendo tragedias para conmover y comedias para divertir, algo que había caído en desuso. No pretendía saber más que los artistas, a quienes premiaba sin envidiar sus talentos. Por las noches entretenía al rey y, aún más, a la reina. El monarca exclamaba: "¡Qué gran ministro!"; la reina susurraba: "¡Qué encantador ministro!". Y ambos añadían: "Sería una lástima que lo hubieran ahorcado".

Nunca otro en tan alto cargo se vio precisado a dar tantas audiencias a las damas: la mayoría venía a hablarle de algún negocio que no les importaba, solo para probarse a sí mismas que podían influir en él. Una de las primeras que se presentó fue la mujer del envidioso, jurándole por Mitras, por Zenda, por Vesta y por el fuego sagrado, que siempre había mirado con detestación la conducta de su marido. Luego le confió que dicho esposo era celoso y malcriado, y le dio a entender que los dioses lo castigaban privándolo de los preciosos efectos de aquel sacro fuego, el único que hace a los hombres semejantes a los inmortales. Por fin dejó caer una liga. Zadig la recogió con su acostumbrada cortesía, pero no se la ató a la dama en la pierna, y este leve error, si es que puede llamarse así, fue el origen de las desventuras más horrendas. Zadig no pensó en ello, pero la mujer del envidioso pensó mucho más de lo que se puede decir.

Cada día se le presentaban nuevas damas. Aseguran los anales secretos de Babilonia que cayó una vez en la tentación, pero quedó pasmado de gozar sin deleite y de tener a su dama en sus brazos estando distraído. Era aquella a quien, sin pensar, dio pruebas de su protección, una camarista de la reina Astarté. Para consolarse, decía para sí esta enamorada babilonia: "Menester es que este hombre tenga la cabeza atestada de negocios, pues aun en el momento de gozar de su amor piensa en ellos". Se le escapó a Zadig, en aquellos instantes en que la mayoría no dice palabra o solo pronuncia palabras sagradas, clamar de repente: "¡La reina!". Y creyó la babilonia que, vuelto en sí en un instante delicioso, le había dicho: "¡Reina mía!". Mas Zadig, distraído siempre, pronunció el nombre de Astarté; y la dama, que en tan feliz situación todo lo interpretaba a su favor, se figuró que quería decir que era más hermosa que la reina Astarté. Salió del serrallo de Zadig habiendo recibido espléndidos regalos y fue a contar esta aventura a la envidiosa, que era su íntima amiga, la cual quedó penetrada de dolor por la preferencia. "Ni siquiera se ha dignado", decía, "atarme esta desdichada liga, que no quiero que me vuelva a servir". "¡Ja, ja!", dijo la afortunada a la envidiosa, "las mismas ligas lleváis que la reina: ¿las compráis en la misma tienda?". Sumida en sus pensamientos, la envidiosa no respondió y se fue a consultar con el envidioso, su marido.

Entretanto, Zadig notaba que estaba distraído cuando daba audiencia y cuando juzgaba, y no sabía a qué atribuirlo: esta era su única pesadumbre. Soñó una noche que estaba acostado primero sobre unas hierbas secas, entre las cuales había algunas punzantes que lo incomodaban; luego reposaba blandamente sobre un lecho de rosas, del cual salía una serpiente que, con su venenosa y acerada lengua, le hería el corazón. "¡Ay!", decía, "mucho tiempo he estado acostado sobre las secas y punzantes hierbas; ahora lo estoy en el lecho de rosas: ¿mas cuál será la serpiente?".

VIII.– Los celos

De su propia dicha vino la desgracia de Zadig, pero más aún de su mérito. Todos los días conversaba con el rey y con su augusta esposa Astarté, y aumentaba el embeleso de su conversación aquel deseo de agradar que, con respecto al entendimiento, es como el adorno a la hermosura. Poco a poco, su juventud y sus gracias hicieron una impresión en Astarté que, al principio, ni ella misma notó. Crecía esta pasión en el regazo de la inocencia, abandonándose Astarté sin escrúpulo ni recelo al gusto de ver y de oír a un hombre amado por su esposo y por todo el reino. No cesaba de alabarlo ante el rey, hablaba de él con sus damas, quienes ponderaban aún más sus virtudes, y todo ello ahondaba en su pecho la flecha que no sentía. Hacía regalos a Zadig, en los que intervenía más el amor de lo que ella misma pensaba; y muchas veces, cuando se figuraba que le hablaba como reina, satisfecha, se expresaba como mujer enamorada.

Astarté era mucho más hermosa que Semira, aquella que tanta aversión tenía a los tuertos, y que la otra que había querido cortarle la nariz a su esposo. Con la llaneza de Astarté, con sus tiernas palabras que empezaban a sonrojarla, con sus miradas que intentaba apartar de él, pero que en las suyas se clavaban, se encendió en el pecho de Zadig un fuego que a él mismo lo pasmaba. Luchó contra él, llamó en su auxilio a la filosofía que siempre lo había socorrido; pero esta vez ni iluminó su entendimiento ni alivió su ánimo. Se presentaban ante él, como dioses vengadores, la obligación, la gratitud y la majestad suprema violadas: combatía y vencía; pero una victoria disputada a cada instante le costaba lágrimas y suspiros. Ya no se atrevía a conversar con la reina con aquella serena libertad que tanto a ambos había embelesado; sus ojos se cubrían de una nube, sus palabras eran confusas y mal hiladas, bajaba la mirada y, cuando involuntariamente la posaba en Astarté, encontraba los suyos bañados en lágrimas, de donde salían inflamados destellos. Parecía que se decían uno a otro: "Nos adoramos y tememos amarnos; ambos ardemos en un fuego que condenamos". De la conversación de la reina, salía Zadig fuera de sí, desatentado y abrumado con una carga que no podía soportar. En medio de la violencia de su agitación, dejó que su amigo Cador columbrara su secreto, como quien, habiendo aguantado largo tiempo el tormento de un dolor vehemente, lo descubre al fin con un grito lastimero y con el sudor frío corriendo por su semblante.

Le dijo Cador: "Ya había distinguido los afectos que te esforzabas en ocultar; las pasiones tienen señales infalibles. Si yo he leído en tuo corazón, contempla, amado Zadig, si el rey no descubrirá un amor que lo agravia; él, que no tiene otro defecto más que ser el más celoso de los mortales. Tú resistes a tu pasión con más vigor que Astarté la suya, porque eres filósofo y sois Zadig. Astarté es mujer, y eso hace que sus ojos se expresen con imprudencia, sin pensar que es culpable. Satisfecha, por desgracia, con su inocencia, no se preocupa por las apariencias necesarias. Mientras no sienta remordimientos, temo por su suerte. Si ambos estuviesen de acuerdo, frustrarían los ojos más perspicaces: una pasión en su cuna y contrariada, se delata; el amor satisfecho sabe ocultarse".

Zadig se estremeció con la propuesta de engañar al monarca, su bienhechor, y nunca fue más fiel a su príncipe que cuando se sintió culpable de un delito involuntario…

Mientras la reina repetía con tanta frecuencia el nombre de Zadig, sus mejillas se sonrojaban al pronunciarlo. Cuando hablaba de él delante del rey, unas veces parecía animada y otras, confundida; quedaba pensativa cuando Zadig se marchaba. El rey, turbado, creyó todo lo que veía y se imaginó lo que no veía. Observó, sobre todo, que las babuchas de su esposa eran azules, al igual que las de Zadig; que los lazos de su mujer eran amarillos, y amarillo era el turbante de Zadig. Eran indicios terribles para un monarca susceptible. Pronto, sus sospechas, en su ánimo exasperado, se convirtieron en certezas.

Los sirvientes de los reyes y las reinas son espías de sus más ocultos sentimientos y pronto descubrieron que Astarté estaba enamorada y Moabdar, celoso. El envidioso convenció a la envidiosa de que enviara al rey una liga similar a la de la reina; y para mayor desgracia, era azul. El monarca solo pensó en su venganza. Una noche, decidió envenenar a la reina y enviar una soga a Zadig al amanecer, ordenándolo a un despiadado eunuco, ejecutor de sus venganzas. En la estancia del rey se encontraba un enano mudo, aunque no sordo, que era tratado como un animal doméstico y testigo de los secretos más recónditos. Aquel mudo era muy leal a la reina y a Zadig, y escuchó, con asombro y horror, la orden de asesinarlos a ambos. ¿Cómo evitar la ejecución de tan espantosa orden, que debía cumplirse en pocas horas? No sabía escribir, pero sí dibujar, y especialmente retratar con fidelidad lo que veía.

Pasó parte de la noche ilustrando lo que quería comunicar a la reina. En un rincón del dibujo, representó al rey furioso dando órdenes al eunuco; en otro, una cuerda azul y un vaso sobre una mesa, junto con ligas azules y cintas amarillas; y en el centro del cuadro, a la reina moribunda en brazos de sus damas, con Zadig ahorcado a sus pies. En el horizonte, pintó el amanecer, indicando que la tragedia debía ocurrir al alba. Una vez terminado el dibujo, corrió al aposento de una dama de Astarté, la despertó y, por señas, le indicó que debía entregarlo de inmediato a la reina.

Así, en plena medianoche, llamaron a la puerta de Zadig, lo despertaron y le entregaron una nota de la reina. Dudando si estaba soñando, rompió el sello con manos temblorosas. ¡Qué asombro y consternación lo invadieron al leer las siguientes palabras!: "Huye sin demora, o te quitarán la vida. Huye, Zadig, te lo ordeno en nombre de nuestro amor y de mis cintas amarillas. No soy culpable, pero veo que moriré como si lo fuera."

Zadig apenas tuvo fuerzas para hablar. Llamó a Cador y, sin decir palabra, le entregó la nota. Cador lo obligó a obedecer y a tomar sin demora el camino hacia Menfis. "Si intentas ver a la reina, acelerarás su muerte; si hablas con el rey, también estarás perdido. Yo me encargaré de su suerte, tú sigue la tuya. Difundiré la noticia de que has partido hacia la India, luego te buscaré y te contaré lo sucedido en Babilonia."

Sin perder un minuto, Cador dispuso que dos dromedarios de gran resistencia fueran llevados a una salida discreta del palacio. Zadig, casi sin poder sostenerse, montó en uno, acompañado por su único sirviente en el otro. En poco tiempo, Cador, sumido en el dolor y la sorpresa, perdió de vista a su amigo.

El ilustre fugitivo llegó a la cima de una colina desde donde podía ver Babilonia. Al fijar la mirada en el palacio de la reina, cayó desmayado. Al recobrar el sentido, derramó abundantes lágrimas e invocó la muerte. Luego de lamentar la suerte de la más encantadora de las mujeres y la más noble reina del mundo, pensó en su propia desdicha. "¡Oh, Dios mío! ¿Qué es la vida humana? ¡Virtud, para qué me has servido! Dos mujeres me han engañado vilmente, y la tercera, que no es culpable y es más hermosa que las demás, va a morir. Todo el bien que he hecho ha sido la fuente de mis desgracias. Si hubiera sido malvado, como tantos otros, ahora sería dichoso."

Afligido por estas reflexiones, con los ojos nublados por el dolor, el rostro pálido como la muerte y el alma sumida en la desesperación, siguió su camino hacia Egipto.

IX.– La mujer golpeada

Zadig avanzaba guiado por las estrellas. Contemplaba con asombro los vastos cuerpos celestes, que desde la Tierra parecen diminutas chispas, mientras que nuestro mundo, un punto insignificante en la inmensidad del universo, es considerado por los humanos como grande y noble. Reflexionó sobre la humanidad, viéndola como realmente es: insectos que se devoran entre sí en un insignificante átomo de fango. Esta imagen lo consolaba, haciéndole ver la insignificancia de su dolor y de Babilonia misma. Se elevó en pensamientos hasta lo infinito, contemplando el orden inmutable del universo. Pero cuando su mente volvía a Astarté, posiblemente muerta por su causa, todo el universo desaparecía y solo veía a la reina agonizante y a sí mismo, el infortunado Zadig. Entre la filosofía sublime y la amarga desesperación, avanzaba hacia las fronteras de Egipto.

Su fiel criado había llegado al primer pueblo en busca de alojamiento, mientras Zadig paseaba por los jardines cercanos. No lejos del camino real, vio a una mujer llorando y suplicando ayuda, perseguida por un hombre furioso. El hombre la alcanzó, ella se arrodilló ante él, pero él la golpeó con violencia e insultos. Zadig dedujo que era un esposo celoso castigando a una mujer infiel. Sin embargo, al ver que era extraordinariamente bella y se asemejaba a Astarté, sintió compasión por ella y horror por su agresor.

"¡Ayúdame!", exclamó la mujer entre sollozos. "¡Sálvame del más cruel de los hombres; líbrame la vida!"

Zadig se interpuso entre ellos y, en un rudimentario egipcio, le dijo al hombre: "Si tienes humanidad, respeta la debilidad y la belleza. ¿Cómo puedes maltratar a un ser tan perfecto, indefenso ante ti?"

El hombre, colérico, respondió: "¿Así que tú también la deseas? ¡Me vengaré en ti!" Soltó el cabello de la mujer, tomó una lanza y la arrojó contra Zadig. Este, sereno, desvió el ataque sujetando la lanza cerca del hierro. Lucharon hasta que la lanza se rompió. El egipcio sacó su espada y Zadig hizo lo mismo. El primero atacaba con furia ciega, el segundo con destreza. Zadig lo desarmó y, al ver que el hombre intentaba apuñalarlo con un puñal, le atravesó el corazón con su espada. El egipcio cayó muerto.

Zadig se volvió a la mujer y, con voz amable, le dijo: "Tu agresor ha muerto; eres libre. ¿Qué deseas que haga?"

"¡Que mueras, infame!", gritó ella. "¡Has matado a mi amante! ¡Ojalá pudiera destrozarte el corazón!"

Zadig, sorprendido, replicó: "Tu amante te golpeaba y me quiso matar por ayudarte. ¿Y ahora lo lloras?"

"¡Ojalá siguiera golpeándome! ¡Lo tenía merecido por darle celos!", sollozó la mujer.

Zadig, indignado, montó su camello y partió. Pocos pasos después, vio cuatro emisarios de Babilonia que apresaban a la mujer. Ella, desesperada, clamó ayuda. "¡Perdóname, te he ofendido! ¡Sálvame y seré tuya hasta la muerte!"

Pero Zadig, herido y perdiendo sangre, la dejó a su destino y siguió su camino, más asombrado aún por la naturaleza humana.

X.– La esclavitud

Al entrar en la aldea egipcia, Zadig se vio rodeado por gente que gritaba: "¡Este es el ladrón de la hermosa Misuf y el asesino de Cletofis!". "Señores," respondió él, "Dios me libre de haber robado en mi vida a vuestra hermosa Misuf, que es demasiado caprichosa, y tampoco he asesinado a Cletofis. Solo me defendí de él porque intentaba matarme por haberle suplicado que perdonara a la hermosa Misuf, a quien golpeaba sin piedad. Soy un extranjero que busca refugio en Egipto y no es lógico que alguien que viene a pedir amparo comience robando a una mujer y asesinando a un hombre."

En aquel tiempo, los egipcios eran justos y humanos. Llevaron a Zadig ante el consejo de la aldea, donde primero le curaron la herida y luego tomaron declaraciones por separado, tanto a él como a su criado, para averiguar la verdad. Se demostró que no era un asesino, pero como había derramado la sangre de un hombre, la ley lo condenaba a la esclavitud. Se vendieron sus dos camellos en beneficio del pueblo, y el oro que llevaba fue repartido entre los vecinos. Tanto él como su compañero de viaje fueron puestos en subasta en la plaza del mercado, y ambos fueron adquiridos por un comerciante árabe llamado Setoc. Como el criado era más apto para el trabajo que el amo, fue vendido a un precio mucho más alto. Así, Zadig se convirtió en esclavo, subordinado a su propio criado. Atados juntos con un grillete, fueron llevados a la casa del mercader árabe. En el camino, Zadig consolaba a su criado, exhortándolo a la paciencia y reflexionando, como acostumbraba, sobre las vicisitudes humanas. "Veo que la fatalidad de mi destino se ha extendido al tuyo. Hasta ahora, todas mis situaciones han tomado giros extraños: me impusieron una multa por ver pasar una perra; casi me empalan por un grifo; fui condenado a muerte por componer unos versos en alabanza al rey; huí de la horca porque la reina usaba cintas amarillas; y ahora soy esclavo porque un patán golpeó a su dama. No perdamos el ánimo, quizás todo esto tenga un fin. Los comerciantes árabes necesitan esclavos, ¿y por qué no habría de serlo yo como cualquier otro? Siendo hombre como los demás, no es ilógico que me haya tocado este destino. Nuestro amo no debe ser inhumano, pues si quiere beneficiarse del trabajo de sus esclavos, deberá tratarlo bien."

Así hablaba, aunque en su corazón solo pensaba en la suerte de la reina de Babilonia.

Dos días después, el mercader Setoc partió con sus esclavos y sus camellos hacia el desierto de Arabia. Su tribu residía en el desierto de Oreb, y el camino era arduo y largo. Durante la travesía, Setoc mostró mayor aprecio por el criado que por el amo, tratándolo mejor porque sabía cargar los camellos con más habilidad.

A dos jornadas de Oreb, un camello murió y su carga fue repartida entre los esclavos, tocándole una parte a Zadig. Setoc se rió al verlos encorvados bajo el peso. Entonces, Zadig aprovechó la ocasión para explicarle las leyes del equilibrio. Asombrado, el mercader comenzó a tratarlo con más consideración. Al ver que Zadig despertaba su curiosidad, este le enseñó conocimientos útiles para el comercio: la gravedad específica de los metales, las propiedades de ciertos animales y formas de aprovechar aquellos que parecían inútiles. Setoc terminó considerándolo un sabio y, a partir de entonces, lo apreció más que a su compañero, tratándolo mejor, lo que finalmente resultó beneficioso para él.

Cuando llegaron a la tribu, Setoc reclamó a un hebreo quinientas onzas de plata que le había prestado en presencia de dos testigos. Pero ambos testigos habían muerto, y el hebreo, que no podía ser desmentido, se guardó el dinero, dando gracias a Dios por haberle permitido engañar a un árabe. Setoc consultó a Zadig, a quien ya consideraba su consejero.

"¿Qué clase de hombre es tu deudor?", preguntó Zadig.

"Un bribón", respondió Setoc.

"No me refiero a su moral, sino a su carácter. ¿Es impetuoso o tranquilo, imprudente o astuto?"

"De todos los malos pagadores que conozco, es el más astuto", contestó Setoc.

"Bien", dijo Zadig. "Permitidme que presente vuestra demanda ante el juez."

Zadig llevó el caso ante el tribunal y habló así al juez: "Oh, sabio árbitro de la equidad, vengo a reclamar, en nombre de mi amo, quinientas onzas de plata que este hombre le debe y que no quiere pagar."

"¿Tienes testigos?", preguntó el juez.

"No, porque han muerto. Pero queda una gran piedra sobre la cual se contó el dinero. Si vuestra eminencia lo ordena, se puede traer la piedra, y espero que ella dará testimonio de la verdad. Mientras tanto, el hebreo y yo permaneceremos aquí hasta que la piedra sea traída a costa de mi amo Setoc."

"Me parece bien", respondió el juez, y continuó con otros asuntos.

Al final de la audiencia, el juez preguntó: "¿Aún no ha llegado la piedra?"

El hebreo rió y dijo: "¡Aquí estaríamos hasta mañana esperando esa piedra! Está a más de seis millas de aquí, y se necesitan quince hombres para moverla."

"¡Ah!", exclamó Zadig. "¿No lo decía yo? La piedra ha testificado, pues este hombre acaba de admitir que el dinero fue contado sobre ella."

El hebreo, desconcertado, se vio obligado a confesar la verdad. El juez ordenó que fuera atado a la piedra sin comer ni beber hasta que devolviera las quinientas onzas de plata, lo que hizo de inmediato. Zadig y la piedra ganaron gran reputación en toda Arabia.

XI.– La hoguera.

Encantado con su esclavo, Setoc lo convirtió en su confidente y no podía vivir sin él, como le había sucedido al rey de Babilonia. La suerte de Zadig fue que Setoc no estaba casado. El mercader descubrió en su esclavo una excelente disposición, rectitud y una razón clara, pero le extrañaba que adorara el ejército celestial, es decir, el sol, la luna y las estrellas, como era costumbre en Arabia. A veces, con cautela, le hablaba de esta creencia.

Un día, Zadig le dijo: "Son cuerpos como cualquier otro y no más dignos de veneración que un árbol o una roca."

"Pero son eternos", replicó Setoc. "Nos benefician, animan la naturaleza y regulan las estaciones. Además, están tan lejos de nosotros que es inevitable reverenciarlos."

"Las aguas del Mar Rojo transportan vuestras mercancías a la India", respondió Zadig. "¿Por qué no adorar el mar, que es tan antiguo como las estrellas? Si debéis venerar lo lejano, ¿por qué no la tierra de los gangáridas, que está en el extremo del mundo?"

Esa noche, Zadig encendió varias antorchas en la tienda y, al ver a Setoc, se arrodilló ante las luces y exclamó: "Oh, brillantes y eternas luminarias, sedme propicias." Luego, se sentó sin mirar a Setoc.

"¿Qué haces?", preguntó su amo, sorprendido.

"Hago lo mismo que vos", respondió Zadig. "Adoro estas luces sin hacer caso de su dueño."

Setoc comprendió la profundidad de la lección y, desde entonces, dejó de venerar a las criaturas para adorar al Ser eterno que las creó.

Reinaba entonces en Arabia un horroroso rito, cuyo origen venía de Escitia y, establecido luego en la India por influencia de los brahmanes, amenazaba todo Oriente. Cuando moría un hombre casado, y su esposa quería ser considerada santa, se quemaba públicamente sobre el cadáver de su marido en una solemne ceremonia llamada "la hoguera de la viudez". La tribu más respetada era aquella en la que más mujeres se inmolaban.

Murió un árabe de la tribu de Setoc, y su viuda, llamada Almona, una mujer muy devota, anunció el día y la hora en que se arrojaría al fuego, al son de tambores y trompetas. Zadig le explicó a Setoc cuán opuesto era ese horrible rito al bienestar de la humanidad, pues cada día permitían que se quemaran viudas jóvenes que aún podían tener hijos o, al menos, criar a los que ya tenían. Setoc reconoció que era necesario hacer todo lo posible por abolir esa práctica tan inhumana. Sin embargo, añadió:

—Hace más de mil años que las mujeres tienen la costumbre de quemarse vivas. ¿Quién se atrevería a cambiar una tradición consagrada por el tiempo? ¿Acaso hay algo más respetable que un abuso antiguo?

—Más antigua es aún la razón —respondió Zadig—. Hablen ustedes con los líderes de las tribus mientras yo me entrevisto con la joven viuda.

Zadig se presentó ante ella y, tras ganarse su confianza elogiando su belleza y expresando cuán lamentable era que tantas perfecciones fueran pasto de las llamas, también exaltó su valentía y determinación.

—¿Amabas tanto a tu esposo? —le preguntó.

—¿Amarlo? En absoluto —respondió la joven árabe—. Era un hombre rudo, celoso e insoportable. Pero he tomado la firme decisión de arrojarme a la hoguera.

—Sin duda, debe de ser un placer exquisito esto de quemarse viva.

—¡Ay! La naturaleza se estremece —dijo la joven—, pero no hay otra opción. Soy devota, y perdería la reputación que he ganado. Todos se burlarían de mí si no me quemo.

Después de hacerle confesar que lo hacía por miedo al qué dirán y por simple vanidad, Zadig conversó con ella de tal manera que le inspiró cierto apego a la vida y cierta simpatía por quien la aconsejaba.

—¿Qué harías si no estuvieras dominada por la vanidad de quemarte?

—¡Ay! —respondió la viuda—. Creo que te ofrecería mi mano.

Lleno aún de la imagen de Astarté, Zadig no respondió a esa declaración, pero fue de inmediato a ver a los líderes de las tribus y les contó lo sucedido. Les aconsejó que promulgaran una ley según la cual ninguna viuda podría quemarse antes de haber conversado a solas con un joven durante al menos una hora. Desde entonces, ninguna mujer volvió a inmolarse en Arabia, y así se le debe a Zadig el mérito de haber abolido en un solo día una práctica cruel que había perdurado durante siglos. Por ello, merece ser llamado el benefactor de Arabia.

XII. La cena

Setoc, incapaz de separarse de aquel hombre en quien residía tanta sabiduría, lo llevó consigo a la gran feria de Basora, donde se reunían los principales comerciantes del mundo. Zadig se alegró mucho al ver en un mismo lugar a tantos hombres de distintas naciones y le pareció que el universo era como una gran familia congregada en Basora.

El segundo día, comió en la misma mesa con un egipcio, un indio gangárida, un habitante de Catay, un griego, un celta y una multitud de otros extranjeros que, gracias a sus frecuentes viajes por Arabia, habían aprendido suficiente árabe para hacerse entender.

El egipcio estaba indignado.

—¡Qué país tan abominable es Basora! Ni siquiera han querido darme mil onzas de oro por la joya más preciosa del mundo.

—¿Cómo es eso? —preguntó Setoc—. ¿De qué joya hablas?

—Del cuerpo de mi tía —respondió el egipcio—, la mujer más honorable de Egipto. Siempre me acompañaba, pero murió en el camino. La he convertido en una de las momias más hermosas que puedan verse, y en mi país obtendría por ella todo el dinero que quisiera. Pero aquí no quieren darme ni mil onzas de oro por una reliquia tan valiosa.

Aún enfurecido, estaba a punto de llevarse a la boca un trozo de pollo cuando el indio le tomó la mano y, con tono compungido, le dijo:

—¡Detente! ¿Qué vas a hacer?

—Voy a comer este pollo —respondió el egipcio.

—No lo hagas —dijo el gangárida—. Podría ser que el alma de tu difunta tía hubiera pasado al cuerpo de ese pollo, y no querrás arriesgarte a comértela. Cocinar pollos es un agravio contra la naturaleza.

—¿Qué me importan tu naturaleza y tus pollos? —replicó el egipcio, aún más indignado—. Nosotros adoramos un buey, y comemos carne de vaca.

—¡Adoran un buey! ¿Es posible? —exclamó el indio.

—¿Cómo no va a ser posible? —contestó el otro—. Hace ciento treinta y cinco mil años que lo hacemos, y a nadie le molesta.

—Bueno, en eso de los ciento treinta y cinco mil años hay algo de exageración —dijo el indio—, porque la India no tiene más de ochenta mil años de población, y nosotros somos los más antiguos. Además, Brahma nos prohibió comer bueyes mucho antes de que ustedes los pusieran en los altares y en las parrillas.

—¡Vaya comparación entre tu Brahma y nuestro Apis! —dijo el egipcio—. ¿Qué hazañas ha realizado ese Brahma?

—Nos enseñó a leer y escribir, y le debemos el ajedrez —respondió el brahmán.

—Estás equivocado —interrumpió un caldeo—. Fue el pez Oanes quien nos brindó tales beneficios. Todo el mundo sabe que era un ser divino con cola de oro y cabeza humana. Salía del mar tres horas al día para predicar en la Tierra. Tuvo muchos hijos, todos reyes, como es bien sabido.

El debate subió de tono y la mesa estuvo a punto de convertirse en un campo de batalla. Zadig, que había permanecido en silencio, se levantó y, dirigiéndose primero al celta, el más furioso de todos, le dijo:

—Tienes razón, y te agradecería que me regalaras una de esas bellotas que llevas en el bolsillo.

Luego alabó la elocuencia del griego y logró calmar los ánimos. A los demás les explicó:

—Amigos, estaban a punto de enfadarse sin motivo, pues todos opinan lo mismo.

—¡¿Cómo dices?! —exclamaron todos.

—Díganme, ¿no es cierto, amigo celta, que no adoras esta bellota, sino a quien creó el roble y sus frutos?

—Así es —respondió el celta.

—Y tú, egipcio, ¿no veneras en el buey a quien te ha dado los bueyes?

—Es verdad —respondió el egipcio.

—Y lo mismo ocurre con el pez Oanes, Brahma y todos los demás. Al final, todos ustedes reconocen un principio supremo.

Abrazaron a Zadig, y Setoc, después de vender sus mercancías a un precio excelente, regresó con él a su tribu. Al llegar, Zadig supo que en su ausencia le habían incoado un juicio y que lo iban a quemar vivo.

XIII.– Las citas

Mientras este viaje a Basora, concertaron los sacerdotes de las estrellas el castigo de Zadig. Les pertenecían por derecho divino las piedras preciosas y demás joyas de las viudas jóvenes que morían en la hoguera, y lo menos que podían hacer con Zadig era quemarlo por el escaso servicio que les había prestado. Lo acusaron, por tanto, de sostener opiniones erróneas acerca del ejército celestial y declararon bajo solemne juramento que le habían oído decir que las estrellas no se ponían en el mar. Los jueces se estremecieron ante semejante blasfemia; poco faltó para que rasgaran sus vestiduras al oír palabras tan impías, y lo habrían hecho sin duda si Zadig hubiera tenido con qué pagarlas. Sin embargo, moderaron su indignación y se limitaron a condenarlo a ser quemado vivo. Desesperado, Setoc hizo todo lo posible por librar a su amigo, pero pronto lo silenciaron. Almona, la viuda joven que había cobrado gran afición a la vida y se la debía a Zadig, decidió salvarlo de la hoguera, que él le había presentado como un acto abusivo; y, tras idear un plan en su mente, no lo compartió con nadie. Al día siguiente, Zadig sería ejecutado; solo le quedaba aquella noche para liberarlo, y la aprovechó con la astucia y caridad propias de una mujer inteligente.

Se perfumó, se atavió y realzó su belleza con el atuendo más elegante y suntuoso. Luego pidió audiencia secreta con el sumo sacerdote de las estrellas. Al encontrarse en presencia de este venerable anciano, le habló de la siguiente manera: "Hijo primogénito de la Osa Mayor, hermano del Toro, primo del Can Celeste" (pues tales eran los títulos de este pontífice), "vengo a confiaros mis escrúpulos. Temo haber cometido un pecado gravísimo al no quemarme en la hoguera con mi amado esposo. Y en efecto, ¿qué es lo que he conservado? Una carne perecedera y ya marchita". Al decir esto, sacó de unos largos guantes de seda unos brazos de maravillosa forma y de la blancura del más puro alabastro. "Ya veis," continuó, "cuán poco vale todo esto". Al pontífice le pareció que valía mucho: lo aseguraron sus ojos y lo confirmó su lengua, jurando mil veces que jamás en su vida había visto brazos tan hermosos. "¡Ay!" dijo la viuda. "Quizás los brazos no sean tan malos, pero confesad que mi pecho no merece ser mirado". Diciendo esto, desabrochó el más hermoso pecho que pudo formar la naturaleza; un capullo de rosa sobre una esfera de marfil parecía opaco en comparación, y la lana de los más blancos corderos recién lavados era amarilla a su lado. Ese pecho, junto con sus ojos negros rasgados que brillaban con dulce y apasionado fulgor, sus mejillas sonrosadas con la más cándida blancura, su nariz que no se asemejaba a la torre del Monte Líbano, sus labios que eran como dos hilos de coral enmarcando las perlas más bellas del mar de Arabia… todo este conjunto persuadió al anciano de que había rejuvenecido hasta sus veinte años. Balbuceante, declaró su amor; y, viéndolo inflamado, Almona le pidió el perdón de Zadig. "¡Ay!" respondió él. "Hermosa dama, con toda mi alma se lo concedería, pero de nada valdría mi indulgencia, pues es necesario que firmen otros tres de mis colegas". "Firmad vos primero", dijo Almona. "Con mucho gusto", respondió el sacerdote, "con la condición de que vuestros favores sean el premio de mi condescendencia". "Mucho me honráis", replicó Almona, "pero tened la amabilidad de venir a mi cuarto después de la puesta del sol, cuando la estrella de Scheat brille en el horizonte. Me hallaréis sobre un diván color de rosa, y haréis con vuestra sierva lo que sea de vuestro agrado". Salió sin demora con la firma, dejando al viejo no solo enamorado, sino también desconfiando de sus propias fuerzas. El resto del día lo pasó bañándose y bebiendo un licor compuesto de canela de Ceilán y especias preciosas de Tidor y Tornate, esperando ansioso la aparición de la estrella de Scheat.

Entretanto, la hermosa Almona visitó al segundo pontífice, quien le dijo que, en comparación con sus ojos, el sol, la luna y todas las estrellas del firmamento eran fuegos fatuos. Ella solicitó la misma gracia, y él le propuso la misma condición. Almona fingió ceder y lo citó para cuando naciera la estrella Algenib. Luego fue a ver al tercero y al cuarto sacerdote, consiguiendo de cada uno su firma y citándolos de estrella en estrella. Entonces avisó a los jueces para que acudieran a su casa por un asunto de la mayor gravedad. Cuando llegaron, les mostró las cuatro firmas y les reveló el precio al que los sacerdotes habían vendido el perdón de Zadig. Cada uno llegó a la hora señalada y quedó pasmado al encontrarse con sus colegas, aún más al ver a los jueces, testigos de su ignominia. Zadig fue liberado y Setoc, tan admirado por la astucia de Almona, la tomó por esposa.

XIV.– El baile.

Setoc debía viajar por negocios a la isla de Serendib; pero el primer mes de casado, que, como ya hemos dicho, es la luna de miel, no le permitió separarse de su esposa ni imaginar siquiera que podría hacerlo. Rogó entonces a su amigo Zadig que realizara el viaje en su lugar. "¡Ay!" decía Zadig. "¿Aún he de alejarme más de la hermosa Astarté? Pero debo servir a mis benefactores". Así habló, lloró y partió.

Poco después de llegar a la isla de Serendib, se convirtió en un hombre muy respetado. Los comerciantes lo eligieron como árbitro, los sabios como amigo, y el reducido número de aquellos que buscan consejo lo tomaron como consejero. El rey deseó conocerlo y escucharlo, y pronto comprendió el gran valor de Zadig; confió en su discreción y lo hizo su amigo. Zadig temblaba ante la familiaridad y la estima con que lo trataba el rey, recordando día y noche las desgracias que le había acarreado la amistad de Moabdar. "El rey me aprecia", pensaba. "¿Seré un hombre perdido?" Sin embargo, no podía rechazar los favores de su majestad, pues Nabuzan, rey de Serendib, hijo de Nuzanah, hijo de Nabuzan, hijo de Sambusna, era uno de los príncipes más generosos de Asia, y resultaba difícil no rendirse a su encanto.

A este buen príncipe lo elogiaban sin cesar, lo engañaban y lo robaban. Todos metían la mano en el tesoro real. Su principal ministro de Hacienda daba el ejemplo, y todos los subalternos lo imitaban con fervor. El rey, que lo sabía, había cambiado varias veces de ministro, pero nunca había podido modificar la costumbre de dividir las rentas reales en dos partes desiguales: la menor para su majestad y la mayor para sus administradores.

Confiado, el rey Nabuzan preguntó a Zadig si conocía algún modo de encontrar un tesorero honrado. "Sí, por cierto", respondió Zadig. "Un método infalible para hallar a uno con las manos limpias". Sorprendido, el rey aceptó su propuesta. Zadig organizó un peculiar baile que revelaría, sin lugar a dudas, quién era el más honesto…

Se están burlando, dijo el rey: "¡Curioso modo, por cierto, de elegir un ministro de Hacienda! ¿Así que el que sea más ágil para dar volteretas en el aire debe ser el más íntegro y hábil administrador?"

"No digo que tenga que ser el más hábil", replicó Zadig, "pero lo que sí aseguro es que, sin duda, será el más honrado". Tanta era la seguridad con la que hablaba Zadig que el rey se convenció de que poseía algún secreto sobrenatural para reconocer a los administradores. "No me gustan las cosas sobrenaturales", respondió Zadig, "ni he soportado nunca a los hombres que hacen milagros ni a los libros que los mencionan. Pero si su majestad me permite hacer la prueba, verá que mi secreto es tan fácil como sencillo". Nabuzan, rey de Serendib, se asombró más al oír que el secreto era sencillo que si le hubieran dicho que era milagroso. "Está bien", le dijo, "haz lo que consideres. Deja que esto siga su curso, porque ganarás más de lo que piensas con esta prueba".

Ese mismo día se anunció en nombre del rey que todos los que aspiraban al cargo de ministro de Hacienda debían presentarse con vestimentas ligeras de seda en la antecámara real el primer día de la luna del cocodrilo. Se presentaron sesenta y cuatro candidatos. En una sala contigua había músicos preparados para un baile, pero la puerta estaba cerrada y para entrar era necesario atravesar una galería bastante oscura. Un ujier guiaba a cada candidato por este pasillo y los dejaba allí solos por unos minutos. El rey, que ya estaba al tanto, había hecho colocar todos sus tesoros en la galería.

Cuando los aspirantes llegaron a la sala, su majestad ordenó que bailaran, pero nunca se habían visto bailarines más torpes ni menos ágiles. Todos caminaban con la cabeza baja, la espalda encorvada y las manos pegadas al cuerpo. "¡Qué bribones!", murmuraba Zadig. Solo uno bailaba con agilidad, la cabeza erguida, la mirada serena, el cuerpo erguido y las rodillas firmes. "¡Qué hombre tan honrado, qué sujeto tan íntegro!", exclamó Zadig. El rey abrazó a este único bailarín diestro y lo nombró su tesorero. Todos los demás fueron justamente castigados y multados, pues al pasar por la galería oscura habían llenado sus bolsillos y apenas podían moverse.

El rey, compadecido de la naturaleza humana, reflexionó que de sesenta y cuatro aspirantes, sesenta y tres eran ladrones. Así, se le dio a la galería oscura el título de "corredor de la tentación". En Persia los habrían empalado; en otros países, habrían formado un tribunal que habría gastado en costos judiciales tres veces más de lo robado sin recuperar un solo centavo para las arcas reales; en otros más, se habrían justificado y el único bailarín ágil habría caído en desgracia. En Serendib, fueron condenados a devolver lo robado y a aumentar el fisco, pues Nabuzan era muy clemente.

No era menos agradecido, y otorgó a Zadig una suma mayor de la que jamás había robado un tesorero al rey su amo. Zadig usó este dinero para enviar mensajeros a Babilonia a investigar la suerte de Astarté. Al dar esta orden, le tembló la voz, la sangre se le agolpó en el corazón, sus ojos se nublaron y estuvo a punto de desmayarse. Observó cómo partía el mensajero, lo vio embarcar y regresó al palacio, donde, creyéndose solo en su aposento, pronunció el nombre del amor.

"Sí, el amor", dijo el rey. "De eso precisamente se trata, y has adivinado la causa de mi pesar. ¡Qué gran hombre eres! Espero que me enseñes a encontrar una mujer fiel, como me ayudaste a descubrir un tesorero honrado". Zadig, volviendo en sí, le prometió servirlo en su amor como lo había hecho en la administración del reino, aunque la tarea parecía mucho más difícil.

XV. Los ojos azules

"Mi cuerpo y mi corazón", dijo el rey a Zadig... Al oír estas palabras, el babilonio no pudo evitar interrumpir a su majestad y decirle: "¡Cuánto me alegra que no hayas dicho 'mi alma y mi corazón'! Porque en Babilonia no oímos más que esas expresiones en las conversaciones, ni leemos libros que no hablen del corazón y el alma, escritos por autores que ni uno ni otra tienen. Pero discúlpame, señor, y prosigue". Nabuzan continuó: "Mi cuerpo y mi corazón son propensos al amor; la primera de estas dos partes tiene suficientes satisfacciones, pues tengo cien mujeres hermosas, complacientes y obsequiosas, o al menos fingen serlo. Sin embargo, mi corazón no es tan afortunado, porque he comprobado que lo que halagan es al rey de Serendib, y no sienten ningún aprecio por Nabuzan. No digo que mis mujeres sean infieles, pero quisiera encontrar una que me quisiera por mí mismo, y daría por ella a las cien beldades que poseo. Dime si entre mis cien sultanas hay alguna que realmente me ame".

Zadig le respondió lo mismo que sobre el ministro de Hacienda. "Señor, déjalo en mis manos, pero permíteme disponer de todas las riquezas expuestas en la galería de la tentación, y no dudes de que te daré buena cuenta de ellas". El rey le otorgó plena autoridad, y Zadig seleccionó a treinta y tres jorobados de los más feos de Serendib, treinta y tres pajes de los más apuestos y treinta y tres bonzos elocuentes y vigorosos. A cada jorobado le dio cuatro mil monedas de oro para repartir, y el primer día todas las mujeres fueron felices.

Los pajes, que solo podían ofrecer su atractivo, tardaron más en lograr su objetivo. Los bonzos encontraron resistencia, pero finalmente treinta y tres devotas cedieron. El rey observó estas pruebas desde celosías ocultas y quedó atónito al ver que de sus cien mujeres, noventa y nueve se rindieron. Solo quedaba una joven novicia, la hermosa Falida, quien tenía ojos azules, lo que desató funestas desgracias.

Se presentaron los dos pajes más apuestos, y ella les dijo que le parecía más atractivo el rey. Luego, el bonzo más elocuente intentó convencerla, seguido por el más intrépido. Al primero lo llamó parlanchín y no pudo entender cuál era el mérito del segundo. "Todo se resume en el corazón", dijo. "No cederé ni al oro de un jorobado, ni a la hermosura de un paje, ni a las artimañas de un bonzo. No amaré a nadie más que a Nabuzan, hijo de Nuzanab, y esperaré a que él me corresponda".

El rey quedó embargado de júbilo, cariño y admiración. Recuperó todo el dinero que los jorobados habían usado para comprar su buena fortuna y se lo regaló a la hermosa Falida, que así se llamaba la joven. Ella le entregó su corazón, que bien lo merecía, pues nunca se había visto una juventud más resplandeciente ni una belleza más digna de admiración. Es cierto que la historia menciona que no sabía hacer bien una reverencia, pero también confiesa que bailaba como las hadas, cantaba como las sirenas, hablaba como las Gracias y estaba colmada de habilidades y virtud.

Nabuzan la adoraba; pero Falida tenía los ojos azules, lo que causó las más funestas desgracias. Una antigua ley de Serendib prohibía enamorarse de mujeres con los ojos que más tarde los griegos llamarían "boopes". Esta ley había sido promulgada más de cinco mil años antes por el sumo bonzo, quien la estableció para quedarse con la esposa del primer rey de la isla. Con el tiempo, el anatema de los ojos azules se convirtió en ley fundamental del estado. Todas las clases sociales hicieron enérgicas protestas contra Nabuzan; se decía públicamente que había llegado la fatal catástrofe del reino, que la abominación había alcanzado su punto máximo y que un desastre natural se avecinaba. En pocas palabras, Nabuzan, hijo de Nuzanab, estaba enamorado de unos ojos azules rasgados.

Los jorobados, los bonzos, los recaudadores de impuestos y las mujeres de ojos negros llenaron el reino de descontento. La revuelta general animó a los pueblos salvajes del norte de Serendib a invadir el reino de Nabuzan. Este pidió subsidios a sus súbditos, pero los bonzos, que poseían la mitad de las rentas del estado, se limitaron a levantar las manos al cielo y se negaron a aportar dinero al erario para salvar al rey. En su lugar, entonaron bellas oraciones y dejaron que los bárbaros devastaran el reino.

"Querido Zadig, ¿me sacarás de este horrible apuro?", le dijo Nabuzan en un tono lastimoso. "Con mucho gusto", respondió Zadig. "Los bonzos les darán cuanto dinero necesiten. Abandonen las tierras donde tienen construidos sus palacios y defiendan solo las suyas". Nabuzan siguió su consejo; y cuando los bonzos acudieron a suplicarle ayuda, el rey les respondió con una soberbia música cuya letra era una oración al cielo, pidiendo la conservación de sus tierras. Entonces, los bonzos entregaron el dinero y la guerra terminó con éxito.

Gracias a sus prudentes y acertados consejos, y a los más notables servicios, Zadig se había ganado la enemistad irreconciliable de los más poderosos del reino. Los bonzos y las mujeres de ojos negros juraron su ruina; los jorobados y los recaudadores de impuestos lo desacreditaron, y lo hicieron sospechoso ante el buen Nabuzan. "Los servicios que un hombre presta se quedan en la antesala, mientras que las sospechas llegan hasta el gabinete", dice Zoroastro.

Cada día surgían nuevas acusaciones. La primera se refuta, la segunda deja huella, la tercera hiere y la cuarta mata. Asustado, Zadig, quien había impulsado los asuntos de su amigo y le había enviado su dinero, no pensó más que en abandonar la isla y buscar noticias de Astarté. "Si me quedo en Serendib", decía, "los bonzos me harán empalar. ¿Pero adónde iré? En Egipto seré esclavo, en Arabia probablemente quemado y en Babilonia ahorcado. Sin embargo, necesito saber qué ha sido de Astarté. Partamos y enfrentemos lo que mi destino fatal me depare".

XVI.– El bandolero.

Al llegar a las fronteras que separan la Arabia Pétrea de la Siria, y al pasar por junto a un fuerte castillo, salieron de él unos árabes armados. Se encontró rodeado de hombres que le gritaban: Ríndete; todo cuanto traes es nuestro, y tu persona pertenece a nuestro amo. En respuesta sacó Zadig la espada; lo mismo hizo su criado, que era valiente, y dejaron sin vida a los primeros árabes que los habían embestido: dobló el número de enemigos, mas ellos no se desalentaron, y se resolvieron a morir en la pelea. Se veían dos hombres que se defendían contra una muchedumbre; tan desigual contienda poco podía durar. Viendo desde una ventana el dueño del castillo, que se llamaba Arbogad, los portentos de valor que hacía Zadig, le cobró estimación. Bajó, por tanto, y vino en persona a contener a los suyos y librar a los dos caminantes.

—Cuanto por mis tierras pasa es mío —dijo—, no menos que lo que en tierras ajenas encuentro; pero me parecéis tan valeroso, que os eximo de la común ley.

Le hizo entrar en el castillo, mandando a su tropa que le tratase bien; y aquella noche quiso cenar con Zadig.

Era el amo de este castillo uno de aquellos árabes que llaman ladrones, el cual entre mil atrocidades solía hacer alguna acción buena; robaba con una furiosa rapacidad y daba con prodigalidad: intrépido en una acción, de buen genio en el trato de la vida, bebedor en la mesa, de buen humor cuando había bebido, y sobre todo sin solapa ninguna. Le gsutó mucho Zadig, y con la conversación que se animó, duró mucho el banquete. Le dijo en fin Arbogad:

—Les aconsejo que tomen partido conmigo, no pueden hacer cosa mejor; no es tan malo el oficio, y un día puedan llegar a ser lo que yo soy.

—¿Se puede saber —respondió Zadig— desde cuándo ejercitas tan hidalga profesión?

—Desde niño —replicó el señor—. Era criado de un árabe muy hábil, y no podía acostumbrarme a mi estado, desesperado de ver que, perteneciendo igualmente la tierra a todos, no me hubiera cabido a mí la porción correspondiente. Compartí mi pena a un árabe viejo, el cual me dijo: "Hijo mío, no te desesperes; sábete que en tiempos antiguos había un grano de arena que se dolía de ser un átomo desconocido en un desierto; andando años, se convirtió en diamante, y es hoy el más precioso joyel de la corona del rey de las Indias".

Me dio tanto golpe esta respuesta, que, siendo grano de arena, me determiné a volverme diamante. Robé primero dos caballos, me junté con otros compañeros, me puse en breve en estado de robar caravanas poco crecidas; y así fue disminuyéndose la desproporción que de mí a los demás había. Participé de los bienes de este mundo y me resarcí con usura: me tuvieron en mucho, llegué a ser señor bandolero, y gané este castillo tomándolo por fuerza. Quiso quitármele el sátrapa de Siria, pero era ya tan rico que nada tenía que temer: di dinero al sátrapa, y conservé así el castillo y agrandé mis tierras, añadiendo a ellas el cargo que me confirió el sátrapa de tesorero de los tributos que pagaba la Arabia Pétrea al rey de reyes. Yo hice las cobranzas y me eximí de hacer pagos.

Envió aquí el gran Desterham de Babilonia, en nombre del rey Moabdar, a un satrapilla para mandarme ahorcar. Cuando él llegó con la orden, estaba yo informado de todo; hice ahorcar en su presencia a las cuatro personas que traía consigo para apretarme el lazo al cuello, y le pregunté luego cuánto le podía valer la comisión de ahorcarme. Me respondió que podría su gratificación subir a trescientas monedas de oro, y yo le hice ver con evidencia que ganaría más conmigo: le creé bandolero inferior, y hoy es uno de los mejores y más ricos oficiales que tengo; y si me queréis creer, haréis vos lo mismo. Nunca ha corrido tiempo mejor para robar, desde que ha sido muerto Moabdar, y que anda en Babilonia todo alborotado.

—¡Moabdar ha sido muerto! —dijo Zadig—. ¿Y qué se ha hecho la reina Astarté?

—Yo no lo sé —replicó Arbogad—; lo que sí sé, es que Moabdar se volvió loco, que fue muerto, que Babilonia está hecha una cueva de ladrones, todo el imperio en la desolación, que se pueden dar buenos golpes, y que yo por mi parte he dado algunos brillantes.

—Pero la reina —dijo Zadig—, ¿por vida vuestra nada sabéis de la suerte de la reina?

—De un príncipe de Hircania me han hablado —replicó—; es de presumir que sea una de sus concubinas, a menos que en el alboroto la hayan muerto; pero a mí lo que me importa es averiguar dónde hay que robar, y no noticias. Muchas mujeres he cogido en mis correrías, pero a ninguna conservo; cuando son bonitas, las vendo caras, sin informarme de lo que son, porque nadie compra la dignidad, y para una reina fea no se encuentra despacho. Posible es que haya yo vendido a la reina Astarté, y posible es que haya muerto; poco me importa, y me parece que tampoco debe de importaros mucho a vos.

Diciendo esto, bebía con tanto aliento y de tal manera confundía las ideas todas, que no pudo Zadig sacar de él cosa ninguna más.

Estaba confuso, pensativo y sin movimiento, mientras que bebía Arbogad y contaba mil historietas, repitiendo sin cesar que era el más venturoso de los hombres, y exhortando a Zadig a que fuera tan dichoso como él era. Finalmente, embargados los sentidos con los vapores del vino, se fue a dormir un sosegado sueño.

Zadig pasó aquella noche en la más violenta zozobra.

—¡Así que se ha vuelto loco el rey, y ha sido muerto! —decía—. No puedo menos de compadecerle. ¡Está despedazado el imperio, y este bandolero es feliz! ¡Oh fortuna, oh destino! ¡Un bandolero feliz, y la más amable producción de la naturaleza ha muerto acaso de un modo horrible, o vive en peor condición que la misma muerte! ¡Oh Astarté! ¿Qué te has hecho?

Desde que amaneció el día, hizo preguntas a todos cuantos había en el castillo, pero estaban todos ocupados, y nadie le respondió: aquella noche habían hecho nuevas conquistas, y se estaban repartiendo los despojos. Cuanto en esta tumultuaria confusión pudo conseguir fue licencia para irse, que aprovechó sin tardanza, más sumido que nunca en sus tristes pensamientos.

Caminaba Zadig inquieto y agitado, preocupado su ánimo con la malhadada Astarté, con el rey de Babilonia, con su fiel Cador, con el dichoso bandolero Arbogad, con aquella tan antojadiza mujer que habían robado unos babilonios en la frontera de Egipto, finalmente con todos los contratiempos y azares que había sufrido.

XVII.– El pescador

A pocas leguas del castillo de Arbogad, Zadig se encontró a orillas de un riachuelo, lamentando siempre su suerte y viéndose como el epílogo de las desdichas humanas. Vio a un pescador acostado en la orilla, que con una mano débil apenas retenía sus redes, que estaba a punto de soltar, mientras alzaba los ojos al cielo.

—Por cierto que soy el más desdichado de todos los hombres —decía el pescador—. Todo el mundo reconocía que era el mercader de requesones más famoso de Babilonia, y lo he perdido todo. Tenía la mujer más hermosa que un hombre pueda poseer, y me ha traicionado. Me quedaba una humilde casa, y la vi destruida. Me refugié en una cabaña, sin más recurso que la pesca, pero no atrapo ni un solo pez. No quiero arrojarte al agua, red mía, soy yo quien debería lanzarse.

Diciendo esto, se puso de pie con la intención de acabar con su vida en el río.

—¡Así que hay otros hombres tan desdichados como yo! —pensó Zadig.

Enseguida corrió hacia él, lo detuvo y le hizo preguntas con un tono amable y consolador. Dicen que uno se siente menos desdichado cuando no está solo en su dolor; pero según Zoroastro, esto no es por malicia, sino por necesidad, porque el infortunio une a los que sufren. La alegría de alguien afortunado puede ser un insulto para quien sufre, mientras que dos desgraciados pueden sostenerse el uno al otro como árboles débiles que resisten juntos la tormenta.

—¿Por qué se rinde ante su desgracia? —preguntó Zadig al pescador.

—Porque no veo solución —respondió él—. Fui el hombre más próspero de la aldea de Derlback, cerca de Babilonia, y con la ayuda de mi esposa hacía los mejores requesones del imperio, que eran muy apreciados por la reina Astarté y el célebre ministro Zadig. Entregué seiscientos requesones para ambas casas. Fui un día a Babilonia para cobrar mi pago y me enteré de que esa misma noche la reina y Zadig habían desaparecido.

Corrí a la casa del señor Zadig, a quien nunca había visto, y me encontré con los alguaciles del gran Desterham, quienes, con un decreto del rey en la mano, saqueaban la casa con mucha calma y orden. Me apresuré a la cocina de la reina; algunos de los cortesanos me dijeron que estaba muerta, otros que la habían apresado, y algunos aseguraban que había escapado. Sin embargo, todos coincidieron en que no me pagarían mis requesones.

Fui con mi esposa a la casa del señor Orcan, uno de mis clientes; le pedimos ayuda en nuestra desgracia, y él se la concedió… pero solo a mi mujer, no a mí.

Ella era más blanca que los requesones que nos llevaron a la ruina, y su piel era más resplandeciente que la púrpura de Tiro. Por eso, Orcan decidió quedarse con ella y me echó de su casa.

Desesperado, le escribí una carta a mi esposa. Cuando el mensajero se la entregó, ella respondió: "Sí, ya sé quién me escribe, ya me han hablado de él. Dicen que hace excelentes requesones. Que me traiga más, y que se los paguen".

En mi desesperación, intenté buscar justicia. Me quedaban seis onzas de oro: tuve que pagar dos al abogado que consulté, otras dos al procurador que se encargó del caso, y dos más al escribiente del juez. Después de todo esto, mi caso aún no había comenzado, y ya había gastado más de lo que valían mis requesones y mi esposa juntos.

Decidí volver a mi pueblo y vender mi casa para recuperar a mi mujer. Valía alrededor de sesenta onzas de oro, pero como todos sabían que estaba desesperado, me ofrecían cada vez menos. El primero me dio treinta, el segundo veinte, y el tercero solo diez; y casi la vendí a ese precio, cegado por la angustia.

Justo en ese momento llegó a Babilonia un príncipe de Hircania, arrasando con todo a su paso. Saqueó mi casa y luego le prendió fuego.

Después de perder mi dinero, mi esposa y mi hogar, me refugié en este lugar, tratando de sobrevivir con la pesca. Pero hasta los peces se burlan de mí como los hombres: no atrapo ninguno y muero de hambre. Sin su intervención, honorable desconocido, ya me habría arrojado al río.

El pescador hizo muchas pausas al contar su historia, y en cada una de ellas, Zadig, fuera de sí, le preguntaba:

—¿No sabe nada sobre el destino de la reina?

—No, señor —respondía el pescador—. Lo único que sé es que ni la reina ni Zadig me han pagado mis requesones, que me han robado a mi esposa, y que estoy desesperado.

—Espero que no pierda todo su dinero —dijo Zadig—. He oído hablar de ese Zadig como un hombre honrado; si regresa a Babilonia, le dará más de lo que le debe. En cuanto a su esposa, que no es tan honrada, le aconsejo que no intente recuperarla.

Siga mi consejo: vaya a Babilonia. Yo llegaré antes que usted, pues voy a caballo y usted a pie. Busque al ilustre Cador, dígale que encontró a su amigo y espéreme en su casa. Vaya en paz, que tal vez la fortuna cambie para usted.

—¡Oh, poderoso Orosmades! —exclamó después—. Me has usado para consolar a este hombre. ¿Quién me consolará a mí?

Al decir esto, le entregó al pescador la mitad del dinero que había traído de Arabia. El hombre, atónito y agradecido, se inclinó hasta los pies de Zadig y lo llamó su ángel protector.

Zadig no dejaba de hacerle preguntas y de derramar lágrimas.

—Señor —dijo el pescador—, ¿también usted sufre, a pesar de ser tan generoso?

—Soy cien veces más infeliz que tú —respondió Zadig.

—¿Cómo puede ser que quien da sea más digno de lástima que quien recibe?

—Porque tu mayor desgracia es la pobreza, y la mía es el corazón.

—¿Orcan también le robó a su esposa? —preguntó el pescador.

Esa pregunta hizo que Zadig recordara todas sus desventuras, desde la perra de la reina hasta su encuentro con el bandolero Arbogad.

—Ah —dijo finalmente—, Orcan merece ser castigado. Pero en este mundo, esos hombres suelen ser los favoritos de la fortuna. Sea como sea, ve a casa del señor Cador y espérame allí.

Se despidieron. El pescador se marchó agradeciendo su suerte, mientras que Zadig continuó su camino maldiciendo la suya.

XVIII.– El basilisco

Zadig llegó a un hermoso prado, donde vio a un grupo de mujeres que buscaban afanosamente algo, como si hubieran perdido un objeto valioso. Se acercó a una de ellas y le preguntó si quería que las ayudara a encontrar lo que buscaban.

—¡Dios nos libre! —respondió la mujer siria—. Lo que estamos buscando solo las mujeres pueden tocarlo.

—Eso es extraño —dijo Zadig—. ¿Me haría el favor de decirme qué cosa es esa que solo las mujeres pueden tocar?

—Un basilisco —contestó ella.

—¡Un basilisco, señora! ¿Y por qué motivo buscan un basilisco?

—Es para nuestro señor y dueño Ogul, cuyo palacio puede ver al otro lado del río, al final de este prado. Somos sus más humildes esclavas. El señor Ogul está enfermo, y su médico le ha recetado comer un basilisco hervido en agua de rosas. Como es un animal muy raro y solo se deja atrapar por mujeres, el señor Ogul ha prometido elegir como esposa a quien logre llevarle un basilisco. Así que, por favor, déjeme seguir buscándolo, porque perdería mucho si una de mis compañeras lo encuentra antes que yo.

Zadig dejó a aquella siria y a todas las demás mujeres en su búsqueda del basilisco y siguió su camino por la pradera. Al llegar a la orilla de un arroyo, encontró a otra mujer acostada sobre la hierba, pero ella no estaba buscando nada. Su estatura era majestuosa, aunque llevaba el rostro cubierto con un velo. Tenía la cabeza inclinada hacia el arroyo y, de vez en cuando, dejaba escapar profundos sollozos. En su mano sostenía una varita con la que escribía letras sobre la fina arena entre la hierba y el agua.

Zadig se acercó con curiosidad para ver qué estaba escribiendo. Observó una Z, luego una A, y se sorprendió. Después leyó una D y sintió un vuelco en el corazón. Pero nunca fue mayor su asombro que cuando vio las últimas letras de su nombre.

Permaneció inmóvil por un momento, y finalmente, rompiendo el silencio con voz insegura, dijo:

—Generosa dama, perdone a este extranjero desdichado que se atreve a preguntar: ¿por qué extraño motivo encuentro aquí el nombre de Zadig escrito por su divina mano?

Al escuchar su voz y sus palabras, la mujer levantó temblorosa su velo, miró a Zadig y lanzó un grito de ternura, asombro y alegría. Luego, abrumada por la emoción, cayó desmayada en sus brazos.

Era Astarté, la reina de Babilonia, la misma que Zadig adoraba y por cuyo amor sentía remordimiento. La misma cuyo destino le había costado tantas lágrimas.

Zadig también quedó por un instante privado de sus sentidos. Cuando por fin recobró el aliento y sus miradas se cruzaron con los ojos de Astarté, que lentamente se abrían entre la confusión, el amor y la debilidad, exclamó:

—¡Oh, poderosas fuerzas del destino! ¿Me devuelven a mi Astarté? ¿En qué momento, en qué lugar y en qué estado la vuelvo a ver?

Cayó de rodillas ante ella, inclinando su frente hasta el polvo de sus pies.

Astarté lo levantó y lo sentó junto a ella en la orilla del arroyo. Una y otra vez secaba sus lágrimas, que no dejaban de brotar. Varias veces intentó hablar, pero sus sollozos interrumpían sus palabras. Hacía preguntas a Zadig sobre cómo había llegado hasta allí, pero sin darle tiempo a responder, formulaba otras nuevas. Quería contar sus propias desgracias, pero al mismo tiempo ansiaba saber las de Zadig.

Cuando al fin lograron calmar un poco la tormenta de sus emociones, Zadig relató brevemente cómo había terminado en aquel prado.

—Pero, ¿cómo es posible que la encuentre aquí, noble y desdichada reina, en este lugar apartado, vestida como esclava y rodeada de mujeres que buscan un basilisco para hervirlo en agua de rosas, según la receta de un médico?

—Mientras ellas siguen con su búsqueda —respondió Astarté con dulzura—, voy a contarle todo lo que he sufrido, y a perdonar al cielo por ello, ahora que vuelvo a verlo. Usted ya sabe que el rey, mi esposo, se ofendió al ver que usted era el hombre más encantador de todos, y que por esa razón decidió una noche mandar a ahorcarlo y darme veneno. También sabe que los cielos misericordiosos hicieron que mi enano mudo me advirtiera de las órdenes de su majestad. Apenas el fiel Cador lo convenció de obedecerme y huir, él mismo se atrevió a entrar en mi habitación por una puerta secreta en plena medianoche, me sacó del palacio y me llevó al templo de Orosmades. Allí, su hermano, el mago, me escondió dentro de una estatua colosal cuya base está en los cimientos del templo y cuya cabeza toca la bóveda. Permanecí allí, como si estuviera enterrada, aunque el mago que me atendía se encargó de que no me faltara nada. Al amanecer, el boticario del rey entró en mi habitación con una pócima de beleño, opio, cicuta, eléboro negro y anapelo. Al mismo tiempo, otro oficial fue a su casa con un cordón de seda azul. Pero no encontraron a nadie. Para engañar aún más al rey, Cador presentó una denuncia falsa contra nosotros, haciendo creer que usted había tomado el camino de la India y yo el de Menfis. Entonces enviaron hombres tras nuestro rastro.

Continuó relatando:

—Los emisarios que me buscaban no me conocían, pues casi nunca mostraba mi rostro en público, salvo ante mi esposo y por orden suya. Me perseguían basándose en la descripción que les habían dado de mí, y en la frontera de Egipto se encontraron con otra mujer de mi misma estatura, que tal vez era incluso más hermosa. Ella estaba llorando y actuaba de manera errática, por lo que no dudaron en que era la reina de Babilonia y la llevaron ante Moabdar. El rey, al notar la equivocación, se enfureció, pero después de observar mejor a la mujer y darse cuenta de que era muy hermosa, se consoló. Se llamaba Misuf, nombre que, según me han dicho después, significa en egipcio "la bella antojadiza", y hacía honor a su nombre. No solo era caprichosa, sino que también sabía manipular con gran habilidad. Tanto, que logró cautivar a Moabdar, quien terminó por declararla su esposa legítima.

Prosiguió:

—Desde entonces, se entregó sin freno a todas las extravagancias de su imaginación. Obligó al sumo mago, un anciano gotoso, a bailar ante ella; y como se negó, ordenó que lo persiguieran hasta la muerte. Mandó al caballerizo mayor a hornear un pastel, y cuando él le dijo que no era repostero, ella insistió. Tuvo que hacer el pastel, pero como estaba demasiado tostado, lo despidió. Luego, nombró a su enano caballerizo mayor y convirtió a un paje en fiscal del consejo. Así gobernó Babilonia. Mientras tanto, el pueblo entero me lloraba. El rey, que hasta el momento en que ordenó ahorcarlo a usted y envenenarme a mí había sido un buen hombre, terminó perdiendo toda su virtud en su amor por aquella mujer.

Siguió su relato:

—En el día del fuego sagrado, Moabdar acudió al templo a implorar a los dioses por Misuf. Desde el interior de la estatua donde estaba escondida, alzando la voz, le dije: "Los dioses rechazan las súplicas de un rey convertido en tirano, que quiso quitarle la vida a una mujer sensata para casarse con una loca". Estas palabras lo dejaron tan confundido, que perdió la razón. Con mi advertencia y la tiranía de Misuf, fue suficiente para que se volviera loco. Y en pocos días, perdió completamente el juicio.

Esta locura, que se atribuyó como un castigo del cielo, fue la señal de rebelión: el pueblo se amotinó y tomó las armas. Babilonia, donde por tanto tiempo reinó el ocio y la tranquilidad, se convirtió en el escenario de una horrorosa guerra civil. Me sacaron del interior de mi estatua, me pusieron al frente de un grupo rebelde, y Cador corrió a Menfis para llevarte de vuelta a Babilonia.

Al enterarse de estas fatales noticias, el príncipe de Hircania acudió con su ejército para formar un tercer bando en Caldea y enfrentó al rey, quien salió al combate acompañado de su insensata egipcia. Moabdar murió traspasado por mil heridas, y Misuf cayó en manos del vencedor.

Mi desgracia quiso que también yo fuera capturada por una patrulla de guerrilleros hircanos, quienes me llevaron ante el príncipe al mismo tiempo que llevaban a Misuf. Sin duda, te alegrará saber que este hombre me consideró más hermosa que la egipcia, pero también te dolerá escuchar que decidió enviarme a su harén. Me dijo sin rodeos que, en cuanto terminara una expedición militar, regresaría por mí.

Imagina mi desesperación: ya no me ataban los lazos con Moabdar, podía ser tuya, y sin embargo, estaba prisionera de un bárbaro.

Le respondí con toda la altivez que me inspiraban mi rango y mis sentimientos, pues siempre había oído que las personas de mi posición poseían una grandeza tan imponente que solo con una mirada o una palabra podían hacer que cualquier temerario cayera de rodillas ante ellas.

Hablé como reina, pero fui tratada como una esclava más.

El Hircano, sin dignarse siquiera a responderme, le dijo a su eunuco negro que yo tenía mal carácter, pero que le parecía hermosa. Le ordenó que me cuidara y me diera el mismo trato que a sus favoritas para que recuperara el color y fuera aún más digna de sus caricias el día que él decidiera honrarme con ellas.

Le dije que me quitaría la vida, y se echó a reír, diciéndome que ninguna mujer se mataba por esas cosas, que estaba acostumbrado a esos "caprichos", y se marchó, dejándome como un pájaro enjaulado.

¡Qué situación para una reina y, sobre todo, para un corazón que solo te pertenecía a ti, Zadig!

Zadig se arrodilló al escuchar estas palabras, derramando lágrimas sobre los pies de Astarté.

Ella lo levantó con ternura y continuó:

—Me encontraba en manos de un bárbaro, encerrada junto a una loca. Misuf me contó su historia en Egipto, y por su descripción de ti, el tiempo en que ocurrió, el dromedario en el que viajabas y otros detalles, supe que fuiste tú quien peleó para salvarla. No dudé de que estuvieras en Menfis y decidí refugiarme en esa ciudad.

—Le dije a Misuf: "Tú eres mucho más encantadora que yo y sabrás entretener mejor al príncipe de Hircania. Ayúdame a escapar; así podrás reinar sola y me harás feliz librándote de una rival".

—Misuf me ayudó a huir, y logré escapar en compañía de una esclava egipcia.

—Ya estaba cerca de Arabia cuando un famoso bandolero llamado Arbogad me capturó y me vendió a unos comerciantes, quienes me trajeron a este palacio, donde reside el señor Ogul.

—Ogul me compró sin saber quién era yo. Es un glotón que solo piensa en comer y cree que fue puesto en este mundo para disfrutar de la buena mesa. Es tan exageradamente obeso que en cualquier momento parece que va a explotar.

—Su médico no tiene ninguna influencia sobre él cuando su digestión es buena, pero se convierte en su amo absoluto cuando sufre de indigestión.

—Ahora le ha hecho creer que su única cura es un basilisco hervido en agua de rosas. Ogul ha prometido casarse con la esclava que le traiga un basilisco, y como puedes ver, yo no tengo el menor interés en encontrarlo. Más aún desde que el destino ha querido que volvamos a vernos.

Entonces, Astarté y Zadig se dijeron todo lo que los corazones más generosos y apasionados podían expresar tras tanto tiempo de sufrimiento y amor contenido. Los genios que rigen los destinos del amor llevaron sus palabras hasta la esfera de Venus.

Las mujeres regresaron a la casa de Ogul sin haber encontrado el basilisco.

Zadig se presentó ante Ogul y le dijo:

—Que la inmortal Hygia descienda del cielo para prolongar sus años. Soy médico. He venido tras enterarme de su enfermedad, y le traigo un basilisco hervido en agua de rosas. No porque aspire a casarme con usted, sino porque solo pido la libertad de una joven esclava de Babilonia que fue vendida aquí hace pocos días. Estoy dispuesto a convertirme en su esclavo en su lugar si no logro sanarlo.

Ogul aceptó la propuesta, y Astarté partió rumbo a Babilonia acompañada por el criado de Zadig. Antes de irse, le prometió enviarle un mensajero tan pronto como llegara, para informarle de todo lo que sucediera.

Sus despedidas fueron tan afectuosas como su gratitud, pues, como está escrito en el gran libro del Zenda: Las dos épocas más solemnes de la vida son el instante en que volvemos a vernos y el instante en que nos separamos.

Zadig amaba a la reina tanto como se lo juraba, y la reina amaba a Zadig más de lo que decía.

Zadig habló de esta manera a Ogul: "Señor, mi basilisco no se come, porque toda su virtud se le ha de introducir por los poros; lo he puesto dentro de un odre bien lleno de aire y cubierto con un cuero muy fino. Es necesario que empujes hacia mí dicho odre en el aire con toda tu fuerza, y que yo te lo devuelva muchas veces. Con pocos días de dieta y este ejercicio verás la eficacia de mi arte."

El primer día, Ogul casi se ahoga y creyó que iba a exhalar el alma; al segundo se cansó menos y durmió mejor. Finalmente, al cabo de ocho días, recuperó toda la fuerza, la salud, la agilidad y el buen humor de sus años más florecientes. Zadig le dijo: "Han jugado a la pelota y no os habéis hartado: sabed que no existe tal basilisco en el mundo; que un hombre moderado en la comida y que hace ejercicio siempre vive sano, y que es tan imaginario el arte de conciliar la gula con la salud como la piedra filosofal, la astrología y la teología de los magos."

Al darse cuenta el primer médico de Ogul del peligro que representaba semejante hombre para la medicina, se alió con el boticario del gremio para enviarlo a buscar basiliscos al otro mundo. Así que, habiendo sido castigado siempre por sus buenas acciones, iba a morir por haber dado la salud a un señor glotón. Lo invitaron a un espléndido banquete, donde le debían dar veneno en el segundo plato; pero mientras estaba en el primero, recibió un mensaje de la hermosa reina y se levantó de la mesa, partiendo de inmediato. "El que es amado por una hermosa", dice el gran Zoroastro, "de todo sale bien en este mundo."

XIX. Las justas

La reina fue recibida en Babilonia con el júbilo con que siempre se recibe a una princesa hermosa y desdichada. En ese momento, Babilonia parecía algo más tranquila: el príncipe de Hircania había muerto en batalla, y los babilonios, victoriosos, declararon que Astarte se casaría con quien fuera elegido como soberano. Pero no quisieron que el puesto más alto del mundo, que era el de esposo de Astarte y monarca de

Babilonia, dependiera de intrigas o favoritismos, y juraron reconocer como rey al más valiente y sabio.

A pocas leguas de la ciudad, levantaron un enorme palenque rodeado de anfiteatros magníficamente decorados. Los combatientes debían presentarse completamente armados, y a cada uno se le asignaba un aposento separado, donde no podía ver ni hablar con nadie. Se debían correr cuatro lanzas, y quienes tuvieran la fortuna de vencer a cuatro caballeros, lucharían después entre ellos, de modo que el último en quedar en pie fuese proclamado vencedor del torneo. Cuatro días después, debía regresar con las mismas armas y responder los acertijos que propusieran los magos. Si no los acertaba, no sería rey, y se repetirían las justas hasta que se encontrara a un hombre que triunfara en ambas pruebas. Estaban decididos a no reconocer como rey a quien no fuera el más valiente y el más sabio.

Durante todo este tiempo, no se permitía a la reina comunicarse con nadie. Solo tenía autorización para asistir a los juegos, cubierta con un velo, pero no podía hablar con ninguno de los pretendientes, para evitar favoritismos o injusticias.

Este fue el mensaje que Astarte envió a su amado, esperando que él demostrara más valor e inteligencia que nadie. Zadig partió, rogando a Venus que fortaleciera su ánimo e iluminara su entendimiento, y llegó a las orillas del Éufrates la víspera del gran día. De inmediato hizo inscribir su divisa entre las de los demás combatientes, ocultando su nombre y su rostro, como dictaban las reglas, y se retiró a descansar en el aposento que le había tocado en suerte.

Su amigo Cador, que había regresado a Babilonia tras buscarlo en Egipto, le mandó a su habitación una armadura completa enviada por la reina, junto con el caballo más vigoroso de Persia. Zadig comprendió que esos regalos provenían de Astarte, y su amor y su valor se encendieron aún más con renovadas esperanzas.

Al día siguiente, la reina se sentó bajo un dosel adornado con piedras preciosas, y los anfiteatros se llenaron con damas y personas de todas las clases de Babilonia. Los combatientes hicieron su entrada en el circo. Cada uno dejó su divisa a los pies del sumo mago, y se realizó el sorteo. La de Zadig salió en el último lugar.

El primero en presentarse fue un hombre muy rico llamado Itobad, tan lleno de vanidad como falto de valor, destreza e inteligencia. Sus sirvientes le habían hecho creer que un hombre como él debía ser rey, y él les había respondido: "Un hombre como yo debe reinar." Lo armaron entonces de pies a cabeza con armaduras doradas esmaltadas de verde, un penacho verde y una lanza decorada con cintas verdes.

Por su forma de manejar el caballo, enseguida se vio que el cielo no había destinado el cetro de Babilonia a un hombre como él. El primer caballero que corrió contra él le hizo perder los estribos, y el segundo lo derribó por la parte trasera del caballo, dejándolo patas arriba y con los brazos extendidos.

Itobad volvió a montar, pero con tan mala apariencia que todo el anfiteatro estalló en risas. El tercer caballero ni siquiera se dignó a tocarlo con la lanza: al pasar junto a él, lo agarró por la pierna derecha, le hizo girar y lo arrojó a la arena. Los asistentes al torneo corrieron a levantarlo entre carcajadas. El cuarto combatiente lo agarró por la pierna izquierda y lo lanzó en sentido contrario.

Itobad fue llevado con gran deshonra a su aposento, donde debía pasar la noche según la ley. Apenas podía moverse y exclamaba: "¡Qué desgracia para un hombre como yo!"

Los demás combatientes cumplieron mejor con su obligación: algunos lograron vencer a dos adversarios, y unos pocos llegaron hasta tres. Solo el príncipe Otames venció a cuatro. Finalmente, Zadig se presentó como el último contendiente y, con gran destreza, sacó de los estribos a cuatro jinetes, uno tras otro. Así comenzó el duelo entre Zadig y Otames.

Otames llevaba una armadura azul y dorada con un penacho del mismo color; la de Zadig era blanca. Los espectadores estaban divididos entre el caballero azul y el caballero blanco. La reina sentía su corazón palpitar, elevando fervientes súplicas al cielo por el color blanco.

Ambos guerreros dieron vueltas y revueltas con increíble agilidad, esquivaron y asestaron golpes con sus lanzas, y se mantuvieron firmes en los estribos con tanta destreza, que todos, excepto la reina, deseaban que hubiera dos reyes en Babilonia. Cansados ya los caballos y rotas las lanzas, Zadig empleó una astuta estrategia: pasó por detrás del príncipe azul, se lanzó hacia la parte trasera de su caballo, lo sujetó por la cintura y lo derribó al suelo. Luego, montó en la silla vacía y comenzó a dar vueltas alrededor de Otames, que yacía en la arena.

Todo el anfiteatro clamó: "¡Victoria para el caballero blanco!"

Otames, enfurecido, se levantó de un salto y desenvainó la espada. Zadig descendió del caballo con el sable en mano, y ambos iniciaron un nuevo y más peligroso combate en la arena. A veces triunfaba la agilidad, otras veces la fuerza. Los golpes constantes hicieron volar el penacho de sus cascos, los remaches de sus brazaletes y los eslabones de sus armaduras. Se atacaban de punta y filo, a izquierda y derecha, a la cabeza y al pecho. Se retiraban, volvían al ataque, se esquivaban, se aferraban de nuevo. Se doblaban como serpientes y embestían como leones. Con cada choque de espadas saltaban chispas.

Finalmente, Zadig recobró algo de aliento, esquivó un golpe de Otames y, sin darle tiempo de reaccionar, lo derribó y lo desarmó. Otames exclamó: "¡Caballero blanco, a vos os corresponde el trono de Babilonia!"

La reina no cabía en sí de alegría.

Siguiendo la tradición, llevaron al caballero azul y al caballero blanco a sus respectivos aposentos, como se había hecho con todos los demás combatientes. Unos sirvientes mudos fueron asignados para atenderlos y servirles la cena. No es difícil imaginar que el mudo que sirvió a Zadig era el enviado por la reina. Luego los dejaron dormir solos hasta la mañana siguiente, cuando el vencedor debía presentar su divisa al sumo mago para ser reconocido oficialmente.

Zadig, agotado, durmió profundamente a pesar de estar enamorado. Pero Itobad, que ocupaba el cuarto contiguo, no pudo conciliar el sueño. En plena noche, se levantó sigilosamente, entró en la habitación de Zadig, tomó sus armas blancas y su divisa, y dejó en su lugar las suyas verdes.

Al amanecer, se presentó con gran orgullo ante el sumo mago, proclamando que él era el vencedor. Nadie lo esperaba, pero fue reconocido oficialmente, mientras Zadig aún dormía.

Astarte regresó a Babilonia atónita y desesperada.

El anfiteatro ya estaba casi vacío cuando Zadig despertó. Buscó sus armas y, al encontrarlas cambiadas por las verdes, se vio obligado a ponérselas, pues no tenía otra opción. Atónito, indignado y furioso, salió al exterior con aquel atuendo.

Los pocos espectadores que aún quedaban en el anfiteatro y el circo lo recibieron con burlas. Todos se le acercaban para ridiculizarlo y abuchearlo. Nunca un hombre sufrió semejante humillación.

Zadig perdió la paciencia y apartó a sablazos a la multitud que se atrevía a insultarlo. Pero no sabía qué hacer: no podía ver a la reina ni reclamar las armas blancas que ella le había enviado, sin arriesgar su reputación. Mientras Astarte se consumía en la angustia, él se debatía entre la ira y la incertidumbre.

Caminó por las orillas del Éufrates, convencido de que el destino le había reservado una desdicha irremediable. En su mente repasaba todas sus desgracias, desde la mujer que no podía ver hasta la pérdida de su armadura.

"Esto es lo que he ganado por haber despertado tarde", se decía. "Si no hubiera dormido tanto, sería el rey de Babilonia y el esposo de Astarté. Mis conocimientos, mis buenas acciones y mi valentía nunca han servido más que para aumentar mi infortunio."

Finalmente, se dejó llevar por la desesperación y comenzó a murmurar contra la Providencia. Llegó incluso a pensar que todo estaba gobernado por un destino cruel, que oprimía a los justos y hacía prosperar a los caballeros verdes.

Uno de sus mayores pesares era verse obligado a usar aquellas armas verdes, que solo le habían traído burla y vergüenza. En ese momento pasó un mercader, a quien se las vendió por un precio irrisorio y, con el dinero obtenido, compró una túnica y una gorra larga.

Vestido de esa manera, siguió el curso del Éufrates, desesperado y en su interior culpando a la Providencia, que parecía no cansarse de perseguirlo.

XX. El ermitaño

Cuando estuvo con el ermitaño en su aposento, ambos hicieron un elogio entusiasta de su anfitrión. Al amanecer, el anciano despertó a su compañero.

"Vámonos", le dijo. "Sin embargo, antes de partir, quiero dejarle a este buen hombre una prueba de mi estima y afecto."

Dicho esto, tomó una antorcha y prendió fuego a la casa.

Zadig, horrorizado, gritó e intentó detenerlo para evitar aquel acto espantoso; pero el ermitaño, con una fuerza superior, se lo llevó consigo. La casa ardía, y el anciano, ya alejado junto con su compañero, la observaba arder con absoluta calma.

"Alabado sea Dios", dijo. "¡Ahora la casa de nuestro buen anfitrión ha quedado reducida a cenizas! ¡Qué hombre tan afortunado!"

Al oír estas palabras, Zadig sintió deseos de reírse, de insultar al reverendo anciano, de golpearlo y de huir, pero reprimió todos esos impulsos, aún dominado por la autoridad del ermitaño, y lo siguió hasta la última jornada.

Se hospedaron en casa de una viuda caritativa y virtuosa, quien tenía un sobrino de catorce años, un muchacho encantador que era su única esperanza. Los atendió lo mejor que pudo en su hogar y, al día siguiente, pidió a su sobrino que acompañara a los dos viajeros hasta un puente que se había derrumbado recientemente y que representaba un paso peligroso.

El joven los precedía con entusiasmo, pero al llegar al puente, el ermitaño lo llamó:

"Ven aquí, hijo mío, quiero demostrar mi gratitud a tu tía."

Y, sujetándolo por los cabellos, lo arrojó al río.

El muchacho cayó, flotó un instante en la corriente y luego desapareció arrastrado por las aguas.

"¡Monstruo! ¡El más perverso de los hombres!", exclamó Zadig.

"Me disteis vuestra palabra de tener paciencia", respondió el ermitaño. "Sabed que bajo las ruinas de aquella casa a la que la Providencia ha prendido fuego, su dueño ha encontrado un inmenso tesoro. Y sabed también que este joven, ahogado por la Providencia, habría asesinado a su tía dentro de un año y, en dos, a vos mismo."

"¿Quién te ha dicho eso, inhumano?", gritó Zadig. "Y aun suponiendo que hubieras leído ese destino en tu libro de los designios, ¿qué derecho tenías para matar a un muchacho que no te había hecho ningún daño?"

Apenas había terminado de hablar cuando Zadig notó que la barba del anciano había desaparecido y que su rostro se volvía más joven. Luego, su vestimenta de ermitaño se desvaneció, y cuatro majestuosas alas cubrieron su cuerpo resplandeciente.

"¡Oh, mensajero del cielo! ¡Oh, ángel divino!", exclamó Zadig postrándose. "¡Has descendido desde lo alto para enseñar a un frágil mortal a someterse a los decretos eternos!"

"Los humanos", dijo el ángel Jesrad, "juzgan todo sin saber nada. Entre todos los mortales, tú eras el que más merecía ser iluminado."

Zadig pidió permiso para hablar y dijo:

"No confío en mi entendimiento, pero si puedo atreverme a plantear una duda, dime: ¿no habría sido mejor corregir a ese joven y hacerlo virtuoso que matarlo?"

"Si hubiera sido virtuoso y hubiese vivido", respondió Jesrad, "su destino era ser asesinado junto con la mujer con quien iba a casarse y con el hijo que habrían tenido."

"¿Entonces es indispensable que existan atrocidades y desdichas, y que recaigan sobre los virtuosos?", preguntó Zadig.

"Los malvados siempre son desdichados", replicó Jesrad, "y su existencia sirve para probar a un pequeño número de justos esparcidos sobre la faz de la Tierra. No hay mal que no traiga consigo un bien."

"Pero, ¿y si solo existiera el bien, sin la mezcla del mal?", insistió Zadig.

"Entonces la Tierra sería otra", respondió Jesrad. "La cadena de los acontecimientos seguiría otro orden de sabiduría, un orden que solo puede existir en la morada del Ser Supremo, donde no hay lugar para el mal. Ha creado millones de mundos, y no hay dos que sean iguales, porque esa infinita variedad es un atributo de su infinito poder. No hay en la Tierra dos hojas de árbol idénticas, ni en los vastos cielos dos astros completamente semejantes. Y todo lo que ves en este diminuto átomo donde has nacido debía existir en el tiempo y lugar determinados, conforme a las inmutables leyes de Aquel que todo lo abarca.

Los hombres creen que ese niño cayó al río por accidente, y que aquella casa se incendió por casualidad. Pero no hay casualidad: todo es prueba o castigo, recompensa o providencia. ¿Recuerdas a aquel pescador que se creía el más desdichado de los mortales? Orosmades te envió para cambiar su destino. Deja de cuestionar lo que debes venerar."

"Pero...", intentó replicar Zadig.

Antes de que pudiera continuar, el ángel alzó el vuelo y ascendió a la décima esfera.

Zadig, arrodillado, veneró la Providencia y se sometió a su voluntad.

Desde lo alto, el ángel le gritó:

"¡Ve a Babilonia!"

XXI. Las adivinanzas

Zadig, fuera de sí, como quien acaba de ver caer un rayo a su lado, caminó absorto.

Llegó a Babilonia el mismo día en que se celebraba la prueba de acertijos y preguntas ante el sumo mago. En el palacio estaban reunidos todos los combatientes que habían participado en el torneo, excepto el de las armas verdes.

Apenas Zadig entró en la ciudad, la multitud lo rodeó. Nadie se cansaba de mirarlo, de bendecirlo y de desear que se ciñera la corona.

Los envidiosos se apartaron llenos de despecho, mientras el pueblo lo llevó en andas hasta la gran asamblea.

La reina, informada de su llegada, oscilaba entre la esperanza y el temor, sin entender por qué Zadig venía desarmado, ni cómo Itobad llevaba las armas blancas.

Al verlo, un murmullo confuso recorrió la multitud: todos estaban asombrados y llenos de júbilo.

Pero solo los caballeros que habían peleado tenían derecho a presentarse en la asamblea.

"Yo también he peleado", dijo Zadig, "pero otro ha usurpado mis armas. Hasta que tenga la oportunidad de probarlo, pido permiso para participar en la prueba de acertijos."

Se sometió a votación, y la confianza que aún inspiraba su reputación fue tal, que fue admitido unánimemente.

La primera pregunta del sumo mago fue:

"¿Cuál es la cosa más larga y más corta del mundo, la más fugaz y la más lenta, la más divisible y la más extensa, la que más se desperdicia y la que más se lamenta haber perdido, sin la cual nada puede hacerse, que todo lo trivial consume y todo lo grande hace perdurar?"

Itobad, incapaz de responder, dijo que no entendía de acertijos y que le bastaba haber vencido con la lanza.

Algunos respondieron que era la fortuna, otros que la Tierra, y otros que la luz.

Zadig dijo: "Es el tiempo."

Toda la asamblea reconoció su razón.

A continuación, se le hicieron preguntas sobre la justicia, el bien supremo y el arte de gobernar, y sus respuestas fueron consideradas las más acertadas.

Finalmente, Zadig probó su derecho al trono en un duelo con Itobad, venció, fue proclamado rey y se casó con Astarte. Su reinado trajo paz y prosperidad, y todos bendijeron a Zadig, quien, a su vez, bendijo el cielo.

(Nota.) Aquí se concluye el manuscrito que de la historia de Zadig hemos hallado. Sabemos que le sucedieron luego otras muchas aventuras que se conservan en los anales contemporáneos, y suplicamos a los eruditos intérpretes de lenguas orientales, que nos las comuniquen si a su noticia llegaren.

HISTORIA DE LOS VIAJES DE ESCARMENTADO

Vine al mundo en la ciudad de Candía el año 1600. Era gobernador mi padre, y me acuerdo de que un poeta menos que mediano, aunque no fuese medianamente desaliñado su estilo, llamado Iro, hizo unas malas coplas en elogio mío, en las cuales me calificaba de descendiente de Minos en línea recta; mas, habiendo luego cesado en el gobierno mi padre, compuso otras en que me trataba de nieto de Pasífae y su amante. Mal sujeto era de veras el tal Iro y el bribón más fastidioso de toda la isla.

Quince años tenía yo cuando me envió mi padre a estudiar a Roma, y allí llegué con la esperanza de aprender todas las verdades, porque hasta entonces me habían enseñado todo lo contrario de la verdad, según es uso en este mundo, desde la China hasta los Alpes. Monseñor Profondo, a quien iba recomendado, era sujeto raro, y uno de los más terribles sabios que en el mundo han existido. Quiso instruirme en las categorías de Aristóteles y por poco me pone en la de sus favoritos. De buena me libré. Vi procesiones, exorcismos y no pocas rapiñas. Decían, aunque no era cierto, que la señora Olimpia, honorable dama, vendía ciertas cosas que no suelen venderse. A mi edad todo esto me parecía muy gracioso. Ocurrióle a una señora moza y de amable condición, llamada la señora Fatelo, prendarse de mí; frecuentábala el reverendísimo padre Poignardini y el reverendísimo padre Aconiti, religiosos de una congregación que ya no existe, y a quienes ella colocó a la misma altura al otorgarme sus favores. Pero, como corría yo serio peligro de ser envenenado y excomulgado, abandoné Roma no obstante mi admiración por la arquitectura de la basílica de San Pedro.

Viajé por Francia, donde reinaba a la sazón Luis el Justo, y lo primero que me preguntaron fue si quería para mi almuerzo un trozo de mariscal de Ancre, cuya carne vendían asada y bastante barata a los que querían comprarla.

Era este país teatro de continuas guerras civiles, unas veces por una plaza en el Consejo y otras por dos páginas de controversias teológicas. Más de sesenta años hacía que tan hermosas tierras se veían asoladas por una especie de volcán, que en ocasiones se amortiguaba y otras ardía con violencia. ¡Ay! —dije para mí—. A este pueblo, de natural tan apacible, ¿quién le ha trastornado de esta manera? Todo lo toma a broma y, sin embargo, se lanza a la degollina de San Bartolomé.

Pasé a Inglaterra, donde las mismas disputas ocasionaban los mismos horrores. Unos cuantos católicos beneméritos habían determinado, en servicio de la Iglesia, volar con pólvora al rey, la familia real y al Parlamento, y librar a Inglaterra de tanto hereje.

Me enseñan el sitio donde la bondadosa reina María, hija de Enrique VIII, había hecho quemar a quinientos de sus vasallos, acción que, según un clérigo irlandés, era muy meritoria para con Dios, en primer lugar, porque los quemados eran todos ingleses, y en segundo, porque nunca tomaban agua bendita ni creían en las llagas de San Patricio. El clérigo se asombraba de que aún no estuviese canonizada la reina María, pero estaba seguro de que no tardaría en subir a los altares.

Fui a Holanda, donde esperaba encontrar sosiego en medio de un pueblo tan flemático. Cuando llegué a La Haya, estaban cortando la cabeza a un anciano venerable: la cabeza calva del primer ministro Barneveldt. Movido a compasión, pregunté qué delito era el suyo y si había sido traidor al Estado.

—Mucho peor que eso —me respondió un protestante envuelto en negra capa—. Figúrese que cree que el hombre puede salvarse lo mismo por sus buenas obras que por la fe. Si semejantes doctrinas se extendiesen, peligraría la existencia de la República. Por eso es necesaria mucha severidad para atajar escándalos tan graves.

Un político me dijo luego:

—¡Ah, señor! Estos procedimientos no durarán mucho. Nuestro país se ha mostrado ahora excepcionalmente justo, pero su carácter lo inclina hacia la tolerancia, doctrina abominable, y algún día la adoptará. Me estremece pensarlo.

Yo, en vista de que no nos hallábamos todavía en esa época fatal de la indulgencia y la moderación, dejé a toda prisa un país donde ninguna alegría compensaba su crueldad y me embarqué para España.

Estaba la Corte en Sevilla; habían llegado los galeones de Indias, y en la más hermosa estación del año, todo respiraba bienestar y alborozo. Al final de una calle de naranjos y limoneros vi un inmenso espacio acotado donde lucían hermosos tapices. Bajo un soberbio dosel se hallaban el rey y la reina, los infantes y las infantas. Enfrente de la familia real se veía un trono todavía más alto. Dije, volviéndome a uno de mis compañeros de viaje:

—Como no esté ese trono reservado a Dios, no sé para quién pueda ser.

Oídas que fueron por un grave español estas imprudentes palabras, me salieron caras. Yo creía que íbamos a ver un torneo o una corrida de toros, cuando vi subir al trono al inquisidor general, quien, desde él, bendijo al monarca y al pueblo.

Vi luego desfilar a un ejército de frailes en filas de dos en dos, blancos, negros, pardos, calzados, descalzos, con barba, imberbes, con capirote puntiagudo y sin capirote; iba luego el verdugo, y detrás, en medio de alguaciles y duques, cerca de cuarenta personas cubiertas con hopas donde había llamas y diablos pintados. Eran judíos que se habían empeñado en no renegar de Moisés, y cristianos que se habían casado con sus concubinas, o que no fueron bastante devotos de Nuestra Señora de Atocha, o que no quisieron dar dinero a los frailes Jerónimos. Se cantaron pías oraciones, y luego fueron quemados vivos, a fuego lento, todos los reos; con lo cual quedó muy edificada la familia real.

Aquella noche, cuando me iba a meter en la cama, entraron dos familiares de la Inquisición, acompañados de una ronda bien armada; me dieron un cariñoso abrazo y me llevaron, sin decir palabra, a un calabozo muy fresco, donde había una esterilla para acostarse y un soberbio crucifijo. Allí estuve seis semanas, pasadas las cuales el señor inquisidor me pidió que me entrevistara con él. Me estrechó en sus brazos con paternal cariño y me dijo que sentía mucho que estuviera tan mal alojado; pero que todos los cuartos de aquella santa casa estaban ocupados y que esperaba, en otra ocasión, darme una mejor habitación. Luego, con no menos cordialidad, me preguntó si sabía por qué estaba allí. Le respondí al santo varón que, sin duda, por mis pecados.

—Claro está, hijo mío; pero ¿por qué pecados? Háblame sin miedo.

Por más que intentaba recordar, no lograba dar con cuáles podrían ser, hasta que la caridad del piadoso inquisidor me dio alguna pista. Finalmente, recordé mis imprudentes palabras, y no fui condenado más que a la aplicación de disciplinas y al pago de treinta mil reales de multa. Tuve que ir a dar las gracias al inquisidor general, un sujeto muy simpático que me preguntó qué me había parecido su fiesta. Le respondí que fue deliciosa. Y enseguida partí para reunirme con mis compañeros de viaje, tan dispuestos como yo a salir de aquel ameno país, pues conocíamos bien las grandes proezas ejecutadas por los españoles en honor de la religión, así como las Memorias del célebre obispo de Chiapa, donde cuenta que degollaron, quemaron o ahorcaron a unos diez millones de idólatras americanos para convertirlos a nuestra santa fe. Probablemente exagera un poco el obispo; pero aunque se redujera a la mitad el número de víctimas, aún quedaría demostrado un celo impresionante.

Como mi deseo de viajar no había disminuido, decidí seguir mi peregrinación por Europa y visitar Turquía. Me dirigí a esa nación con el firme propósito de no volver a opinar sobre las festividades que presenciara.

—Estos turcos —dije a mis compañeros— son paganos, no han recibido el sagrado bautismo y, por tanto, deben de ser más crueles que los cristianos inquisidores; así que será mejor que guardemos silencio mientras vivamos entre moros.

Iba con esta idea, pero quedé atónito al ver en Turquía muchos más templos cristianos que en mi isla natal, e incluso numerosas congregaciones de frailes, a quienes los turcos dejaban rezar en paz a la Virgen María y maldecir a Mahoma, unos en griego, otros en latín y otros en armenio.

—¡Qué admirable gente son los turcos! —pensé.

Los cristianos griegos y los latinos que había en Constantinopla eran enemigos irreconciliables, se perseguían unos a otros como perros que se muerden en la calle y que sus dueños separan a palos. En ese entonces, el Gran Visir protegía a los griegos. El patriarca griego me acusó de haber cenado con el patriarca latino, y fui condenado a recibir cien palos en las plantas de los pies, pena que logré evitar pagando quinientos zequíes. Al día siguiente ahorcaron al Gran Visir, y el que lo sucedió (que no fue ahorcado hasta un mes después) me impuso la misma multa por haber cenado con el patriarca griego.

Decidí, por lo tanto, no ir ni a la iglesia griega ni a la latina. Para consolarme, alquilé a una hermosa circasiana, que era la mujer más devota en la mezquita y la más cariñosa en la intimidad. Una noche, en medio de los placeres del amor, exclamó, abrazándome:

—¡Alá, ilah Alá!

Son palabras sagradas entre los turcos. Yo pensé que serían expresiones de amor y le respondí con mucho cariño:

—¡Alá, ilah Alá!

—¡Loado sea Dios misericordioso! —exclamó la mora—. Ya sois turco.

Le respondí que daba gracias al Señor por haberme dado fuerzas para serlo, y me sentí muy dichoso. Por la mañana, el imán se presentó para circuncidarme, y como yo me resistí, el cadí del barrio, un hombre muy estricto, me anunció su intención de mandarme empalar. Finalmente, salvé mi integridad física pagando mil zequíes y salí corriendo hasta Persia, resuelto a no volver a asistir a misas griegas ni latinas en Turquía ni a repetir Alá, ilah Alá en una cita de amor.

Así que llegué a Ispahán, me preguntaron si era del partido del Carnero Negro o del Carnero Blanco. Respondí que me daba lo mismo uno que otro, con tal de que fuera tierno. Debo mencionar que Persia todavía estaba dividida en dos facciones: la del Carnero Negro y la del Carnero Blanco. Creyeron que me estaba burlando de ambos partidos y me metí en un gran problema a la entrada misma de la ciudad, del cual logré salir pagando una buena cantidad de zequíes y evitando así que me involucraran en el conflicto de los carneros.

Seguí hasta China, adonde llegué con un intérprete que me aseguró que era el país de la libertad y la alegría. Sin embargo, los tártaros, que la habían invadido, lo arrasaban todo a sangre y fuego, mientras que los reverendos padres jesuitas, por un lado, y los reverendos padres dominicos, por otro, se disputaban la misión de ganar almas para el cielo.

Nunca se habían visto catequistas más fanáticos; se perseguían entre ellos con gran fervor, enviaban a Roma extensos escritos llenos de calumnias y se acusaban mutuamente de infieles y herejes. En ese tiempo mantenían una intensa disputa sobre la forma correcta de hacer reverencias. Los jesuitas querían que los chinos saludaran a sus padres y madres según la costumbre china, mientras que los dominicos insistían en que lo hicieran al estilo romano.

Me sucedió que los jesuitas creyeron que yo apoyaba a los dominicos y le dijeron a su majestad tártara que era un espía del Papa. El Consejo Supremo ordenó a un alto funcionario que enviara a un alguacil con cuatro guardias para arrestarme y atarme con toda cortesía. Después de realizar ciento cuarenta genuflexiones, me llevaron ante su majestad, quien me preguntó si era cierto que yo era un espía del Papa y si este pensaba venir en persona a destronarlo. Le respondí que el Papa era un clérigo de más de setenta años, que sus territorios estaban a más de cuatro mil leguas de los de su sagrada majestad tártaro-china; que su ejército consistía en dos mil soldados que hacían guardia con una sombrilla, que no destronaba a nadie y que podía dormir tranquilo. Esta fue la menos grave de mis aventuras, pues solo me enviaron a Macao, donde me embarqué de regreso a Europa.

Fue necesario reparar el barco en la costa de Golconda, lo que tomó algún tiempo que aproveché para visitar la corte del Gran Aurangzeb, sobre quien se contaban todo tipo de historias asombrosas. Este monarca estaba en Delhi y tuve la oportunidad de verlo en la ceremonia en la que recibe la sagrada dádiva enviada por el jerife de La Meca: la escoba con la que se había limpiado durante todo el año la Kaaba, la Beth-Alah. Esta escoba simboliza la purificación de las impurezas del alma.

Parece que Aurangzeb no la necesitaba, pues era considerado el hombre más religioso de todo el Indostán. Claro que había mandado degollar a uno de sus hermanos, envenenado a su padre y ejecutado a una veintena de rajás y otros tantos príncipes. Pero esto no era relevante. Solo se hablaba de su gran devoción, que solo podía compararse con la de Su Sacra Majestad el Serenísimo Emperador de Marruecos, Muley Ismael, quien todos los viernes, después de hacer sus plegarias, mandaba cortar unas cuantas cabezas.

Por supuesto, no hice ningún comentario sobre estos asuntos; no era yo quien debía juzgar la conducta de estos soberanos. Sin embargo, un joven francés con quien compartía alojamiento cometió la imprudencia de criticar a los emperadores de las Indias y Marruecos. Dijo abiertamente que en Europa también había soberanos piadosos que gobernaban sabiamente sus reinos, iban con frecuencia a la iglesia y, sin embargo, no asesinaban a sus padres y hermanos ni decapitaban a sus súbditos.

Nuestro intérprete, leal a las autoridades, informó en lengua india sobre lo que había dicho el joven. Ya escarmentado por mis experiencias previas, mandé ensillar mis camellos y hui con el francés. Poco después supe que aquella misma noche los oficiales del Gran Aurangzeb habían ido a buscarnos. Al no encontrarnos, arrestaron al intérprete, quien fue ejecutado en la plaza mayor. Todos en la corte consideraron que la pena había sido justa.

Solo me faltaba visitar África para experimentar todas las maravillas de nuestro mundo, y, efectivamente, lo logré. Unos corsarios negros capturaron nuestro barco. El capitán, indignado, les preguntó por qué violaban los tratados internacionales. A lo que el capitán negro le respondió:

—Tu nariz es larga y la nuestra chata, tu cabello es liso y el nuestro rizado, tu piel es blanca y la nuestra negra. Por lo tanto, según las sagradas leyes de la naturaleza, debemos ser enemigos. En las ferias de Guinea nos compráis como si fuéramos bestias de carga y nos obligáis a trabajar en tareas agotadoras y absurdas; nos azotáis para que cavemos montañas en busca de un polvo amarillo sin valor, que ni siquiera es tan útil como un cebollino de Egipto. Así que, cuando os encontramos y somos más fuertes, os forzamos a trabajar nuestras tierras o, si no, os cortamos las orejas y la nariz.

No había mucho que discutir con semejante razonamiento. Así que fui a trabajar en el campo de una anciana negra para salvar mi nariz y mis orejas. Después de un año, lograron rescatarme.

En fin, después de haber visto todo lo bueno, hermoso y admirable que hay en la Tierra, decidí no volver a alejarme de mi hogar. Me casé en mi país, fui engañado por mi esposa y, finalmente, comprendí que esta era la situación más placentera a la que se puede aspirar en la vida humana.

MAGOS ENVIDIOSOS

Zoroastro vino del paraíso a predicar su religión en los dominios de Gustaf, rey de Persia, y este le dijo:

—Demuéstrame algo para que te crea.

El profeta hizo crecer ante la puerta del palacio un cedro tan corpulento y tan alto que ninguna cuerda podía rodearlo ni alcanzar el remate de su copa, y en su cima puso una hermosa habitación a la que ningún hombre podía subir. El rey quedó tan asombrado de este milagro que creyó en Zoroastro.

Pero, entonces, cuatro magos envidiosos pidieron al portero real la llave de la habitación del profeta, mientras este se hallaba ausente. Pusieron entre sus libros huesecillos de perros y gatos, y uñas y cabellos de muertos. Acto seguido, se presentaron ante el rey y lo acusaron de ser hechicero y envenenador. El rey mandó al portero que le abriera la habitación y, encontrando lo dicho, sentenció a la horca al enviado del cielo.

Cuando iban a ahorcarlo, el caballo más hermoso del rey sufrió un percance extraño: se le metieron en el cuerpo las cuatro patas. El profeta prometió solemnemente curar al caballo a cambio del perdón. Aceptada su propuesta, hizo salir una pata del vientre del corcel, diciendo:

—Señor, no sacaré la segunda pata si no prometéis abrazar mi religión.

—Te lo prometo —contestó el rey.

El profeta hizo aparecer la segunda pata del animal y luego exigió que los hijos del monarca también se convirtieran. Finalmente, la aparición de las dos patas restantes consiguió hacer numerosos prosélitos en la corte.

Ahorcaron a los cuatro perversos magos en vez del profeta y toda Persia abrazó la religión de Zoroastro.

MICROMEGAS

Capítulo 1: Viaje de un habitante de la estrella Sirio al planeta Saturno

En uno de los planetas que giran en torno a la estrella llamada Sirio, vivía un joven de gran talento, a quien tuve el honor de conocer en su último viaje a nuestro insignificante hormiguero. Su nombre era Micromegas. Medía ocho leguas de alto, es decir, veinticuatro mil pasos geométricos de cinco pies cada uno.

Algún matemático, esa clase de personas tan útiles para la sociedad, tomará la pluma en este punto de mi historia y calculará que, si el señor Micromegas, habitante del planeta Sirio, mide veinticuatro mil pasos, lo que equivale a ciento veinte mil pies, y nosotros, ciudadanos de la Tierra, por lo general no superamos los cinco pies de altura, y si la circunferencia de nuestro planeta mide nueve mil leguas, es lógico concluir que el planeta donde nació nuestro protagonista debe tener una circunferencia exactamente veintiún millones seiscientas mil veces mayor que la de nuestra pequeña Tierra. Nada más natural. Los estados de algunos príncipes de Alemania o de Italia, que pueden recorrerse en media hora, comparados con Turquía, Rusia o China, son un ejemplo muy limitado de las enormes diferencias que la naturaleza ha establecido en todas las cosas.

Dado que la estatura de Su Excelencia es la que mencionamos, nuestros pintores y escultores estarán de acuerdo en que su cintura podría medir unos cincuenta mil pies de circunferencia, lo que sin duda le daba una figura imponente. Su intelecto era de los más agudos; sabía muchas cosas y otras las inventaba. Apenas tenía trescientos cincuenta años y, siendo estudiante en un colegio de jesuitas de su planeta, descubrió, gracias a su inteligencia, más de cincuenta proposiciones de Euclides, dieciocho más que Blas Pascal, quien, después de haber adivinado treinta y dos con la facilidad de un juego (según dijo su hermana), terminó siendo, con el tiempo, un matemático mediocre y un pésimo metafísico.

A los cuatrocientos años, es decir, al salir de la infancia, diseccionó unos insectos diminutos de apenas cien pies de grosor. Publicó un libro muy interesante sobre ellos, lo que le causó bastantes problemas. El muftí de su país, tan desconfiado como ignorante, detectó en su obra afirmaciones sospechosas, blasfemas, temerarias y heréticas, o que al menos "olían" a herejía, y lo persiguió con saña. Se abrió un debate sobre si la sustancia formal de las pulgas de Sirio era de la misma naturaleza que la de los caracoles. Micromegas se defendió con gran ingenio; las mujeres se pusieron de su lado y, tras doscientos veinte años de pleito, el muftí logró que su libro fuera condenado por jueces que ni lo habían leído ni sabían leer. En cuanto al autor, fue desterrado de la corte por ochocientos años.

No le afectó demasiado abandonar una corte llena de intrigas y chismes. Escribió unas décimas muy graciosas contra el muftí, quien ni se molestó en leerlas, y se dedicó a viajar de planeta en planeta para, como se dice, perfeccionar su juicio y su espíritu. A quienes viajamos en diligencias o en carruajes nos sorprendería la manera en que se desplazan allá arriba. Aquí, en esta bola de fango en la que vivimos, no podemos concebir otros métodos de transporte. Pero Micromegas, que conocía bien las leyes de la gravitación y las fuerzas de atracción y repulsión, las utilizaba con gran destreza: unas veces viajaba montado en un rayo de sol, otras cabalgaba en un cometa o saltaba de un planeta a otro, como un pájaro revoloteando de rama en rama. Así, él y sus sirvientes recorrían el universo.

En poco tiempo exploró la Vía Láctea. Debo confesar, con pesar, que nunca logró ver, entre las estrellas que la pueblan, el cielo empírico que el ilustre Derham afirmó haber observado con su telescopio. No niego que Derham lo viera—¡Dios me libre de semejante error!—pero Micromegas también estuvo allí y tenía una vista excelente. En fin, no pretendo contradecir a nadie.

Después de un largo viaje, Micromegas llegó un día a Saturno y, aunque estaba acostumbrado a ver cosas sorprendentes, no pudo evitar reírse de la pequeñez de ese planeta y de sus habitantes. Sonrió con esa expresión de superioridad que, incluso las personas más prudentes, a veces no pueden evitar. Es cierto que Saturno es apenas novecientas veces más grande que la Tierra, y sus habitantes son apenas unos enanos de aproximadamente dos mil varas de altura. Al principio, Micromegas se burló de ellos junto con sus sirvientes, como lo haría un músico italiano que visita Francia y se ríe de la música de Lully.

Pero el siriano era razonable y pronto se dio cuenta de que ningún ser que piensa es ridículo, aunque su estatura no pase de seis mil pies. Se acostumbró a los saturninos, después de haber causado su asombro, y se hizo íntimo amigo del secretario de la Academia de Saturno, un hombre de mucho talento. No había inventado nada, pero explicaba muy bien los descubrimientos de los demás, sabía componer coplas pequeñas y hacer cálculos complejos. A continuación, presento, para satisfacción de mis lectores, una extraña conversación que Micromegas tuvo un día con el secretario.

Capítulo 2: Conversación del habitante de Sirio con el de Saturno

Micromegas tomó asiento, el secretario de la Academia se acercó y el siriano dijo:

—Hay que admitir que la naturaleza es muy variada.

—Es cierto —respondió el saturnino—. La naturaleza es como un jardín, cuyas flores...

—¡Ah! —interrumpió Micromegas—. Deja de hablar de jardines.

—Bueno, entonces —continuó el secretario—, es como una reunión de rubias y morenas, cuyos encantos...

—¡Basta de rubias y morenas! —volvió a interrumpir el siriano.

—O bien como una galería de cuadros, cuyas imágenes...

—¡No, no señor, tampoco! —replicó el forastero—. Primero dime, ¿cuántos sentidos tienen los habitantes de tu planeta?

—Nada más que setenta y dos —contestó el académico—. Créeme, todos los días nos lamentamos de esta limitación. Nuestra imaginación nos lleva más allá de nuestras posibilidades, por lo que sentimos que, con nuestros setenta y dos sentidos, nuestro anillo y nuestras cinco lunas, aún nos falta algo; en realidad, nos aburrimos mucho a pesar de todo lo que tenemos y de las pasiones que se derivan de nuestros sentidos.

—Te creo —dijo Micromegas—, porque nosotros tenemos cerca de mil sentidos y aún así sentimos una especie de vacío, una inquietud constante que nos recuerda que somos muy poca cosa y que hay seres mucho más perfectos. En mis viajes he visto seres muy inferiores a nosotros y otros muy superiores, pero en ninguno he encontrado alguien que no tenga más deseos que necesidades y más necesidades que satisfacciones. Quizás algún día llegue a un lugar donde no existan necesidades, pero hasta ahora no tengo la menor noticia de que ese sitio exista.

El saturnino y el siriano quedaron pensativos. Luego comenzaron a intercambiar reflexiones tan ingeniosas como inconsistentes, hasta que decidieron centrarse en hechos concretos.

—¿Es muy larga la vida en tu planeta? —preguntó Micromegas.

—¡Ah! No, es muy corta —respondió el saturnino.

—Lo mismo pasa en el mío. Siempre nos estamos quejando de lo corta que es la vida. Parece ser una ley universal de la naturaleza.

—¡Ay! Nuestra existencia —dijo el saturnino— se limita a quinientas revoluciones solares, que vienen a ser unos quince mil años según nuestros cálculos. Es prácticamente nacer y morir en un instante. Así que nuestra vida es un punto en el tiempo, nuestra existencia un soplo fugaz, y el mundo en el que vivimos no es más que un átomo. Apenas empezamos a comprender algo, cuando llega la muerte. Por mi parte, ni siquiera me atrevo a hacer planes; me siento como una gota de agua en un océano infinito. Ahora me avergüenza mi insignificancia en comparación contigo.

Micromegas le respondió:

—Si no fueras un filósofo, temería desanimarte diciéndote que en nuestro planeta la vida dura setecientas veces más que en el tuyo; pero ya sabes que cuando llega el momento de volver a la naturaleza para reanimarla bajo otra forma—eso que llamamos morir—, no importa si hemos vivido una eternidad o solo un día. He conocido lugares donde los seres viven mil veces más que en mi mundo, y sin embargo, también se quejan. Pero en todos lados hay personas razonables que saben resignarse y agradecer al creador de la naturaleza, que ha esparcido con admirable abundancia la variedad en el universo sin olvidar la armonía. Así, por ejemplo, todos los seres que piensan son distintos y, sin embargo, todos comparten la capacidad de razonar y desear. La materia es la misma en todas partes, pero en cada mundo tiene propiedades diferentes. ¿Cuántas propiedades tiene la materia en tu planeta?

—Si te refieres a las propiedades fundamentales, sin las cuales nuestro mundo no podría existir tal como es —respondió por su parte el saturnino—, hay más de trescientas: la extensión, la impenetrabilidad, la movilidad, la gravedad, la divisibilidad, entre otras.

—Sin duda —replicó el viajero—, eso es suficiente para el diseño que el Creador hizo de tu pequeño planeta. En todo lo que veo admiro su sabiduría, porque aunque noto diferencias, también percibo proporción. Saturno es pequeño, y sus habitantes también lo son; tienen pocas sensaciones y su materia posee pocas propiedades. Todo ha sido dispuesto de forma precisa por la Providencia. Dime, ¿de qué color es su sol?

—Blanquecino, ceniciento —dijo el saturnino—. Al dividir uno de sus rayos, observamos que tiene siete colores.

—El nuestro tira a rojizo —dijo el siriano—, y tenemos treinta y nueve colores fundamentales. He podido estudiar muchos soles y no he encontrado dos que se parezcan, de la misma manera que en nuestro planeta no hay un rostro igual a otro.

Después de hablar de muchas cuestiones similares, el siriano preguntó cuántas sustancias diferentes en esencia se conocían en Saturno. Le respondieron que unas treinta: Dios, el espacio, la materia, los seres extensos que sienten, los seres extensos que sienten y piensan, los seres que piensan y no son muy extensos, los que se pueden atravesar y los que no, etc. El siriano, en cuyo planeta había trescientas, y que en sus viajes había descubierto hasta tres mil, dejó asombrado al filósofo de Saturno.

Finalmente, después de compartir casi todo lo que sabían y muchas cosas que no sabían, y tras discutir por el tiempo equivalente a una revolución solar, decidieron emprender juntos un corto viaje filosófico.

Capítulo 3: Viaje de los dos habitantes de Sirio y Saturno

Nuestros dos filósofos estaban listos para embarcarse en la atmósfera de Saturno, con una buena provisión de instrumentos matemáticos, cuando la amada del saturnino se enteró y llegó a reprocharle amargamente. Era una morena muy agraciada, que no medía más que mil quinientas varas de altura, pero cuya gentileza compensaba su pequeña estatura.

—¡Ah, cruel! —exclamó—. Después de mil quinientos años resistiendo tus intentos amorosos, y cuando apenas hace cien que me entregué a ti, ¡me abandonas para viajar con un gigante de otro mundo! Solo fui un capricho para ti, nunca me amaste. Si fueras un saturnino legítimo, no serías tan inconstante. ¿A dónde vas? ¿Qué más puedes desear? Nuestras cinco lunas son menos errantes que tú, y nuestro anillo es más estable que tus sentimientos.

El filósofo la abrazó y lloró con ella, a pesar de ser filósofo. Su amada, después de desmayarse, se fue a consolar con un petimetre.

Sin más demora, los viajeros partieron y saltaron primero al anillo de Saturno, que les pareció bastante achatado, tal como lo había supuesto un ilustre habitante de nuestro minúsculo globo terráqueo. Desde allí, fueron de luna en luna. De repente, un cometa pasó cerca de ellos y se lanzaron hacia él, llevándose a sus sirvientes y sus instrumentos.

Más adelante (a ciento cincuenta millones de leguas) encontraron los satélites de Júpiter y luego el propio planeta, donde aterrizaron y permanecieron un año. Descubrieron algunos secretos muy interesantes, que habrían publicado si no hubiera sido por los inquisidores, quienes encontraron ciertas ideas demasiado difíciles de aceptar. Tuve la suerte de leer el manuscrito en la biblioteca del ilustrísimo señor arzobispo de…, quien, con la benevolencia que lo caracteriza, me permitió curiosear entre sus libros.

Pero volvamos a nuestros aventureros. Al salir de Júpiter, atravesaron un espacio de casi cien millones de leguas y pasaron cerca del planeta Marte, que, como es bien sabido, es cinco veces más pequeño que la Tierra. Allí vieron sus dos lunas, que nuestros astrónomos aún no han descubierto. Aunque sé que el abate Castel rechazará con ingenio la existencia de estas lunas, también sé que me darán la razón quienes tienen buen juicio, pues es evidente que Marte no podría existir sin al menos dos lunas, dada su gran distancia del Sol.

Sea como sea, a los viajeros Marte les pareció un mundo tan pequeño que temieron no encontrar un alojamiento decente y lo dejaron atrás, como hacen los viajeros cuando encuentran una posada en ruinas en medio del desierto. Sin embargo, se arrepintieron de no haber parado, pues tardaron mucho en encontrar otro sitio donde descansar.

Finalmente, divisaron una pequeña luz: era la Tierra, que a sus ojos parecía una cosa insignificante para quienes venían de Júpiter. No obstante, para no lamentarlo otra vez, decidieron aterrizar. Se dirigieron hacia la cola del cometa y, al encontrar una aurora boreal a su alcance, se introdujeron en ella.

Tomaron tierra en la costa norte del mar Báltico el 5 de julio de 1737.

Capítulo 4: Lo que les sucedió en el globo terráqueo

Después de descansar un poco, almorzaron un par de montañas que sus sirvientes cocinaron con esmero. Luego decidieron explorar el diminuto país donde habían aterrizado y marcharon de norte a sur. Los pasos que daban el siriano y sus acompañantes abarcaban unos treinta mil pies cada uno.

Detrás de ellos, el enano de Saturno intentaba seguirles el ritmo, pero pronto perdió el aliento, pues tenía que dar doce pasos mientras los otros daban solo uno. Se veía, si se me permite la comparación, como un perrito faldero tratando de seguir a un capitán de la Guardia del rey de Prusia.

Como caminaban con rapidez, dieron la vuelta al planeta en solo veinticuatro horas. Claro que el Sol, o mejor dicho, la Tierra, hace ese mismo recorrido en un día, pero hay que admitir que girar sobre su propio eje es mucho más fácil que recorrer el mundo a pie.

Al final, regresaron al punto de partida después de haber visto la balsa casi imperceptible que llamamos mar Mediterráneo, así como el otro pequeño estanque conocido como el gran Océano, que rodea nuestra madriguera. Al enano el agua no le llegaba ni a la mitad de la pierna, y al siriano apenas le mojaba los talones.

Caminaron de un lado a otro, tratando de averiguar si el planeta estaba habitado. Se agacharon, se acostaron en el suelo, exploraron con sus manos por todas partes, pero sus ojos y sus dedos eran tan desproporcionadamente grandes en comparación con los diminutos seres que nos arrastramos por aquí abajo, que no lograron percibir nuestra existencia ni encontrar ninguna señal que la indicara.

El enano, que a veces sacaba conclusiones apresuradas, afirmó con total seguridad que la Tierra no estaba habitada, basándose en el simple hecho de que él no veía a nadie.

Micromegas le hizo notar amablemente que su razonamiento no era válido:

—Dime, ¿acaso con esos ojos tan pequeños que tienes puedes ver las estrellas de magnitud quincuagésima? Yo, en cambio, las veo perfectamente. ¿Dirías, entonces, que no existen?

—Te aseguro que he buscado y rebuscado por todas partes —dijo el enano.

—¿Y no hay nada?

—Lo único que hay es que este planeta está muy mal hecho —replicó el enano—; irregular y mal dispuesto, resulta no solo ridículo, sino caótico. ¿No ves esos arroyuelos que no corren en línea recta; esos estanques que no son redondos ni cuadrados, ni ovalados ni de ninguna forma geométrica? Observa esos granos de arena (se refería a las montañas), que por cierto se me han metido en los pies… Mira el achatamiento de los polos de este globo que gira y gira alrededor del Sol y cuyo clima es tan absurdo que las zonas polares son yertas y estériles. Lo que más me hace creer que no hay habitantes es pensar que nadie con un poco de sentido común querría vivir aquí.

—Eso no tiene importancia —dijo Micromegas—. Pueden no tener sentido común y aun así habitar este planeta. Todo aquí te parece irregular y desordenado porque no está trazado con tiralíneas como en Júpiter y Saturno. Eso es lo que te confunde. Yo, por mi parte, estoy acostumbrado a ver en mis viajes las cosas más distintas y los aspectos más variados.

El saturnino respondió a estas palabras, y la discusión habría continuado si, en medio de ella, Micromegas no hubiera roto accidentalmente el hilo de su collar de diamantes, dejando caer sus piedras preciosas. Eran hermosas, aunque pequeñas y desiguales. Las más grandes pesaban cuatrocientas libras y las más pequeñas, cincuenta.

El enano recogió algunas y, acercándolas a sus ojos, observó que, debido a la forma en que estaban talladas, resultaban excelentes microscopios. Tomó una pequeña, de apenas ciento sesenta pies de diámetro, y se la aplicó al ojo, mientras que Micromegas usaba otra de dos mil quinientos pies.

Al principio no vieron nada con ellas, pero tras ajustar su enfoque, el saturnino notó algo diminuto que se movía entre las aguas del mar Báltico: era una ballena. La colocó cuidadosamente en su uña y se la mostró al siriano, quien, por segunda vez, se echó a reír al ver la insignificancia de los habitantes de la Tierra.

El saturnino concluyó que nuestro mundo estaba habitado solo por ballenas. Como era muy curioso, quiso averiguar de qué manera podía moverse un ser tan minúsculo y si tenía ideas, voluntad y libre albedrío.

Micromegas no sabía qué pensar; pero después de examinar con atención al animal, llegó a la conclusión de que un cuerpo tan pequeño no podía albergar un alma. Ambos viajeros estaban a punto de creer que en la Tierra no existía vida racional cuando, gracias al microscopio, descubrieron otro ser más grande que la ballena flotando en el mar Báltico.

Por esos días, un grupo de filósofos regresaba del círculo polar, donde habían estado tomando medidas que nadie antes había considerado. Según informaron los periódicos, su barco encalló en las costas de Botnia y casi todos perecieron. Pero nunca se sabe la verdad oculta de las cosas en este mundo. Relataré con sinceridad lo ocurrido sin añadir ni quitar nada, lo cual es un mérito considerable para un historiador.

Capítulo 5: Experiencias y reflexiones

Micromegas extendió la mano con gran cuidado hacia el objeto que había visto. Con precaución, alargó y encogió los dedos, los abrió y los cerró, hasta que finalmente atrapó el barco donde viajaban aquellos sabios y lo colocó con sumo cuidado en la uña de su pulgar.

—Este animal es muy distinto del otro —comentó el enano de Saturno, mientras el siriano lo sostenía en la palma de su mano.

Los pasajeros y marineros, creyendo que habían sido arrastrados por un huracán y que su barco estaba encallado, se pusieron en movimiento. Los marineros tomaron toneles de vino y los arrojaron sobre la mano de Micromegas antes de lanzarse ellos mismos. Los sabios sacaron sus instrumentos de medición, sus sectores y sus jóvenes acompañantes laponas y se bajaron a los dedos del siriano.

Micromegas sintió un leve picor en su dedo índice. Se debía a que uno de los filósofos, creyéndose en peligro, le clavaba una lanza de hierro con todas sus fuerzas.

Al principio, Micromegas pensó que el objeto que tenía en la mano había expulsado algo de su interior, pues su microscopio, aunque era suficiente para distinguir un barco de una ballena, no bastaba para detectar algo tan diminuto como un ser humano.

No quiero herir la vanidad de nadie, pero invito a las personas orgullosas a reflexionar sobre este cálculo: suponiendo que la estatura media del hombre es de cinco pies, su presencia en la Tierra no es mayor que la de un animal de seiscientos milavos de pulgada de altura sobre una esfera de diez pies de circunferencia.

Sin duda, si algún capitán de granaderos leyera esto, ordenaría que sus soldados usaran morriones dos o tres pies más altos que los actuales. Sin embargo, por más que lo hiciera, seguiría siendo, al igual que sus tropas, un ser infinitamente pequeño.

El filósofo de Sirio tuvo que emplear una gran habilidad para examinar a estos diminutos seres. No fue menos extraordinario que el descubrimiento de Leuwenhoek y Hartsoeker cuando afirmaron haber visto la semilla que nos engendra.

¡Qué placer sintió Micromegas al observar cómo se movían esos seres, al examinar sus gestos y seguir sus acciones! ¡Con qué entusiasmo le entregó a su compañero de viaje uno de sus microscopios!

—Los veo perfectamente —dijeron ambos al mismo tiempo—. ¡Mira cómo caminan, cómo suben y bajan!

Sus manos temblaban de emoción al descubrir objetos tan novedosos y por miedo a perderlos de vista.

El saturnino, pasando de la incredulidad a la credulidad excesiva, creyó que algunos estaban ocupados en la propagación de su especie.

—¡Ah! —exclamó—. ¡Ya tengo en mis manos el secreto de la naturaleza!

Como suele ocurrir, las apariencias engañan, tanto con microscopio como sin él.

Capítulo 6: Lo que les sucedió con los hombres

Micromegas, mejor observador que el enano, notó claramente que aquellos átomos se comunicaban entre sí. Se lo hizo notar a su compañero, quien, avergonzado por haberse equivocado sobre la reproducción de la especie, se negó a creer que esos bichos fueran capaces de tener y compartir ideas.

Micromegas, que dominaba muchas lenguas, no entendía lo que decían los humanos y supuso que no hablaban. Además, ¿cómo podían tener órganos de la voz unos seres tan diminutos? ¿Y qué podrían decirse? Para hablar es necesario pensar, y si pensaban, debían tener algo semejante a un alma. Pero atribuir un alma a criaturas tan insignificantes le parecía un disparate.

El siriano le dijo:

—¿No creías hace un momento que se estaban amando? ¿Acaso crees que es posible hacer ciertas cosas sin pensar y sin comunicarse? ¿Te parece más fácil engendrar un niño que construir un argumento lógico? Para mí, ambas cosas son misterios igualmente impenetrables.

—Ya no me atrevo a creer ni a negar nada —respondió el enano—. Examinemos a estos insectos y saquemos conclusiones después.

—De acuerdo —respondió Micromegas.

Sacó unas tijeras y cortó la uña de su dedo pulgar. Con ella fabricó una especie de embudo inmenso que colocó junto al barco. Así, con ingenio, logró amplificar el sonido lo suficiente para escuchar el murmullo de los diminutos seres humanos.

Al cabo de unas horas, logró distinguir palabras y comprender el idioma francés en el que hablaban.

Y, sacando unas tijeras, se cortó la uña de su dedo pulgar, con la cual hizo una especie de bocina enorme, como un embudo inmenso, y luego se colocó el extremo en el oído. La circunferencia del embudo abarcaba el navío y toda su tripulación, y la más débil voz se introducía en las fibras circulares de la uña. De esta manera, gracias a su ingenio, el filósofo de allá arriba logró oír perfectamente el zumbido de nuestros insectos de acá abajo y, en pocas horas, pudo distinguir palabras y comprender el idioma francés en el que hablaban.

El enano hizo lo mismo, aunque no con tanta facilidad. Crecía el asombro de los dos viajeros al oír a los diminutos seres hablar con notable claridad. Les parecía inexplicable este fenómeno de la naturaleza. Como era de esperarse, tanto el siriano como el saturnino ardían en deseos de entablar conversación con aquellos átomos, pero temían que su voz fuera tan fuerte que los hiciera estallar sin que llegaran a escucharlos.

Intentaron, pues, amortiguar su voz, y para ello se pusieron en la boca unos palillos muy finos, cuya punta afilada quedó justo al lado del navío. El siriano colocó al enano entre sus rodillas y, sobre su uña, el barco con toda su tripulación. Luego inclinó la cabeza y habló en un tono muy bajo. Después de tomar todas estas precauciones, y muchas más, dijo lo siguiente:

—Invisibles insectos que la diestra del Creador ha querido formar en los abismos de lo infinitamente pequeño, los saludo. Quizá luego me desprecien en mi Corte por dignarme hablarles, pero yo no desprecio a nadie y les ofrezco mi protección.

Si alguna vez hubo asombro en el mundo, ninguno igualó al de aquellos que escucharon estas palabras sin poder descubrir de dónde provenían. El capellán del barco comenzó a rezar oraciones contra el demonio, los marineros blasfemaron y los filósofos a bordo inventaron todo tipo de teorías. Pero, por más que reflexionaron, no lograron descubrir quién les hablaba.

Fue entonces cuando el enano de Saturno, cuya voz era más débil que la de Micromegas, les explicó con todo detalle su viaje desde Saturno y quién era su compañero. Compadecido de la pequeñez de los habitantes de la Tierra, les habló con ternura y les preguntó si siempre habían sido tan diminutos y qué hacían en un planeta que, a su parecer, pertenecía a las ballenas. También quiso saber si eran felices, si tenían alma, si se reproducían y otras mil preguntas similares.

Molesto porque alguien dudara de que tenían alma, un sabio de la Tierra, más atrevido que los demás, examinó a su interlocutor con una pínula adaptada a un cuarto de círculo, midió algunos triángulos y finalmente dijo:

—¿Cree usted, señor, que por medir dos mil metros es un…?

—¡Dos mil metros! —exclamó el enano—. ¡No ha errado ni en una pulgada! Así que este átomo ha logrado medir mi tamaño. Sabe matemáticas y ha determinado mi estatura. En cambio, yo no puedo verlo sin ayuda del microscopio y ni siquiera sé qué dimensiones tiene.

—Sí, he podido medirlo —dijo el matemático—, y también podré hacer lo mismo con el gigante que lo acompaña.

Aceptada la propuesta, Su Excelencia se recostó en el suelo, pues, estando de pie, su cabeza se perdía entre las nubes. Nuestros filósofos plantaron un árbol en un punto que el doctor Swift habría mencionado sin reparo, pero que yo, por respeto a las damas, prefiero omitir. Luego, mediante una serie de triángulos que trazaron y relacionaron entre sí, concluyeron que la persona a la que medían tenía una estatura de veinte mil pies.

Micromegas comentó:

—¡Qué cierto es que nunca se deben juzgar las cosas por su apariencia! Seres tan pequeños y aparentemente insignificantes poseen uso de razón. Aun es posible que existan seres aún más diminutos con una inteligencia superior a la de aquellos inmensos animales que he visto en el cielo y que con un solo pie podrían cubrir todo el planeta en el que me encuentro. Para Dios, en su omnipotencia, no hay dificultad en dotar de entendimiento tanto a los seres infinitamente grandes como a los infinitamente pequeños.

Uno de los filósofos respondió que, sin duda alguna, podía creer que había seres inteligentes mucho más pequeños que el hombre, y para demostrárselo le contó, no las fábulas de Virgilio sobre las abejas, sino lo que Swammerdam había descubierto y lo que Reaumur había disecado. Le explicó también que existen animales que, en comparación con las abejas, son lo que las abejas en relación con el hombre. Luego, le hizo notar lo que el propio siriano representaba en relación con aquellos inmensos animales a los que había hecho referencia, y que, a su vez, esos grandes animales comparados con otros parecían átomos imperceptibles. Poco a poco, la conversación se fue volviendo más interesante.

Micromegas habló así:

Capítulo 7 – La conversación que tuvieron

—¡Oh, átomos inteligentes en quienes el Eterno ha querido manifestar su arte y su poder! Díganme, amigos, ¿no disfrutan en su globo terráqueo de los más puros deleites? Apenas tienen materia, son casi puro espíritu, lo que significa que seguramente dedican su vida a pensar y amar, que es la existencia propia de los seres espirituales. Yo, que no he visto la felicidad en ninguna parte, ahora creo que está entre ustedes.

Al escuchar esto, los filósofos se encogieron de hombros. Uno de ellos, con la intención de hablar con sinceridad, manifestó que, salvo un número muy reducido de personas a las que nadie prestaba atención, todos los demás eran un conjunto de locos, perversos y desgraciados.

—Tenemos más materia de la necesaria para obrar mal, si es que el mal proviene de la materia, y demasiada inteligencia, si el mal viene de la inteligencia. ¿Sabe usted, por ejemplo, que en este momento cien mil locos de nuestra especie, que llevan sombrero, están matando a otros cien mil que llevan turbante, o muriendo a sus manos? Esa ha sido la norma en la Tierra desde que el hombre existe.

El siriano se horrorizó y preguntó cuál era la causa de tan horribles guerras entre criaturas tan insignificantes.

—Se disputan —dijo el filósofo— unos pedazos de tierra del tamaño de sus pies. Y lo peor es que no luchan porque los soldados que matan y mueren quieran siquiera una porción de ese territorio, sino porque debe pertenecer a un hombre que llaman Sultán o a otro al que llaman Zar. Ninguno de estos dos ha visto jamás el pequeño trozo de tierra por el que luchan, y tampoco ninguno de los que se asesinan ha visto nunca a aquel por quien dan la vida.

—¡Desdichados! —exclamó indignado el siriano—. ¿Cómo es posible semejante locura? Me dan ganas de aplastar este ridículo hormiguero de asesinos.

—No es necesario que se tome esa molestia. Ellos mismos se encargan de destruirse. En un siglo, quedará apenas la décima parte de ellos. Aun sin guerras, mueren de hambre, de fatiga o víctimas de sus propios vicios. Pero no son ellos los que merecen castigo, sino aquellos que, desde la tranquilidad de sus gabinetes y después de una opípara comida, ordenan la matanza de un millón de hombres y luego dan gracias a Dios en solemnes ceremonias religiosas.

El viajero sintió compasión por la miserable raza humana, en la que descubría tantas contradicciones.

—Puesto que ustedes pertenecen al pequeño grupo de los sabios —dijo a sus interlocutores—, les ruego que me digan cuáles son sus ocupaciones.

—Disecamos moscas —respondió uno de los filósofos—, medimos líneas, coleccionamos nombres, coincidimos en dos o tres puntos que comprendemos y discrepamos en dos o tres mil que no entendemos.

El siriano y el saturnino empezaron a hacerles preguntas para saber en qué estaban realmente de acuerdo.

—¿A qué distancia está la estrella Canícula de la mayor de Géminis? —preguntó el saturnino.

Todos respondieron al unísono:

—Treinta y dos grados y medio.

—¿A qué distancia está la Luna de la Tierra?

—Setenta radios terrestres.

—¿Cuánto pesa su aire?

No creyeron que pudieran responder a esta pregunta, pero todos dijeron que pesaba novecientas veces menos que el mismo volumen de agua más ligera y diecinueve mil veces menos que el oro.

El enano de Saturno, asombrado por la precisión de sus respuestas, estuvo a punto de pensar que aquellos mismos seres a los que había negado la inteligencia un cuarto de hora antes eran, en realidad, magos.

Por último, habló Micromegas:

—Ya que saben tan bien lo que hay fuera de su planeta, sin duda conocerán mejor lo que hay dentro. Díganme, ¿qué es su alma y cómo se forman sus ideas?

Los filósofos hablaron todos al mismo tiempo, pero cada uno expresó una opinión diferente.

El más anciano citó a Aristóteles, otro mencionó a Descartes, uno más a Malebranche, otro a Leibniz y otro a Locke.

El viejo peripatético dijo con gran seguridad:

—El alma es una entelequia, una razón por la cual tiene el poder de ser lo que es. Así lo dice expresamente Aristóteles en la página 633 de la edición del Louvre: ?????????? ??????

—No entiendo el griego —confesó el gigante.

—Ni yo tampoco —respondió el filósofo.

—Entonces, ¿por qué citas a Aristóteles en griego?

—Porque cuando uno no entiende algo, debe citarlo en una lengua que tampoco comprende.

Entonces tomó la palabra el cartesiano y dijo:

—El alma es un espíritu puro que, en el vientre de la madre, recibe todas las ideas metafísicas y que, en cuanto sale de él, tiene que ir a la escuela para volver a aprender lo que ya sabía y que nunca más recordará.

El animal de ocho leguas opinó que no tenía mucho sentido que el alma supiera tanto en el vientre materno si después lo olvidaba todo.

—Pero dime, ¿qué entiendes por espíritu?

—¡Buena pregunta! —contestó el otro—. No tengo idea. Dicen que es aquello que no es materia.

—¿Y sabes lo que es la materia?

—Eso sí. Esta piedra, por ejemplo, es parda y tiene cierta forma, posee tres dimensiones, es pesada y divisible.

—De acuerdo —asintió el siriano—, pero esta cosa que te parece divisible, pesada y parda, ¿puedes decirme qué es en sí misma? Tú solo conoces algunos de sus atributos, pero ¿conoces lo que los sostiene?

—No —respondió el filósofo.

—Entonces, no sabes qué es la materia.

Dirigiéndose luego a otro sabio que estaba posado sobre su dedo pulgar, Micromegas le preguntó qué creía que era su alma y a qué se dedicaba.

—No hago nada —respondió el filósofo malebranchista—. Dios es quien lo hace todo por mí; en Él lo veo todo, en Él lo hago todo y es Él quien lo dispone todo sin necesidad de mi cooperación.

—Eso equivale a no existir —replicó el filósofo de Sirio.

Después se dirigió a un leibnitziano que estaba allí y le preguntó:

—¿Y tú? ¿Qué haces? ¿Qué es tu alma?

—Una aguja de reloj —dijo el leibnitziano— que marca las horas mientras suenan en mi cuerpo. O bien, si prefieres, mi alma las hace sonar mientras el cuerpo las marca. O también, si te parece mejor, mi alma es el espejo del universo y mi cuerpo el marco del espejo. No puede haber una explicación más clara.

Un seguidor de Locke, que había estado escuchando, intervino en la conversación:

—No sé cómo pienso. Lo único que sé es que nunca he pensado sin el uso de mis sentidos. No dudo que existan sustancias inmateriales e inteligentes, pero tampoco creo que sea imposible que Dios haya dotado de inteligencia a la materia. Respeto el poder eterno y sé que no me corresponde definirlo. No afirmo nada, pero me inclino a pensar que hay muchas más cosas posibles de las que creemos.

El animal de Sirio sonrió y le pareció que ese era el más sensato de todos. Si no hubiera sido por la enorme diferencia en el tamaño de sus cuerpos, el enano de Saturno habría abrazado al discípulo de Locke.

Lamentablemente, en la reunión también se encontraba un pequeño personaje con birrete que, interrumpiendo la conversación, afirmó con gran seguridad que él poseía la verdad absoluta, contenida en la Summa de Santo Tomás. Luego, mirando de pies a cabeza a los dos viajeros celestes, declaró que sus personas, sus mundos, sus soles y sus estrellas habían sido creados exclusivamente para el hombre.

Al escuchar semejante tontería, los viajeros estallaron en carcajadas con esa inextinguible risa que, según Homero, es propia de los dioses.

Las convulsiones provocadas por la risa hicieron que el navío cayera de la uña del siriano al bolsillo de los pantalones del saturnino. Lo buscaron por un buen rato hasta que, finalmente, encontraron la embarcación con toda su tripulación y la colocaron de nuevo en su lugar lo mejor que pudieron.

Después de esto, el siriano se despidió amablemente de aquellos charlatanes, aunque no pudo evitar sentirse un poco irritado al ver que seres tan infinitamente pequeños tenían una vanidad tan infinitamente grande. Antes de partir, les prometió enviarles un libro de filosofía escrito en letra muy pequeña para que pudieran leerlo.

—En él —dijo— encontrarán la razón de todas las cosas.

Y en efecto, antes de irse, les entregó el libro prometido, que fue llevado a la Academia de Ciencias de París.

Cuando el viejo secretario de la Academia lo abrió, vio que todas sus páginas estaban en blanco.

—¡Ah! —dijo—. Ya me lo imaginaba.

CONTENIDO

www.ingramcontent.com/pod-product-compliance
Lightning Source LLC
Chambersburg PA
CBHW020023310726
48970CB00007B/2179